'N KANS VIR CHRISTOPHER

'N PAD NA GLORIE ROMAN

FRANCINE BEATON

Dankie aan almal wat my aangemoedig het, in my geglo het, en bygestaan het om hierdie 'n werklikheid te maak

NOG BOEKE DEUR FRANCINE

PAD NA GLORIE-REEKS
Jakes se Geheim
'n Kans vir Christopher
Daniel se Dilemma
'n Man soos Pierre

BLOUBERG-REEKS
Blou Somer
Stukkie Blou Hemel
Klein Bietjie Blou

GROENBOSBAAI-REEKS
Kolwyntjies vir die Liefde
Somerson Kersfees

VERSPEELDE KANSE TRILOGIE
Net Een Kans

OP DIE KANTLYN-REEKS
Keuses van Gister

PROLOOG

Christopher moet hard werk om nie vir die man voor hom te wys hoeveel sy woorde seermaak nie. Dit sal die skurk nog net meer satisfaksie gee en dit is wat hy weier om te doen.

Waar die man se vorige woorde so seergemaak het, laat sy volgende sin Christopher sy kakebeen van woede vasbyt. Dit is eers nadat Riley se pa weg is dat Christopher toegee aan die seerkry, woede en teleurstelling, wat mekaar vinnig na mekaar volg.

Hy slaan die deur toe sodat die slag in die middag stilte weergalm. Hy slaan sy vuis teen die deur, maar die pyn veroorsaak dat hy baie vinnig spyt is daaroor. Ten minste is die pyn in sy hand 'n fisiese ding en iets wat hy kan hanteer. Die pyn in sy bors is egter iets wat hy nie maklik kan ignoreer nie.

Dan besef hy skielik iets en die onsekerheid neem oor.

Christopher sak af tot hy op die grond sit en maak dan sy oë toe. Diep asemteue help nie om van daardie ongemaklike gevoel ontslae te raak nie.

Hy het nog niks gehoor van Riley die hele middag nie,

en sy antwoord ook nie haar foon nie. Het haar pa die waarheid gepraat?

Christopher wil dit nie glo nie – nie sy Riley nie. Sy sal mos nie dit doen nie?

Ongelukkig wil daardie ongemaklike gevoel nie die wyk neem nie.

Hy moet haar sien. Hy huiwer nie langer nie en gaan klim in sy kar en ry na Riley se huis. Hy kan die roete al geblinddoek ry. Hy het dit al soveel keer die afgelope vier jaar gevolg sedert Riley Adams sy meisie geword het. Vandag voel dit egter anders. Sy hande bewe en hy klou die stuurwiel stywer vas. Hy bid hardop dat dit asseblief net nie die waarheid moet wees nie.

'n Ander motor stop kort voor Christopher voor Rileyhulle se huis wat maak dat Christopher huiwer voor hy uitklim. Dit lyk asof die ouer man die besoeker verwag het, aangesien hy reeds by die voordeur staan. Toe die besoeker by die ouer man aansluit, groet Riley se pa hom met 'n handdruk en 'n stewige omhelsing.

Christopher se hart klem saam. Nie een keer in die afgelope vier jaar het Riley se pa hom so gegroet nie. Dit blyk dat die ouer man dalk tog die waarheid gepraat het. Hy moes Christopher se motor gesien het, maar hy ignoreer Christopher totaal en draai weg.

Christopher bring die motor tot stilstand want hy is nie in staat om verder te bestuur nie. Sy bene is lam en sy hart pyn. Hy probeer weer om Riley se nommer te skakel. Weer eens kry hy net haar stemboodskap. Weer laat hy 'n boodskap waarin hy haar smeek om hom te kontak. Hy weet nie hoe lank hy in sy motor gesit het nie. Dit is al donker toe hy besef dat hy tevergeefs wag. Die ligte in Riley se kamer is aan maar steeds antwoord sy nie.

Hy skakel sy motor aan en ry terug na die huis waar hy die meeste van sy kinderjare deurgebring het.

Die teleurstelling wil hom verswelg.

Christopher kan dit nie glo nie. Hy wil dit nog steeds nie glo nie maar toe die ure verbygaan en hy niks van haar hoor nie, het hy nie meer 'n keuse nie.

Hy moet dit aanvaar. Riley se pa het toe tog die waarheid gepraat.

Moet hy vir haar baklei?

Nee. Die besluit is feitlik onmiddellik.

Hy sal nie baklei nie. As Riley nie eens die ordentlikheid gehad het om self vir hom te sê dat alles verby is nie, dan is dit nie eens die moeite werd om te baklei vir dit wat hulle gehad het nie. Sy moes dit self gedoen het, nie 'n boodskapper gestuur het nie. Dit lyk dat die laaste vier jaar niks vir haar beteken het as sy so vinnig kon aanbeweeg het nie.

Sy drome, hulle toekoms... Dis alles tot niet. Hy moet dit aanvaar en aanbeweeg.

Christopher se blik draal oor sy kamer en hy weet dit is verby. Dis tyd dat hy sy kinderjare groet en daarmee saam sy drome en herinneringe.

Hy hoop nie sy ouers gaan baie kwaad wees vir hom nie, maar soos hy nou voel wil hy nooit weer sy voet in hierdie dorp sit nie.

Hy staan op, haal die grootste tas van die boonste rak af, en begin inpak.

Hy waag dit nie eens om na die foto-albums en gedenkboeke te kyk nie aangesien dit hom tog net sal herinner aan sy lewe saam met Riley. Hy kan dit nie nou al vernietig nie, maar hy kan nié daarna kyk nie. Hy sal sy ma vra om dit vir hom te hou totdat hy gereed is om 'n besluit daaroor te neem. Hy pluk die albums van die rak, en voor hy in die versoeking kan kom om dit oop te maak, druk hy dit in 'n kleiner tas.

Een foto glip tussen die blaaie uit en val op die bed en outomaties tel Christopher dit op. Sy keel trek toe toe hy dit bestudeer. Hy onthou wanneer sy ma daardie foto geneem het. Sy moes dit binne-in 'n album gesit het want Christopher het dit nog nie vantevore gesien nie.

Die dag toe daardie foto geneem is, het Christopher nog gedink dit was die gelukkigste dag van sy lewe. Sy ma het dit net hier buite die huis geneem, ure voordat hy Riley syne gemaak het. Dit was slegs twee maande gelede.

Hoe kon dinge so vinnig in so 'n kort tydperk verander het? Hoe kon Riley se gevoelens so vinnig verander het na wat hulle gedeel het? Hy het gedink sy het hom lief...

Die dreuning van 'n motor wat verby sy venster ry, onderbreek sy gedagtes. Sy ouers is by die huis en hulle moet gesels. Christopher neem 'n diep asemteug toe hy na die kombuis stap om die ketel aan te skakel.

Sy ouers ken hom goed genoeg. Toe hulle 'n kort rukkie later die kombuis instap, kon hulle dadelik sien iets is fout.

Dit is 'n verligting om met hulle te praat maar wat Christopher se pa hom vertel, maak nie dat Christopher beter voel nie. Dit maak hom slegs kwater en meer vasbeslote om weg te gaan en nooit weer terug te kom nie.

Hy is verlig dat sy ouers ook oor vier dae die dorp gaan verlaat. Hy het nie 'n rede om weer terug te kom nie.

Christopher slaap nie daardie nag nie en hy vermoed sy ouers het ook nie 'n oog toegemaak nie. Toe hy later moed opgee dat hy enigsins gaan slaap, staan hy op om te stort en aan te trek. Toe hy sy eerste vrag bagasie na sy motor toe neem, was sy ouers alreeds in die kombuis.

Die groetery kort daarna is emosioneel, selfs al gaan hulle mekaar die Sondag sien voordat sy ouers die land gaan verlaat. Met die belofte om te bel sodra hy in Pretoria kom, verlaat Christopher die huis waarin hy groot geword het, vir die heel laaste keer. Dit is nog donker toe sy motor by die stil straat indraai.

Hy stop net buite die dorp om terug te kyk na die plek waar hy grootgeword het, waar hy al die eerstes van sy lewe ervaar het. Dit is egter ook hier waar sy hart die eerste keer gebreek is en hoe gouer hy uit die dorp kan kom, hoe beter.

Hy het al 'n entjie gevorder voordat die son sy kop oor die horison steek. Hy stop by 'n uitkykpunt om oor alles te besin.

Daar waar niemand hom kon sien nie, huil hy totdat hy nie meer kon nie.

Hy haal sy foon uit sy sak en kyk vir die laaste keer na sy boodskappe in die hoop dat Riley hom tog gekontak het, maar daar is niks.

Voordat hy homself kon keer, gooi Christopher sy foon van die krans af. Hy weet dit is meer as frustrasie wat daartoe gelei het.

Hy het seer.

Hy belowe hom egter dat dit die laaste keer is. Geen vrou sal weer die kans kry om hom so seer te maak as wat Riley het nie. Hy sal hulle nie 'n kans gee nie, want hy sal nooit weer sy hart blootstel aan sulke mishandeling nie.

1

---

ewe jaar later – Die Buffels Stadion, Pretoria
Christopher sit so vinnig regop dat sy stoel byna omval. Dit voel asof al die lug uit sy longe pers toe sy oë op die vrou val wat so pas by die media-sentrum ingestap het. Hy vloek, wat 'n geskokte kyk ontlok van die man wat langs hom sit.

Wat de hel maak sy hier?

Gelukkig het sy hom nog nie gesien nie. Sy oorlewings-instink smeek hom om te vlug voordat sy dit doen maar dis irrasioneel. Daardie luuksheid is hom nie nou beskore nie.

Sy oë bly vasgenael op haar. Hy verslind haar byna met sy oë al moet hy dit nie doen nie. Die gevoelens wat haar skielike verskyning na al die jare ontlok? Dit skok hom tot in sy tone.

Hy moet ophou na haar staar voordat sy hom raaksien. Hy buk af om sy kop onder die tafel weg te steek en draai effens weg van die vertrek. Hy moet 'n paar diep asemteue neem om die skielike vlaag naarheid en paniek teen te werk.

'n Hand op sy skouer veroorsaak dat hy opkyk. Bekommernis is duidelik geskryf op die gesig van Daniel Cooper, kaptein van die Buffels en een van Christopher se vriende hier by die franchise. Daniel se stem is rustig en gerusstellend toe hy 'n bottel water aan Christopher oorhandig.

"Is alls reg? Moet my nie vertel dat jy senuweeagtig is nie. Jy het mos al perskonferensies hanteer. Ek weet hierdie is die eerste in jou nuwe hoedanigheid maar jy kan dit doen, my vriend. Ontspan net, haal diep asem en blaas dit uit. En onthou, ek is langs jou."

Christopher kan verstaan hoekom Daniel die afgelope twee jaar die toekenning gekry het vir beste kaptein in Suid-Afrikaanse rugby. Daniel het nou 'n kalmerende invloed op hom. Dit kom seker van jare se ondervinding en Christopher glo hy het dieselfde effek op sy span.

Verlig neem Christopher 'n groot sluk water. Toe hy dit afgesluk het, maak hy sy oë toe en volg Daniel se instruksies. Hy neem 'n diep asemteug en blaas dit hard uit. Toe hy sy oë weer oopmaak, voel hy meer in beheer. Hy draai na Daniel en knik, "Dankie, my vriend. Ek weet nie waar het dit vandaan gekom nie. Jy is reg. Ek moet seker al gewoond wees daaraan."

Christopher draai met hernude doelgerigtheid terug om die vertrek te beskou.

Miskien is dit sy verbeelding. Miskien is dit nie Riley Adams nie. Dit kan dalk iemand wees wat net soos sy lyk.

Daardie hoopvolle gedagtes het niks gehelp nie. Christopher se tweede blik op haar bevestig sy vrese. Die vrou wat skaars drie meter van hom af staan is definitief Riley Adams. Christopher frons as hy besef dat sy 'n pers-akkreditasie om haar nek dra, dus moet sy 'n joernalis wees. Hoe het dit gebeur dat hy nie Riley se naam op die lys van geakkrediteerde joernaliste gesien het nie?

Hy snak behoorlik na sy asem en 'n pyn skiet deur sy bors. Dit is 'n pyn wat hy gedink het hy lankal vergeet het. As hy nie haar naam gesien het nie, kan Christopher net aflei dat sy dalk nie meer Riley Adams is nie.

Sewe jaar is 'n lang tyd. Sy is tien teen een getroud met 'n string kinders.

Christopher wil nie eens daaraan dink nie. Riley Adams is deel van sy verlede en dit is waar sy moet bly. Hy kan nie dat sy, of enige ander vrou, ooit weer na genoeg aan hom kom om te doen wat sy gedoen het nie. Die pyn is dit nie werd nie.

As hy nog enigsins getwyfel het of dit wel Riley is, verdwyn dit die oomblik toe Riley hom raaksien. Skok en herkenning flits oor haar gesig. Haar oë sper wyd en alle kleur verlaat haar gesig.

Riley lyk net so geskok soos hy. Sy moet wees. Sy moet eintlik meer verleë voel, maar ten minste wys sy 'n emosie.

Hy kan sommer iets slaan uit frustrasie. Die jaar en sy nuwe werk kon nie op 'n slegter manier begin het nie. Dit is slegs die tweede werksdag van wat 'n baie lang seisoen vir die Buffels Rugbyklub gaan wees. As die nuwe Direkteur vir Media- en Kommunikasie vir een van die jongste professionele rugby franchises in Suid-Afrika, het Christopher geen ander keuse as om gereeld met die pers te handel nie.

As hy volgens daardie akkreditasie om Riley se nek moet oordeel, beteken dit dat dit nie die laaste keer gaan wees dat hy deur haar gekonfronteer gaan word nie.

Dit voel soos 'n ewigheid wat hulle na mekaar staar, onbewus van die mense rondom hulle. Dit is asof die jare wat hy Riley nie gesien het nie, verdwyn. Hy voel die bekende pluk aan sy hart as hy na haar kyk. Hy frons vies. Hy kan dit nie toelaat nie.

Daniel stamp aan Christopher se arm en tik op sy horlosie. Christopher neem weer 'n diep asemteug. Hy moet homself regruk. Hy maak sy keel skoon en tik met vingers wat nog gans en al te veel bewe op die mikrofoon om die pers se aandag te kry. Die stemme sterf weg en almal draai na die paneel.

"Goeie môre, dames en here. Welkom by die eerste perskonferensie van die jaar. Ek is Christopher Brooks, die nuwe direkteur vir media- en kommunikasie en in die toekoms julle kontak met die Buffels. Op die tafel by die deur is 'n stapel besigheidskaartjies met my kontakbesonderhede. Julle is welkom om my of enige van my span, te kontak."

Wel, dit het darem nie te sleg geklink nie.

Hy maak seker dat hy nie in die rigting kyk na waar hy Riley laaste gesien staan het nie. Hy moet 'n slag sluk voor hy kan voortgaan. "Ek is oortuig dat julle nie gekom het om na my te luister nie, dus gaan ek voort met die verrigtinge. Soos julle almal seker weet, speel ons hierdie jaar 'n nuwe kompetisie en dit het heelwat veranderinge te weeg gebring. Laat ek u voorstel aan die paneel aangesien hulle diegene gaan wees wat julle meer kan vertel wat om hierdie seisoen van die Buffels te verwag. Julle ken ons klubkaptein, Daniel Cooper hier aan my linkerkant. Langs hom is nog 'n bekende gesig, ons hoofafrigter Tom Brady en langs hom ..."

So lank hy nie na Riley kyk nie, slaag Christopher om deur sy deel van die verrigtinge te kom.

Die sessie is lank en uitgerek, soos dit altyd is aan die begin van 'n nuwe seisoen of kompetisie.

Sedert Nicholas Carter die klub 'n paar jaar gelede gekoop het, het hy die Buffels een van die top klubs in die land gemaak. Vir so 'n jong klub, wat nie een van die vier groot franchises is nie, is die Buffels baie suksesvol en groei nog steeds.

Jaar na jaar lok hulle van die groot name en hierdie jaar is nie 'n uitsondering nie.

Nicholas het, sedert die beginjare, seker gemaak dat hy 'n

groot ophef maak van die nuwe gekontrakteerde spelers en die oorhandiging van hul spanklere. Vandag is dus ook nie 'n uitsondering nie.

Terwyl hy na die vrae en onderhoude luister nadat Nicholas die spanklere oorhandig het, sug Christopher. Asof die feit dat Riley Adams se skielike terugkeer in sy lewe nie genoeg is nie, besef Christopher dat sy taak nie maklik gaan wees nie.

Ulrich Fölscher, die jong senter wat die Buffels van een van die Engelse Premierliga-klubs gelok het, is 'n introvert maar sy antwoorde is duidelik genoeg. Hy gaan nie die probleem wees nie.

Richie Campbell, die internasionale vleuel van Skotland, gaan Christopher probleme verskaf. Die manier wat Richie die pers aangluur, voorspel niks goed nie. Christopher weet sommer dat sy houding gepaard met sy sterk Glasgow aksent, hom 'n nagmerrie gaan maak tydens onderhoude. Gelukkig verstaan Matthew en Christopher die man en verduidelik sommige van die vleuel se antwoorde wanneer hulle sien dat die pers hom nie verstaan nie.

Christopher ken Richie se reputasie as 'n speler. Hy is die eerste internasionale speler wat by die Buffels geteken het en Christopher sal sy salaristjek daarop wed dat die pers oor hul voete gaan val vir onderhoude met Richie.

Tydens die vraetyd ignoreer Christopher vir Riley, al is haar hand nog die enigste in die lug. Dit is met byna kinderlike genot dat hy die perskonferensie afsluit. Dit duur egter nie lank nie. Haar gelatenheid is opsigtelik wanneer sy haar hand langs haar sy laat val sonder om weg te kyk van hom af.

Christopher het gedink dat hy genot daaruit sou put maar toe hy Riley se uitdrukking sien toe sy wegdraai, voel daardie amper-oorwinning maar hol. Hy het dit al 'n paar keer in die verlede gesien, veral na Riley 'n onderonsie met haar pa gehad het. Hy voel skuldig maar dit hou nie lank nie.

Dit is 'n lang tyd sedert enigiets wat Riley aanbetref hom geraak het. Hy kan nie dat dit hom nou affekteer nie. Dit moet in elk geval nie.

Riley sal maar net moet leer dat hierdie sy area is en sy sal by sy reëls moet inval.

Terug in sy kantoor, gaan soek Christopher na Riley se akkreditasie. Hy kreun sommer toe hy haar naam sien op die lys van joernaliste verbonde aan die nuwe internet-uitsaaier, Sport100. Hy weet nou hoekom het hy nie voorheen haar naam gesien nie. Sport100 het eers vanoggend die lys name deurgegee. Hulle werk meestal met onafhanklike joernaliste maar Riley is nie een van hulle nie. Op Sport100 se webblad word sy gelys as een van hul gereelde aanbieders en navorsers.

Christopher vloek sommer. Hy is gedoem. Hy gaan geen keuse hê as om met Riley te handel nie. Hy belowe homself egter dat daardie onskuldige gesiggie hom nie weer gaan flous nie. Hierdie keer gaan hy voorbereid wees. Hy sal Riley behandel soos sy verdien om behandel te word, veral na wat sy en haar familie aan syne gedoen het.

Christopher snork. Ja, reg. Asof daardie klein lessie enigsins iets gaan verander.

Riley se hart bons nog steeds toe sy die media-lokaal saam met haar kameraman, Dave, verlaat.

Sy het gedink sy gaan hom nooit weer sien nie. Sewe jaar gelede, toe hy en sy familie die dorp verlaat het, het Riley tevergeefs na Christopher Brooks gesoek. Dit was 'n skok om hom hier raak te loop, nogal op die Buffels se eerste perskonferensie, en slegs haar tweede dag sedert sy haar nuwe pos aanvaar het.

Sy neem twee keer diep asem en ignoreer Dave se bekommerde kyke. Sy gesels oor nonsens terwyl hulle terugry na Sport100, 'n internet-gebaseerde uitsaaier, se ateljee.

Toe sy Pretoria toe getrek het, het sy gehoop dis 'n nuwe begin. Hierdie is egter nie wat sy in gedagte gehad het nie.

Die volgende paar uur sukkel Riley om op haar werk te konsentreer. Dit verg uiterste wilskrag en konsentrasie maar dit verdwyn die oomblik wat sy by die ateljee uitstap.

Op pad terug na haar woonstel, wil Riley nie eens aan die gevolge dink wat Christopher se verskyning veroorsaak het nie. Sy het jare vir hierdie geleentheid gesoek en sy kan dit dus nie ignoreer nie. Sy moet so gou moontlik daarmee handel.

Toe sy Christopher vanoggend in daardie media lokaal sien, het sy gedink haar hart gaan staan. Vir daardie eindelose oomblik wat hul oë mekaar s'n gevange gehou het, was dit asof die jare tussenin nie bestaan het nie. Hy het nog steeds dieselfde effek op haar as wat hy gehad het toe sy hom as 'n naïewe veertienjarige ontmoet het.

Die realiteit het egter vinnig ingeskop. Riley het Christopher se uitdrukking gesien toe hy besef het dat hy na haar staar. Dit was byna iets soos afkeer. Daardie uitdrukking het egter vinnig verander na een wat Riley slegs kan beskryf as haat.

Riley kon dit nie verstaan nie maar sy het haarself daar, net voor die perskonferensie begin het, belowe: Sy gaan nie toelaat dat Christopher Brooks haar weer seermaak nie.

Sy kon gemakliker asem haal toe hy oogkontak verbreek. Sy het toe nog gehoop dat Christopher slegs daar is as een van die borge se verteenwoordigers maar haar hoop is gou verydel. Haar hart het sommer in haar skoene gesak toe hy homself voorgestel het as die nuwe Direkteur vir Media- en Kommunikasie van die Buffels.

Nuut is die belangrikste term in daardie frase. Toe Riley probeer het om meer uit te vind oor haar nuwe werk, het sy dus die Buffels ook nagevors. Toe het die Buffels nie 'n voltydse media-woordvoerder gehad nie. Rugby is een van die paar sportsoorte wat sy gaan dek vir Sport100. Riley twyfel of sy die werk sou aanvaar het as sy geweet het sy dat sy gereeld met Christopher in aanraking gaan kom.

Sy het gesien hoe hy na haar gekyk het en sy het ervaar hoe hy haar geïgnoreer het vir die grootste deel van die verrigtinge. Sy het daaruit afgelei dat dit 'n uitdagende jaar gaan wees. Hy het haar geïgnoreer met vraetyd en sy verwag dat hy dit in die toekoms weer gaan doen.

Riley byt op haar tande. Christopher het haar sewe jaar nie gesien nie. Hy is nie die enigste een wat verander het nie. Hy is die rede hoekom sy so vinnig moes groot word. Sy het 'n ruggraat en vasberadenheid ontwikkel. Sy moes. Sy is nou nog meer hardkoppig as wat sy was toe hy haar geken het. Hy sal vinnig uitvind. Sy is nie meer daardie agtienjarige kind wat hy agter gelaat het nie.

As dit nie vir daardie hardkoppige streep was nie, twyfel Riley of sy deur daardie eerste paar jaar na hoërskool sou gekom het. Sy het harde lesse daardie jare geleer en dit is daardie lesse wat haar hierdeur ook gaan help.

Toe sy haar motor voor haar woonstel parkeer, haal Riley 'n slag diep asem. Sy moet kalm wees wanneer sy uit hierdie motor klim. Nou is nie die tyd om ineen te stort nie.

Sewe jaar gelede het sy nie die geleentheid gehad wat vandag so onverwags in haar skoot geval het nie. Dit is 'n wonderlike geleentheid maar dit beteken dat sy 'n baie belangrike, maar baie moeilike besluit moet neem. Daardie

besluit het egter niks te doen met vlug nie al gaan Christopher hoe moeilik dit ook al vir haar maak in 'n poging om
haar weg te dryf.

Sy het hard gewerk om te kom waar sy is. Sy moes veranderinge en opofferings maak maar dit is alles die moeite
werd. As Christopher nie daarvan hou om haar daar te hê
nie, is dit sy probleem. Sy gaan nie terug staan nie.

Sy is te afhanklik van haar werk.

2

Die eerste naweek nadat oefening hervat het is ook die eerste naweek van die nuwe jaar en 'n nuwe rugby seisoen. Dit is die een naweek waarin die spelers en diegene wat by die Buffels betrokke is, nog kan ontspan.

Die vorige aand het Christopher 'n bier gaan drink saam met sy vriende maar hy was nie in 'n goeie bui nie. Toe hy die derde keer na Rick Walters gehap het, het hy besef dat dit beter is om huis toe te gaan. Sy vriend was nie die oorsaak van sy slegte bui nie. Hy weet dit en hy weet ook dat Riley die groot oorsaak is. Hy moet Rick om verskoning vra, maar eers moet hy uitwerk wat hy Rick gaan vertel.

Hy spandeer Saterdagoggend in die tuin in die hoop dat die fisieke arbeid van gras sny en swembad skoonmaak gaan help om van daardie knop op sy maag ontslae te raak.

Hy kan die vorige eienaar bedank vir die groot grasperk. Behalwe dat hy 'n tuin het en nie 'n erf wat soos 'n bouperseel lyk soos nog so baie ander in die landgoed nie, gee die grasperk hom broodnodige oefening. Die taak gee hom egter nog steeds genoeg tyd om te tob. Dit is iets wat hy eintlik nou wou vermy het.

Later die oggend ontvang hy 'n oproep van Mark Bailey. Mark se uitnodiging vir pizza en potspel by sy huis saam met hul groep gereelde vriende, is presies wat hy nodig het om uit sy eie kop te klim. Christopher huiwer nie eens voordat hy dit aanvaar nie. Hy het afleiding nodig. Enige gaatjie wat jy kry en 'n potjie golf die volgende oggend maak gewoonlik deel uit van Mark se uitnodigings wat hom minder tyd gaan gee om te dink.

Al bly Mark in 'n gholflandgoed net 'n kort entjie van die landgoed waar Christopher en 'n paar ander van die Buffels bly, oorweeg Christopher dit nie eens om terug te ry na 'n paar biere nie. Hy sal ook nie toelaat dat enige van die ander dit doen nie, dus is dit beter dat hulle almal daar oorbly.

Christopher ken al hierdie ouens. Hulle sal al saam met die son opstaan en reg wees vir oefening. Hulle sal dan nog 'n potjie golf inpas voordat hulle groep en nog 'n paar ander na een van die assistant-afrigters se huis gaan. Carl Becker en sy vrou Sandy, wat die span se masseuse is, bly net so klein entjie van Christopher af in dieselfde landgoed.

Dit pas hom om so besig te bly sodat hy nie aan Riley kan dink nie. Hy moet nog uitwerk hoe hy haar gaan hanteer voor die volgende perskonferensie, maar nie vanaand nie.

Rick het saam met Christopher vir die Nyalas se skolespan gespeel voor Christopher se besering wat die einde van sy rugbyloopbaan beteken het. Toe Christopher vier jaar gelede by die Buffels aangesluit het, was Rick reeds deel van die opset en het hulle hul vriendskap hervat. Deur Rick het Christopher 'n nouer band met van die spelers gevorm, veral Daniel Cooper. Daniel het op een of ander manier een van sy beste vriende en vertrouelinge geword.

Christopher kan nog steeds nie uitwerk hoekom hy en Daniel 'n vriendskap opgebou het nie. Miskien is dit omdat hulle so dieselfde is. As Christopher se rugby-loopbaan nie tydens sy finale jaar op skool tot einde gekom het as gevolg van 'n knie-besering nie, sou hy bes moontlik Daniel se kompetisie gewees het vir daardie nommer ses trui, al was hy vier jaar jonger as Daniel.

Hy het alreeds 'n kontrak geteken om vir die Nyalas se onder negentien span te speel voor sy besering. Net soos Daniel was Christopher kaptein van elke span waarvoor hy gespeel het. Dit is miskien hoekom hulle aanklank gevind het by mekaar. Hulle deel 'n wedersydse respek vir mekaar.

Daniel is ongetwyfeld die leier van die Drie Musketiers, wat onder Christopher se vriende tel. Die ander twee lede van die Musketiers is Mark, hul gasheer van die aand en Matthew Kemp, die onder-kaptein. Die res van die groep sluit gewoonlik Jakes du Plessis en André Botha in. Richie Campbell is ook nou 'n lid van hul groep vriende. Richie het blykbaar al vyf jaar gelede 'n noue vriendskap met veral Matthew gevorm toe hul spanmaats in 'n gekombineerde internasionale span was.

Dis al laterig toe hulle nog op die veranda sit en gesels met hul laaste bier vir die aand. Natuurlik haal Daniel die eed op, wat Richie verward laat vra, "Watter eed?"

Almal staar geskok na Richie toe hulle besef dat niemand die nuwelinge in die span oor die eed ingelig het nie. Almal draai dan na Daniel. Hy het dit opgehaal en hy moet dit regstel. Dis immers sy plig. Hy eis van Richie, "Belowe my wat ons nou oor gaan praat tussen ons en die span bly."

Richie lag vir Daniel se skielike erns. Sy Glasgow aksent kom sterk deur toe hy vir Daniel vra, "Yer joking right?"

Toe Daniel sy kop skud en dit ontken, kyk Richie verslae na die ander mans wat almal hom nog met dieselfde ernstige uitdrukkings dophou. Richie moes toe besef het dat dit wel ernstig is en hy mor, "Ek hou nie daarvan nie, maar ek belowe om te doen wat ek veronderstel is om te doen."

Christopher moet sy lag onderdruk oor die uitdrukking op Richie se gesig terwyl hy luister na Daniel se verduideliking oor die eed wat hulle verlede jaar onderteken het. Die eed het gekom nadat Mark 'n artikel gelees het oor sokkerspelers wat hulle van seks weerhou het voor die Wêreldbeker. Boonop het die Buffels se bestuur 'n ultimatum aan die span gestel dat hulle hul gedrag moet verander asook die beeld van rugby oor die algemeen verbeter.

Richie skud sy kop verstom toe Daniel klaar is, "Verdomp! Jy's ernstig!" en vra dan, "Wat het die eed gesê?"

Daniel skud sy kop, "Jy moet dit self lees en ons verwag dat jy, Ulrich en die ander nuwelinge dit ook teken. Die essensie is egter dat ons professioneel moet optree. Ons moet die bestuur se instruksies aanvaar al hou ons nie daarvan nie. Dit sluit ook Chloe se reëls in. Ons as spelers moet verantwoordelikheid neem vir die span. Die van ons wat alleenlopend is, moet wegbly van seks en 'n nuwe verhouding tot na die finaal. Die wat in 'n vaste verhouding is moet hulle weerhou van seks ten minste die dag voor 'n wedstryd."

Richie vloek sommer toe hy besef dat dit nie 'n grap is nie, maar Daniel stop hom summier, "Jammer, Scotsman," wat duidelik Richie se bynaam is om te bly en waarsku, "Vloek is ook uit. Ons het ook belowe om ons gevloekery te verminder in 'n poging om ons beeld te verbeter. Ons het flesse in die kleedkamer waarin jy as straf vir elke vloekwoord 'n vyf rand muntstuk moet ingooi." Hy erken met 'n laggie, "Ons het hierdie week al drie flesse volgemaak."

Richie vra verslae, "Het iemand al die eed verbreek?"

Toe niemand iets sê nie, maak Jakes sy keel skoon en vra huiwerig. "Tel soen ook?"

In die jaar sedert Jakes weer by die span aangesluit het
na hy etlike jare by die Blitsbokke betrokke was, het Jakes
nie veel gepraat nie. Hy het die vorige jaar gereeld paniek-
aanvalle gekry en almal het gewoond geraak aan die rubber-
bandjie om sy pols wat hom help om te fokus. Jakes dra nog
steeds die bandjie maar vanaand, in plaas daarvan om
daaraan te pluk soos hy gewoonlik gedoen het, streel sy
vingers net liggies daaroor.

Jakes verras hulle, of eerder skok hulle dus toe hy begin
praat. Nie net oor die vrou wat hy in Denver ontmoet het toe
hy daar was vir terapie na 'n besering nie, maar ook oor sy
verlede en die redes hoekom hy die paniekaanvalle gekry
het. Hulle het nog altyd vermoed dat daar 'n storie is maar
niemand het eens 'n vermoede gehad wat dit kon wees tot
Jakes hulle vertel nie. Almal luister sonder om hom in die
rede te val.

Toe hy klaar was, heers daar 'n doodse stilte tot Mark vir
Jakes vra, "Het jy haar vertel hoe jy voel?"

Jakes skud sy kop, "Ek wou. Ek was letterlik sekondes
weg van om dit te doen toe ek Daniel se boodskap gekry het
om ons te herinner aan die eed."

Christopher kan daarop wed dat Daniel nou spyt is oor
daardie boodskap. Hulle het immers almal Daniel se frus-
trasies die afgelope week aanskou. Daniel is egter net so
verbind tot die eed as die res van die span en dus is daar
niks wat hy kan doen nie. Dit is nou te sê as hy 'n voorbeeld
vir die span wil stel.

Mark onderbreek Christopher se gedagtes. Sy somber
toesprakie was so ongehoord komende van Mark dat Chris-
topher bekommerd na hom kyk. "Broer," vertel hy vir Jakes,
"Kom laat ek jou nou 'n ding vertel. Moenie te lank wag
voordat jy iets daaraan doen nie. Moet nie te bang wees om
iets te doen of sê nie. Vat die risiko. As jy te lank wag gaan jy

jou kans verloor. Dan, voor jy jou oë kan uitvee is vyf of selfs tien jaar verby en jy het die persoon vir wie jy lief is, verloor."

Riley se gesig flits voor Christopher se geestesoog verby. Voor hy homself kan keer snork hy, "Jy't 'n hoop. Partymaal is sewe jaar nie eens lank genoeg om te vergeet nie, al probeer jy ook hoe."

Christopher ignoreer Daniel en Rick se nuuskierige blikke. Hy weet dat hulle agtergekom het dat hy sedert Dinsdag in 'n slegte bui is. Gelukkig stem Richie met hom saam en trek die aandag op hom.

Christopher het nou beter begrip vir die Skot. Hy het twee dae gelede 'n gesprek met Daniel gehad oor Richie en het daarna sy navorsing gedoen. Die verbreking van Richie se verhouding was al oor die Britse nuus en is die rede hoekom Richie die pers met 'n passie haat.

Daniel grinnik skielik vir André wat onlangs sy sielkunde-graad behaal het, "Jy het seker heelwat pret met ons maar jy en Rick is maar baie stil."

André glimlag rustig terwyl hy sy vriende beskou. "Ek luister na julle almal en ek neem waar en ek wag. Een dag sal ek Die Een ontmoet, maar ek is nie haastig nie."

"Hel, nee," roep Rick uit. "Daar is gans en al te veel mooi vrouens om net by een te bly. Ek gaan nooit vestig nie."

"Broer, ek wag vir die dag wat jy gaan val," waarsku Jakes. "Ek hoop ek is daar om dit te sien."

Rick skud sy kop, "Jy gaan baie lank wag."

Christopher antwoord eerder nie. Hy het 'n vae suspisie dat as hy iets gaan sê, dit 'n teken gaan wees dat hy dalk net te veel protesteer.

3

R iley haat dit. Sy hou niks daarvan dat haar gedagtes heeltyd om Christopher wentel nie. Herinneringe aan hom tree onverwags op die onmoontlikste tye na vore. Wat haar die meeste pla is dat sy sy gelaatstrekke so duidelik voor haar kan oproep.

Hy is ouer maar die ouderdom het hom net nog aantrekliker gemaak. Sy hare is nog steeds so donker as wat dit was toe sy hom die laaste keer gesien het sewe jaar gelede maar deesdae dra hy dit langer, met 'n string wat oor sy voorkop val. Daardie stoppelbaard wat hy nou het beklemtoon net sy skerp, gebeitelde gelaatstrekke. Dit maak hom nog aantrekliker as toe hy 'n tiener was. Hy lyk nou soos 'n man.

Daar is egter iets anders aan hom. Sy oë weerspieël nou 'n hardheid wat nie tevore daar was nie en van daardie glimlag wat haar hart bollemakiesie kon laat slaan is daar geen teken nie.

Riley hoef nie eens te wonder oor hoekom sy Christopher se gelaatstrekke so duidelik kan oproep nie. Al wou sy ook hoe graag probeer het, het sy nie die luuksheid gehad om van die man te vergeet wat haar hart gebreek het nie. Sy word daagliks herinner aan sy warm, bruin oë, sy gemaklike glimlag en die digte bos donkerbruin hare.

Sy het nie eens nodig om na 'n foto te kyk nie. Sy hoef net na hul seun te kyk. Die amper-sewejarige Jon is 'n replika van sy pa.

Net soos sy Christopher nie kon vergeet nie, kon sy hom ook nie haat nie, al wou sy ook. Christopher mag dit dalk nie weet nie, of in elk geval nog nie, maar hy het vir haar die mees kosbare geskenk gegee.

En dit is haar grootste dilemma. Sewe jaar gelede kon sy Christopher nie van sy seun vertel het nie. Al kyk hy nou met haat en 'n hardheid in sy oë na haar, voel Riley nog steeds dat hy die reg het om van Jon se bestaan te weet.

Maandagaand sit Riley langs Jon se bed terwyl hy slaap. Sy bestudeer sy gelaatstrekke soos sy al soveel keer gedoen het sedert sy geboorte. Sy aanvaar dit. Sy het nie 'n keuse nie. Sy sal Christopher maar net moet konfronteer, ter wille van hul seun.

Oor die jare het Jon al soveel vrae oor sy pa gevra. Hierdie het vertienvoudig die laaste paar weke vandat hulle hul bure ontmoet het en toe ook vir Sam, Jenna se nuwe kêrel.

Partymaal het sy die afguns in Jon se oë gesien wanneer Sam met Lucas, Jenna se seun en deesdae ook Jon se beste maatjie, gespeel het. Dit voel elke keer asof haar hart wil breek.

Sy hoef ook net te dink aan Jon se wenslysie die afgelope Kersfees.

Jon begin oor twee dae met die groot skool, soos hy dit noem. Hy is in daardie stadium wat hy 'n mansfiguur in sy lewe nodig het. Dit sou beter wees as daardie mansfiguur sy eie pa is.

Riley het nog altyd gedroom oor die dag wat sy vir Christopher sou vind en hom van sy seun vertel. Toe sy hierdie werk by Sport100 aanvaar het, het sy besef dat sy moontlik nou die finansies en die geleentheid gaan kry om van voor af na Christopher te soek. Sy het wraggies nou nie gedink dat sy hom gaan kry sonder om 'n vinger te lig nie.

Dit was 'n fantastiese geleentheid en een wat sy nie summier kan afskiet nie.

Nou dat sy egter vir Christopher gesien het, weet sy nie hoe om dinge te hanteer nie. Al het hy met haat na haar gekyk, het sy net een kyk nodig gehad om haar hart op galop te sit en haar bene soos jellie te laat voel.

Deur die nag motiveer Riley haarself. Toe sy Dinsdagoggend by die perskonferensie instap, voel sy vol selfvertroue. Dit verg egter net een kyk in Christopher se koue, harde oë voor haar selfvertroue soos mis voor die son verdwyn.

Sy haal diep asem en visualiseer haar seun se stralende gesiggie. Dit is al wat sy nodig het om haar fokus te herwin en terug na Christopher te staar. Sy sal doen wat sy moet. Vir Jon.

Natuurlik ignoreer Christopher haar weer met vraetyd. Riley het dit verwag maar sy gaan nie toelaat dat Christopher sien hoe kwaad sy is nie. Dit is nie die moeite werd nie. Sy staar na hom maar hou haar hand nog steeds in die lug.

Sy kon nie help om te sien hoe Christopher na Daniel Cooper gluur toe die kaptein vir Riley beduie om haar vraag te vra nie.

Sy wou sommer 'n skewe mond vir hom trek maar sulke gedrag was benede haar stand. Sy draai dus net na Daniel en rig haar vraag aan hom. Sy kan duidelik sien dat Daniel haar kalm gedrag bewonder en hy glimlag sy goedkeuring terwyl hy antwoord.

Ja, Daniel Cooper het nie Christopher se afjak gemis nie.

Teen die einde van die perskonferensie het Riley haarself al so opgewerk om Christopher te konfronteer, en dis presies wat sy gedoen het.

Sy verlaat die media-lokaal saam met die res van die joernaliste, maar toe almal weg is, stap sy weer by die vertrek in.

Christopher sit nog by die tafel waar hy besig is met die papiere voor hom. Hy moes besef het daar is nog iemand anders in die vertrek want hy kyk skielik op. Sy uitdrukking verstrak onmiddellik toe hy besef dit is Riley.

Komaan, Riley, praat met hom.

Riley hoop sy klink so vol selfvertroue as wat sy gevoel het voordat sy hier ingestap het, maar sy weet dit werk nie. Sy haat dit dat sy onseker klink toe sy vra, "Christopher, mag ek asseblief met jou praat?"

Christopher se oë is koud en sy stem selfs nog kouer toe hy grom, "Ek het niks vir jou te sê nie. As jy enige vrae het kan jy dieselfde roete volg as die ander joernaliste en my kantoor kontak."

Riley trek haar asem in en probeer weer, "Dit het niks met die Buffels te doen nie maar ek moet met jou praat."

"Dan gaan jy baie lank wag. As dit nie besigheid is nie, het ek selfs nog minder vir jou te sê."

Hy tel sy papiere op voor hy om die tafel stap om voor haar te stop. Hy staan so naby dat Riley die speserygeur van sy deodorant kan ruik. Die reuk ontwaak 'n warm, bekende gevoel.

Riley maak amper haar oë toe sodat die herinnering oor haar kan spoel, maar Christopher gee haar nie 'n kans om daaroor te mymer nie. Sy stem sny deur haar gedagtes en haar oë vlie op om syne te ontmoet. "Wat de hel het jy verwag, Riley? Sewe jaar! Nou wil jy met my praat. Vergeet dit. Jy het jou kans gehad. Nie meer nie."

Hy draai om en vlug. Riley staar versteen na die leë deuropening. Sy sug hardop. Soveel vir probeer.

Sy kan nie Christopher se gedrag verstaan nie maar sy wonder of dit nie sy skuldige gewete is wat hom so laat optree nie. Dit is egter sy probleem, nie hare nie. Sy moet net aan Jon dink. Dit maak nie saak of Christopher se houding seermaak nie, al het sy nie verwag dat sy nog so sou voel na al hierdie jare nie. Haar fokus moet net op Jon en sy behoeftes bly.

As sy Christopher se gedrag moet oordeel, sal hy bes moontlik genot daaruit put om te weet dat hy haar nog kan seermaak. Sy kan nie toelaat dat hy dit sien nie.

Riley vlug na die dames se kleedkamers wat sy vroeër in die verbygaan gesien het voordat sy in trane uitbars.

Toe sy alleen is, laat Riley die trane vrylik vloei. Hoekom maak dit nog so seer? Sy moes tog jare gelede al oor dit gewees het. Sy moes oor dit gewees het toe hy weg is sonder 'n verduideliking.

Riley vee nog steeds trane af toe 'n ander vrou die badkamer binnestap. Sy dra 'n kortbroek en hemp met die Buffels se embleem en die woord Fisio daarop. Sy glimlag simpatiek vir Riley.

Riley probeer haar ignoreer maar die vrou is skynbaar een van daardie vroue wat jy nie maklik kan ignoreer nie. Sy begin praat en tot Riley se verbasing droog haar trane op. Sy buk af en spoel haar gesig af om ontslae te raak van die lastige teken van haar trane. Toe sy opkyk, ontmoet haar oë die van die ander vrou wat summier glimlag en na Riley draai om haarself voor te stel.

Riley het nie veel van 'n keuse om haar ook voor te stel aan Melissa Roux nie. Sy is nog meer verbaas toe Melissa haar uitnooi, "Wil jy nie saam met my gaan koffie drink nie?"

Toe Riley onseker op haar lip byt, lig Melissa haar haastig in, "Ek is jammer. Ek is nuut hier. Ek het net verlede week hier begin en het nog nie vriende nie. Jy kan amper sê ek is nuut in die stad want ek het die laaste paar jaar in Kaapstad gebly."

Riley glimlag bewerig, "Ek weet hoe voel jy. Ek het verlede maand van Johannesburg af hierheen verhuis en het ook verlede week met 'n nuwe werk begin. Meeste van my kollegas is mans en ek kry nie juis veel kans om ander vroue te ontmoet nie. In elk geval, ek het nog nie."

Melissa straal, "Dis dieselfde hier. Hier is 'n paar ander vroue maar ons etenstye is op verskillende tye. Koffie- en middagetes is maar eensaam."

Teen daardie tyd het Riley haarself reg geruk en stem sy in om saam met Melissa te gaan koffie drink. Riley hou van haar. Geselskap met Melissa vloei gemaklik. Hulle vind dat hulle heelwat in gemeen het, onder andere hul liefde vir sport. Dit is nogal raar vir Riley om 'n ander vrou te ontmoet wat net so mal is oor rugby as sy.

Toe hul klaar hul koffie gedrink het, loer Riley na haar horlosie. Dit is tyd dat sy terugkeer na die ateljee.

Hulle ruil nommers uit en reël om weer volgende week na afloop van die perskonferensie vir koffie te ontmoet, aangesien dit die tyd is wat Melissa 'n breuk neem. Melissa het reeds verduidelik dat sy dan haar kans waarneem aangesien die spelers gewoonlik daardie tyd by 'n spanpraatjie is.

Riley se gemoed is heelwat ligter toe sy na die ateljee terugkeer as wat dit was voor sy Melissa ontmoet het. Die ander vrou se geselskap het haar gekalmeer. Dit is vreemd. Haar lewe het nogal verander vandat sy na Pretoria verhuis het. Dit is nog net 'n paar weke maar sy het alreeds begin om vriende te maak.

Sy het al goed gevorder. As sy al twee vriende in so 'n

kort tydperk kon maak, kan sy nog maak. Vriende kan die plek inneem van familie. Haar vriende was altyd haar redding in haar grootwordjare. Wel, totdat sy hulle ook verloor het ...

Sy stop summier daardie gedagtes. Sy wil nie aan die verlede dink nie. Dit is tyd om aan te beweeg.

Daardie tranedal was net 'n tydelike terugslag. Sy gaan nie toelaat dat Christopher haar so behandel nie.

Nooit weer nie.

Sy weet nou wat om te verwag. Sy sal nie weer so onvoorbereid wees nie.

Sedert sy voltyds begin werk en die skole vir die nuwe akademiese jaar heropen het, waardeer Riley naweke soveel meer. Al laai sy elke dag vir Jon en Lucas op na skool, mis sy die tye wat sy met Jon spandeer het.

Daardie Saterdag het Jon en Lucas 'n atletiekbyeenkoms by die skool. Spyt spoel deur Riley toe sy toekyk toe Jon sy heel eerste wedloop hardloop. As Christopher nie so hard-koppig was nie, sou hy hierdie eerste ervaring saam met sy seun kon deurmaak, net soos hy Jon se eerste skooldag gemis het. Die skool het eers die dag nadat sy die eerste keer met hom probeer praat het, geopen.

Beide Jenna en Sam, wat die adjunk-hoof by die skool is, werk by die byeenkoms. Riley bied aan om die seuns die res van die dag en aand besig te hou, sodat Jenna en Sam alleen op 'n afspraak kon gaan. Sy gaan nie altyd so 'n kans kry nie want sodra die rugbyseisoen afskop, gaan sy gereeld Vrydag- en Saterdagaande wat die Buffels by die huis speel, moet werk.

Nadat die twee seuns se deelname aan die byeenkoms verby is, neem Riley hulle na die voedselmark in Hazelwood. Sy was een keer vantevore daar saam met Jenna en het beplan om haar groente en kaas vir die week daar te koop. Die twee seuns is dol oor die mark. Riley weet dis slegs oor die hamburgers en die kans om 'n verskeidenheid tuisgemaakte lekkers te kan proe.

Heelwat later, toe die seuns klaar hul burgers geëet het en hulself moeg gespeel het op die klimrame, keer hulle terug huis toe. Hulle verdwyn dadelik in Jon se kamer om te gaan speel en maak eers weer hul verskyning toe Riley hulle roep toe die Buffels se eerste wedstryd begin.

Dit was nou nie die aanskoulikste wedstryd nie maar die Buffels slaag daarin om te wen. Dit is die eerste wedstryd van die seisoen en gewoonlik moeilik. Die spelers is maar nog effens geroes na die af seisoen en aangesien dit slegs 'n opwarmingswedstryd is, het die afrigters die vryheid om meer as die gewone aantal plaasvervangers te gebruik. Tom Brady het die geleentheid gebruik om 'n paar van die nuwe en jonger spelers in die oefengroep 'n kans te gee om hulself te bewys. Die wedstryd het sy doel gedien deur leemtes uit te wys.

Die wedstryd het skaars tot 'n einde gekom toe die twee seuns weer in Jon se kamer verdwyn. Ten minste is Riley alleen terwyl sy na die onderhoude na die wedstryd kyk. Die kamera beweeg en val op Richie Campbell en reg langs hom, staan Christopher.

Riley se hart mis 'n slag en sy is sommer dadelik vies vir haarself. Sy haat dit dat hy nog steeds so 'n effek op haar het maar dit kan seker nie anders nie. Christopher is 'n aantreklike man en hy lyk nog steeds fiks. As dit nou nie vir die pak klere en das is nie, kon mens hom amper met een van die spelers verwar het.

Riley kyk vir 'n rukkie maar dan verander sy die kanaal, nog steeds geïrriteerd met haarself.

Sy hoop nie dat Christopher altyd so naby gaan wees met onderhoude nie. Miskien doen hy dit net met Richie se onderhoude, maar dit sal nog steeds moeilik wees om haar werk te doen as hy so na haar gluur.

Christopher se teenwoordigheid het daardie eerste perskonferensie oorskadu maar selfs toe het Riley opgemerk dat Daniel Cooper en Matthew Kemp oorgeneem het wanneer hulle opgemerk het dat die joernaliste sukkel om Richie te verstaan. Richie praat vinnig, sy stem is laag en dit klink asof hy al sy woorde in 'n sin in een woord saamvoeg. Sy hoop dat sy nie binnekort 'n onderhoud met hom moet voer nie.

Diep in gedagte staan Riley op en stap kombuis toe.

Sy moet met Christopher praat maar sy weet nie hoe sy dit gaan regkry nie. Hy het dit duidelik gemaak dat hy nie met haar wil praat nie. Haar laaste opsie gaan wees om na 'n prokureur te gaan maar sy sou nog steeds verkies om eerder direk met Christopher te praat. Dit gaan nie 'n maklike stryd wees nie, maar ter wille van Jon gaan sy maar net moet probeer.

Sy sug en begin om die pasta te maak vir die seuns se aandete.

Om 'n nuwe kantoor van nuuts af op te bou, is nie maklik nie. Rachel Dunn, wat eers Nicholas Carter se sekretaresse was toe hy die klub gekoop het maar nou die senior spelers bystaan, was egter van groot hulp en het Christopher waardevolle raad gegee. Christopher weet nie hoe hy dit sou reggekry het andersins nie, veral met slegs die hulp van sy assistant en twee interns nie.

Nicholas het soveel planne en idees vir die klub. Hy het sedert verlede seisoen al verskeie veranderinge aangebring om die klub se beeld te verbeter. Nicholas wil die Buffels een van die mees gevorderde klubs in die land maak.

Een van daardie veranderings is die skep van 'n afdeling vir media en kommunikasie. Die het voorheen onder die bemarkingsafdeling geval en al was Christopher voorheen in die agtergrond betrokke met die media, het Rachel en die spanbestuurder in samewerking met die betrokke speler se agent, alle persoonderhoude gereël. Sodra Christopher se kantoor op die been is, kan hy nog twee rekrute aanstel. Een van die persone sal op promosies konsentreer en die ander sal 'n junior persbeampte wees wat Christopher sal bystaan wanneer dit nodig is.

Hy gaan binnekort daardie mediabeampte nodig hê. Hy kan nie al die perskonferensies bywoon wat betrekking het op die verskillende spanne by die Buffels nie. Sy fokus gaan op die senior spanne wees en meer spesifiek die senior span wat aan die Internasionale Klub-uitdaging gaan deelneem.

Teen die derde week in sy nuwe posisie voel Christopher dat hy al vordering gemaak het. Die pers begin hom en sy span ken en dinge begin in plek val.

Daar is natuurlik 'n paar probleme en die grootste daarvan word veroorsaak deur Richie Campbell. Soos Christopher verwag het, het die koerante onderhoude met Richie aangevra. Een van hulle was die sportverslaggewer van die nasionale koerant. Al het Matthew ingesit met die onderhoud, was die onderhoud nog steeds 'n fiasko, soveel so dat Max, die verslaggewer, sommer opgegee het. Max was 'n ou hand en as hy opgee, weet Christopher dat die onderhoud 'n ramp was.

Die volgende keer toe Richie 'n onderhoud opgemors het was tydens die onderhoud na die opwarmingswedstryd in Polokwane. Daardie Maandag na die wedstryd het Nicholas vir Christopher na sy kantoor ontbied. Tom Brady en Daniel was ook teenwoordig toe Nicholas vir Richie 'n ultimatum gee. Richie het 'n keuse. Of hy verander sy houding teenoor die pers en behandel hulle met respek, of hy is uit.

Daniel en Christopher het na die tyd na oplossings gesoek om Richie te help. Die volgende dag het Daniel met 'n oplossing vorendag gekom. Hy het Richie se probleem met sy suster bespreek. Jaylin is 'n vertaler maar haar vennoot doen uitspraak- en media opleiding.

Sarah Mackay is boonop ook 'n Skot wat in Suid-Afrika skool gegaan het. Haar broer is een van Richie se spanmaats in die Skotse nasionale span. Hulle hoop dat die feit sal help om Richie te oortuig. Daniel sal met haar praat as Christopher en Nicholas daartoe toestem.

Toe Christopher en Daniel met Nicholas daaroor praat, het die voorsitter ingestem tot 'n ses-weke proeftydperk.

Volgens Daniel was Sarah eers nie geneë om Richie op te lei nie, maar Daniel, sy suster en Sarah se broer, Dan, wat ook een van Daniel se skoolvriende is, het haar uiteindelik oortuig. Alhoewel dit waardevolle tyd in sy alreeds oorvol skedule in beslag geneem het, het Christopher tog die tyd afgeknyp om Sarah se kwalifikasies te bevestig. Die volgende probleem gaan nou wees om Richie te oortuig.

Al die dinge wat met Richie gepaardgaan en die reëlings vir die borge se funksie plaas Christopher onder geweldige druk. Hy het nie eens tyd om aan Riley te dink tot met die volgende perskonferensie nie.

Riley het verwag dat Jon se aanhoudende vrae net erger gaan word nadat die rugbyseisoen afgeskop het. Sy het egter nie gedink dit gaan so erg wees nie. Die hele Sondag peper hy haar met vrae oor sy pa.

Toe sy Sondagaand in Jon se kamer instap, besef Riley dat sy nie veel van 'n keuse het nie. Hy het haar nie gesien toe sy in die deuropening gehuiwer het nie aangesien hy druk besig was om die foto-album te bestudeer wat Riley vir hom gemaak het met van die foto's wat sy van Christopher gehad het. Dit is meer net skool foto's en 'n paar wat geneem is tydens Christopher se eerste jaar op universiteit. Daar was 'n hele klomp van Christopher waar hy rugby speel voordat 'n besering sy loopbaan tot 'n einde gebring het. Riley hoef nie eens nader te gaan om te weet dat dit dié foto's is wat Jon so aandagtig bestudeer nie.

Christopher was 'n baie goeie speler en het flank gespeel vir die Nyala's se skolespan. Daar was gerugte dat Christopher in sy finale jaar op hoërskool verseker was van 'n plek in die Suid-Afrikaanse Skolespan wat gekies sou word net na die Interprovinsiale Skoleweek. 'n Ongelukkige besering in die laaste wedstryd van die Skoleweek het ook daardie aspirasies beëindig.

Haar seun se duidelike verlange na sy pa oortuig Riley om haar eie gevoelens tersyde te stel en Christopher weer te nader. Die seun kort 'n pa of daarom so te stel: hy kort sy pa.

Riley het haarself lank gelede belowe dat sy haarself nooit weer gaan blootstel aan sulke hartseer as wat sy ervaar het toe Christopher weg is nie. As sy dus vir Jon 'n pa wil gee, gaan sy nie 'n ander keuse hê as om Christopher weer te nader nie. As hy dan nog steeds weier om met haar te praat, gaan sy 'n ander opsie moet oorweeg. Sy is nie baie gretig om nou al daardie roete te volg nie, maar sy sal dit doen as Christopher haar nie 'n ander keuse gee nie.

Riley het gedink sy het haarself goed genoeg voorberei toe sy Dinsdagoggend by die perskonferensie instap. Jon se studie van die album weeg swaar op haar gemoed. Sy weet net dat sy nog een keer moet probeer.

Haar moed sak in haar skoene toe sy Christopher sien. Hy het haar gesien maar selfs van waar sy staan kon sy sien hoe sy uitdrukking verander. Hy was besig om met Daniel en Matthew te praat, maar sy halwe glimlag het verdwyn toe hy haar sien. Hoe kan sy gewoonlik warm bruin oë so vinnig verander na wat lyk soos twee stukke koue graniet?

Riley kyk weg en soek na haar kollega by die nasionale koerant. Sy is baie seker daarvan dat as sy volgens daardie kyk moet oordeel, Christopher haar weer eens tydens die vraetyd gaan ignoreer. Sy gaan nie weer deur daardie verne-dering gaan en vir Christopher daardie genot verskaf nie. Toe Riley vir Max kry, bespreek sy haar vrae met hom.

Riley vermoed dat die ander verslaggewer opgemerk het dat Christopher haar maar al te duidelik ignoreer. Hy voel seker jammer vir haar en stem in om die vrae namens haar te vra. Max is 'n ou hand. Hy was ook Riley se mentor en hy ken haar omstandighede. Hy het ook vir Jon oor die jare ontmoet. Dit verbaas haar dus nie toe hy met sy kop na Christopher beduie en vra, "Is hy...?"

Riley knik. Dit verbaas haar nie dat Max vir Christopher met Jon verbind nie. Sy hoef niks verder te verduidelik nie. Riley weet ook dat Max nie haar vertroue sal skaad nie.

Na haar gesprek met Max, neem Riley weer haar plek in teen die muur. Sy is verbaas om nog 'n vrou by vandag se konferensie te sien. Die beeldskone rooikop-vrou dra ook 'n akkreditasie om haar nek maar Riley kan nie iets uitmaak nie. Sy kan nie verder oor haar bespiegel nie aangesien 'n aantreklike en aangename fotograaf van die plaaslike koerant met haar begin gesels. Die fotograaf flirteer duidelik met Riley, maar sy is nie geïnteresseerd nie. Sy hoef nie eens na die paneel te kyk om te weet hoekom nie. Die man wat daar voor staan het haar vir die res van haar lewe van verhoudings en mans afgesit.

Ten minste help die geselskap Riley om vir 'n kort rukkie haar gedagtes af te lei van wat sy moet doen.

Vandag is dit haar beurt om Christopher te ignoreer en sy dink nie hy hou daarvan nie. Alhoewel sy haar blik op Daniel en Coach Brady hou en nie in sy rigting kyk nie, kan sy sy blik op haar voel die hele tyd.

Soos die vorige week wag Riley vir almal, behalwe Christopher, om te vertrek voordat sy weer die lokaal binne stap. Vandag vat dit langer. Die gesprek wat binne plaasvind is vurig. Dan storm eers Richie Campbell uit met wat lyk soos donderweer op sy gesig en kort op sy hakke volg die rooikop-vrou, wat nie juis veel beter lyk nie. Laastens kom Daniel Cooper uit en uiteindelik is Christopher alleen.

Riley neem haar kans waar en stap in, reg in Christopher vas wat net op die punt was om te vertrek. Hy swets en staan terug terwyl hy haar aangluur. Riley kyk verbaas na hom. Christopher het nog nooit voor haar gevloek nie en sy is verbaas dat hy dit nou doen.

Toe sy sy uitdrukking sien wonder Riley nog of dit 'n goeie idee is om hom te konfronteer. Hy is duidelik nie in 'n goeie bui nie en aangesien hy nie met haar wil praat nie, moes haar gewaarsku het. Sy kan egter nie daarop ag slaan nie. Nie nou nie. Hierdie is vir Jon.

Riley adem diep in en sê, voordat Christopher haar soos gewoonlik kan afjak, "Voor jy iets sê, ek moet met jou praat. Ek verstaan nie jou houding nie maar dit maak nie saak nie. Dit is belangrik dat ek met jou praat."

"Hoekom wil jy nou met my praat? Kan Pappa dit nie vir jou doen nie?" grom Christopher onverwags.

Riley byt op haar tande. Sy was baie naby daaraan om hom 'n klap te gee maar sy durf dit nie doen nie. Sy gaan niks daarby baat om nou haar humeur te verloor nie. Sy begin om tot tien te tel maar is nog nie eens halfpad nie voor

Christopher voortgaan, "Ek sien nie enige rede hoekom ons nou moet praat nie. As dit nie vir ons beroepe was nie, sou ek jou nóóit weer wou sien nie. Ek haat jou, Riley."

Riley deins terug.

Alle veglus verlaat haar. Sy voel te emosioneel en sy besef dat sy nie nou met hom kan praat nie. Sy moet padgee voordat Christopher die dreigende trane kan sien. Sy haas haar uit die vertrek met Christopher se stem wat haar agtervolg, "Dis reg. Vlug terug na Pappa."

Op daardie oomblik haat Riley Christopher net soveel as wat hy gesê het hy haar haat.

4

Christopher het geweet hy gaan vroeër die oggend vir Riley by die perskonferensie sien en hy het gedink hy is voorbereid. Hy het verwag dat sy hom sou konfronteer en het hom daarvoor gestaal. Hy dink hy het dit nogal goed hanteer maar seker ook maar net omdat hy toe reeds sy humeur met Richie Campbell verloor het net voor sy konfrontasie met Riley. Hy was kwaad en hy kon sy woede op haar uithaal.

Wat Christopher egter nié verwag het is dat Riley by die onderhoud wat die nasionale koerant met Daniel sou voer, sou opdaag nie. Dit het hom heeltemal onkant gevang. Hy het gedink hy gaan 'n hele week hê voordat hy nodig het om haar weer te sien en hier is sy, met geen spoor van die trane wat hy gedink het hy vroeër gesien het nie.

Toe Daniel homself voorstel, besef Christopher dat hy nie juis professioneel optree nie. Hy mis nie daardie geligte wenkbrou van Daniel na sy kant nie en hy weet dit is 'n waarskuwing dat hy homself moet regruk. Hy mis ook nie Daniel se duidelike sarkasme toe hy Riley en Christopher aan mekaar voorstel nie. Na hy dit gedoen het, staar Riley in stilte na hom vir etlike sekondes en dan sê sy sy naam. "Christopher."

Net sy naam. Dit maak nie saak of hulle die afgelope twee weke met mekaar gepraat het nie, en die laaste keer maar slegs twee ure gelede nie. Hierdie keer klink dit anders, wat maak dat 'n rilling langs sy ruggraat afloop. Dit bring herinneringe na vore wat Christopher gedink het hy lankal vergeet het. Hy sukkel om beheer oor sy emosies te kry.

Hoekom onthou hy dit nou? Hy moes eerder die woede en pyn onthou het!

Daardie gedagte was genoeg om hom uit daardie waas te bring en hy homself kan regruk. Hy slaag daarin om weer daardie koue, ongenaakbare masker oor sy gesig te trek en haar blik te beantwoord. Ja, dit kan werk.

Christopher glimlag nie en hy steek ook nie sy hand uit nie. Al wat hy wel doen is om haar naam te sê. "Riley."

Dit maak nie saak hoeveel hy haar haat nie. Hy het mos oë om te sien dat sy nog net so pragtig is as wat sy was op agtien. Nee, dis nie waar nie. Sy is eintlik nou nog mooier. Sy openbaar ook nou 'n kalm en stil volwassenheid wat hy nie verwag het nie. Haar mooi blou oë kyk terug na hom asof daardie vroeëre konfrontasie nooit gebeur het nie. Hoekom pla dit hom nog?

Christopher kan egter nog steeds nie verstaan dat hy nie geweet het dat dit Riley sou wees wat hierdie onderhoud sou doen nie. Hy frons, "Wat maak jy hier?"

Riley se antwoord is so koel soos Christopher s'n vroeër, "Ek is hier vir 'n diepte-artikel met Daniel Cooper. Aangesien Daniel hier is, vermoed ek dat ek op die regte plek is."

Christopher frons nog steeds, "Die onderhoud is nie vir Sport100 nie. Dit is vir die nasionale koerant."

"Ek weet dit anders sou ek nie hier gewees het nie. Jy het

seker nie na my akkreditasie gekyk nie of jy het ook nie die versoek om 'n onderhoud behoorlik gelees nie. As jy het, sou jy geweet het ek is 'n rubriekskrywer vir die nasionale koerant, meneer Brooks."

Hoe kan hy nou daardie beklemtoning op die formele aanspreekvorm mis? Hy ken sarkasme. Hy is nogal goed daarmee, en Riley se stem drup behoorlik van sarkasme.

Sy moes darem seker onthou het dat sarkasme nou nie die beste manier sal wees om in sy goeie boekies te kom nie? Of miskien het sy en dis hoekom sy dit gebruik het. Dit mag dalk nader aan die waarheid wees. Sy wil hom vies maak maar hy gaan nie daarvoor val nie. Hy gaan nie kwaad word of ....

Die potlood breek tussen sy vingers en Christopher swets onderlangs. Riley het hom vies gemaak. Sy maak of sy nie sy vuil kyk raaksien nie of miskien gee sy regtig nie om nie. En miskien is dit eerder die laaste opsie as hy volgens daardie glimlag wat sy vir Daniel gee, moet oordeel.

Nee, my magtig! Dit kan nie gebeur nie.

Sy mag nie hierdie effek op hom hê nie. Hy moet net homself daaraan herinner hoe sy sy lewe verwoes het. Hy wil nie weer 'n kans met haar hê nie. Nooit weer nie.

Christopher mis nie Daniel se geamuseerde blik wat tussen hom en Riley flits voordat hy na Riley draai nie. Daniel draai die sjarme knoppie wyd oop toe hy haar aanspreek, "Ek lees gereeld jou rubriek, juffrou Adams. Ek hoop jy kan my so goed laat lyk as wat jy gedoen het met daardie sokkerspeler."

Riley glimlag vir Daniel, "O, ek is seker ek hoef nie veel te doen nie, meneer Cooper. Dit sal maklik wees om 'n artikel te skryf wat jou goed sal laat lyk."

Daniel beantwoord Riley se glimlag met een van sy eie

wanneer hy antwoord. Noem my Daniel. Ek dink ons gaan goed oor die weg kom."

Riley se antwoord is blitsig, "Net as jy my Riley noem."

Christopher voel skoon uitgesluit en 'n golf jaloesie spoel oor hom. Voor een van die twee iets verder kan kwytraak, of hy iets onnosel aanvang, grom Christopher, "As julle kan ophou flirteer, kan ons asseblief begin? Ons het net 'n halfuur."

Daniel lyk nog meer geamuseerd. Christopher vertrou nie daardie vreemde kyk wat sy vriend in sy rigting stuur voordat hy terugdraai na Riley en vir haar knipoog nie. "Ek is joune... Riley."

Christopher moet sy hande onder die tafel vasklem in 'n desperate poging om nie sy vriend 'n oorveeg te gee nie. Hy kan nie jaloers wees op Daniel nie! Hy kan nie jaloers wees op enigiets wat met hierdie vroumens te doen het nie maar hy was. Hy het 'n soortgelyke vlaag van jaloesie ervaar toe sy vroeër met die fotograaf van Die Dagblad gepraat het.

Hy klem sy hande saam en ontspan hulle etlike kere terwyl hy sy oë op die papier voor hom op die tafel hou in 'n poging om te kalmeer. Hy volg Riley se vrae maar Daniel het genoeg ondervinding met onderhoude soos hierdie. Christopher het nie nodig om sy hand vas te hou soos hy met van die ander spelers moet doen nie.

Riley ignoreer Christopher nog steeds. Christopher is nie seker of dit hom nog vieser maak as die feit dat sy hier is nie. Sy lyk vol selfvertroue en al haat hy om dit te erken, moet Christopher haar natuurlike onderhoud styl bewonder.

Die fotograaf arriveer wat 'n teken is dat die onderhoud tot 'n einde kom. Christopher kan nie wag dat hulle klaarmaak sodat hy kan ontsnap nie. Hy het vars lug nodig.

Terwyl die fotograaf besig is om sy kamera weg te pak,

vra Riley vir Daniel, "Mag ek dalk nog een vraag vra? Ek
weet dit was nie een van die goedgekeurde vrae nie en as jy
nie wil antwoord nie, is dit ook reg."

Daniel lig sy wenkbrou in Christopher se rigting so asof
hy Christopher se opinie wil vra. Christopher grom, "Dis jou
keuse of jy dit wil antwoord of nie. Sy kan niks publiseer
indien jy nie daartoe toestem nie. Dit is in die kontrak."

Goeie genade. Kan hy dan nie eens haar naam sê nie?

Daniel trek sy skouers op en draai terug na Riley, "Jy kan
vra. Kom ons kyk hoe dit gaan."

Toe Riley vir Daniel glimlag voel dit asof 'n vuishou hom
in die bors tref.

Christopher onthou daardie ondeunde glimlaggie maar
al te goed. Hy haat dit dat dit hom enigsins affekteer. En die
ergste is dat hy vies is vir homself dat hy dit enigsins haat.
Hy moes niks gevoel het nie. Riley Adams mag geen uitwer-
king op hom hê nie. Niks. Geen.

Hy haal diep asem en moet hard werk om te konsentreer
op Riley se vraag, wat nie juis maklik is met Riley wat nog
steeds so vir Daniel glimlag nie, "Ons lesers en die personeel
in die kantoor het 'n opname gedoen. Al ons lesers, en ek
moet byvoeg dat dit die meeste vrouens is, wil weet of daar
iemand spesiaal in jou lewe is."

Christopher kan hom indink dat dit nogal 'n gewilde
vraag is. Daniel is twee-en-dertig, aantreklik, 'n professio-
nele rugbyspeler en 'n aangename mens. Christopher weet
hy moet homself gelukkig ag. Daniel is baie privaat en is
nooit betrokke in enige skandale en geskinder nie wat sy
werk heelwat makliker maak.

Toe Daniel bloos, hoef Christopher nie te hard daaroor
te wonder nie. Hy het die gerugte en bespiegelinge al gehoor
en hy onthou daardie gesprek twee weke gelede toe hulle by
Mark gekuier het. Het Daniel toe ingegee?

Daniel bly gans en al te lank stil sodat Christopher sy arm moet stamp en sy naam moet roep voordat Daniel reageer. As dit enigsins moontlik is word Daniel se gesig nog rooier as wat dit was toe Riley die vraag in die eerste plek gevra het. Hy mompel verleë, "Ek is jammer. Ek is nie seker hoe om dit te antwoord nie."

Christopher frons. "Jou beste antwoord is seker: 'Ek wil nie daarop kommentaar lewer in hierdie stadium nie'."

Daniel knik. Toe hy terugdraai na Riley antwoord hy heel ernstig, "Ek sou dit graag wou beantwoord maar ek dink dis beter dat ek by Christopher se 'geen kommentaar' verklaring bly in hierdie stadium."

Dit lyk nie juis of Daniel se vae antwoord Riley juis pla nie want sy glimlag terug, "Ek verstaan."

Daniel mompel, "Sien jou, Chris," voordat hy die vertrek haastig verlaat. Riley groet nie eers nie en is kort op Daniel se hakke sonder om eers een keer weer in sy rigting te kyk.

Christopher sak terug in sy stoel. Wat het nou net gebeur? Dit is amper sewe jaar wat hy Riley nie gesien het nie. Hy het probeer en het meestal daarin geslaag om nie in daardie tyd aan haar te dink nie maar hier is sy nou. Dit moes hom nie gepla het dat sy hom ignoreer nie. Dit moes hom nie gepla het dat sy vriendelik is met ander mans of dat hulle met haar flirteer nie.

Maar dit doen.

Dit maak hom bekommerd. Hy is ook bekommerd daaroor dat hy nie daarin slaag om Riley nou uit sy gedagtes en drome te hou nie.

Moet hy nie dalk net uitvind waaroor sy so dringend met hom wil praat nie? Christopher skud sy kop. Hy is nie so seker of hy dit kan doen nie.

In die vroeë oggendure moet hy erken dat dit hom bangmaak. Hy is bang hy gaan sy skans laat sak en haar weer in sy lewe toelaat. Hy is bang om alleen saam met haar te wees. Hy weet mos watter effek sy op hom het. Hy hoef net aan daardie ondeunde glimlaggie wat sy vir Daniel gegee het, te dink om te weet dat sy vrese nie ongegrond is nie.

Gits, hy hoef net naby genoeg aan haar te wees om aan haar te raak om te weet dat sy nog steeds so ruik soos sewe jaar gelede. Lank nadat sy uit die vertrek gestap het waar hulle die onderhoud gehou het, het die sagte geur van jasmyn nog in die lug gehang. Dit het baie herinneringe opgediep.

Nee, hy kan dit nie doen nie. Hy kan nie Riley weer in sy lewe toelaat nie. Hy moet net harder probeer om haar te vermy of enigsins aan haar te dink. Hy moet enige geleentheid van versoeking vermy. Hy kan dit nie bekostig nie. Saterdagaand gaan sy wilskrag toets. Hy weet dit sommer.

Daar is dalk een manier wat hy kan seker maak dat hy haar dan gaan vermy. Op pad kantoor toe bel hy vir Rick om planne te maak. Hy hoop net dit werk.

Christopher het nie baie tyd die res van die dag om aan Riley te dink nie. Hy blameer sy besige skedule op Riley Campbell. Dit was in die eerste plek nie maklik om Sarah Mackay te oortuig om met Richie te werk nie en toe moes die Skot so ongeskik met haar wees net na die perskonferensie.

Sarah wou summier onttrek en dit het Daniel en Christopher 'n rukkie geneem om haar te oortuig om Richie nog 'n kans te gee. Hulle gaan vroegaand in die vergaderlokaal by The Final Whistle ontmoet. Christopher hoop net dat die Skot hierdie keer meer geneë gaan wees.

Behalwe dat hy die gemors moet regmaak wat Richie veroorsaak het, is daar nog die finale reëlings vir die dinee vir die borge wat hy saam met die bemarkingsafdeling reël. Hy is boonop besig met die aanvoorwerk om 'n publisiteitsbeampte aan te stel. Dit is 'n nuwe posisie en Christopher hoop hy kan iemand kry wat ervare genoeg is om van sy take oor te neem, veral om die reputasies van ouens soos Richie en Rick te verbeter asook die welsynsorganisasies wat die Buffels ondersteun.

Gelukkig help sy besige skedule dat hy nie te veel tyd het om hom oor Riley te bekommer nie.

DIT VOEL ASOF DIE DAG NOOIT GAAN EINDE KRY NIE. Christopher sien uit na die weeklikse kuier saam met sy vriende by The Final Whistle maar voor hy dit kan doen, moet hy eers Richie se gemors hanteer. Na die vorige konfrontasie tussen die twee Skotte, sal Christopher nie verbaas wees as hulle weer vir vuurwerke gaan sorg nie.

'n Uur later kreun hy behoorlik van frustrasie. Hy was nie verkeerd oor die vuurwerke of die vermoede dat Richie gaan weier om die klasse by te woon nie.

Daniel is egter baie ferm met die halsstarrige speler. Matthew speel die rol van simpatieke vertroueling en Christopher skeidsregter. Dit verg egter nog baie oorreding van Daniel en Matthew om Richie te oortuig om tóg die klasse by te woon en vir Sarah om nie uit te stap nie. Sy was baie na daaraan om dit te doen na Richie se aanvanklike weiering.

Christopher is nie seker wat Richie van plan laat verander het nie maar tot sy verbasing het Richie ingestem. Matthew het vroeër gespot dat die vonke gaan spat tussen Richie en Sarah? Gaan hulle dit tot die einde deursien? Christopher vermoed dat dit nie sonder 'n geveg gaan wees nie. Hy hoop net dat die twee deur die proses gaan kom sonder om die ander te vermoor.

Hy wil egter nie vanaand daaraan dink nie. Hy sien al

die hele dag uit na sy bier en sy vriende se geselskap en hulle los dus die twee om die finale reëlings te tref.

Christopher frons toe hy die toneel inneem en besef dat vanaand gaan hy nie met sy vriende ontspan nie. Hoe kan hy, as die helfte van die tafel uit vroumense bestaan? Jakes se Angie, wat die vorige week hier aangekom het is daar asook Daniel se suster, Melissa Roux en Chloe Marshall.

Chloe en Melissa en die ander vrouens betrokke by die Buffels kan hy nog verstaan en miskien Daniel se suster ook maar nie die res nie. Hy wil nie eers bespiegel oor hul teenwoordigheid nie.

Christopher weet sommer dat sy ongelukkigheid oor die situasie is duidelik op sy gesig geskryf toe hy sy sitplek op die vêrste punt van die tafel inneem.

Jakes en Angie praat nie met mekaar nie en behalwe Chloe en Matthew, praat die ander vrouens ook nie met die mans nie. Dit veroorsaak 'n ongemaklike atmosfeer. Hoekom gaan sit die vrouens dan nie by 'n ander tafel as hulle nie met die mans wil praat nie?

Toe Richie en Sarah by hulle aansluit, verbeter die atmosfeer nie juis veel nie. Inteendeel. Dit versleg nog meer. Richie lyk gans en al te selfvoldaan en Sarah woedend.

Die stywerige gesprek het uiteindelik by die borge se dinee uitgekom wat veroorsaak dat die mans net nog meer miserabel lyk. Christopher weet hoekom en om die ongemaklike stilte wat heers te verbreek, mompel hy, "Ek het 'n metgesel."

Almal kyk geskok na hom. Ja, gits, hy weet hy neem nie gewoonlik 'n metgesel na 'n funksie nie maar toe Rick hom vertel het dat hy Angie na die dinee gaan vergesel, het dit Christopher 'n idee gegee. Miskien is dit 'n simpel idee as hy nou daaroor dink, maar dit is al waaraan hy kon dink om sy aandag van Riley af te lei. As hy 'n metgesel het, kan dit dalk help.

Daniel vra geskok, "Wie?"

Verleë mompel Christopher, "Rick het vir my 'n metgesel gereël."

Almal kreun gelyk maar Mark is die enigste wat braaf genoeg is om iets te sê, "Jis, Chris. Het jy nog nie jou les geleer met Rick se vriendinne nie? Sy gaan net so floskop wees soos al Rick se meisies."

Christopher antwoord nie. Sy enigste reaksie is 'n ongemaklike skouerophaling. Mark is bes moontlik nie verkeerd nie.

'n Ongemaklike stilte sak oor die tafel. Almal is diep in gedagte, tot Daniel skielik na Richie en Sarah draai en nadenkend sê, "Richie, ek dink Sarah moet jou na die dinee vergesel. Daar gaan 'n groot pers teenwoordigheid wees en dit sal 'n goeie geleentheid wees vir Sarah om eerstehands jou interaksie met die pers waar te neem."

Christopher blaas sy asem liggies uit. Ten minste het Daniel se opmerking die aandag van hom en sy metgesel af getrek. Hy stem vinnig met Daniel saam, "As mens in ag neem wat vanoggend gebeur het, dink ek dat dit 'n briljante idee is, Daniel."

Sarah probeer nie eens haar ongelukkigheid wegsteek nie, maar na 'n lang bespreking en baie argumente, stem Sarah tog in.

Die hele gesprek oor die dinee ruk byna handuit. Eers was dit sy metgesel, en toe Sarah en Richie en daarna het Mark en Jaylin ook nog slagoffers geword. En toe is dit boonop Jakes se beurt om die kollig op hom te laat val toe hy vir Angie vra wat sy die Saterdagaand gaan doen. Christopher is verbaas dat Jakes enigsins met Angie praat, en boonop voor hulle. Angie het Jakes duidelik nog nie vergewe vir wat hy blykbaar vir haar gesê het nie want sy hap terug, "Nie dat dit iets met jou te doen het nie, maar ek het planne."

Jakes lyk nie te gelukkig nie en trek hom weer terug in sy hoek.

Christopher skud sy kop. Hy hoef nie te wonder wat aangaan nie. Hy het nog nooit soveel ongelukkige mense by een tafel gesien nie en hy vermoed dat dit alles te doen het met daardie eed wat hulle einde verlede jaar geteken het. Hy hoop dat een van hulle, buiten Rick, net sal sê: ag, te hel met die eed en daardie belofte verbreek. Die ander sal vinnig volg en dan hoef hy nie met soveel iesegrimmige mense te doen te hê nie.

'n Paar weke gelede sou Christopher kon wed dat dit Matthew sou wees maar as hy nou die res van die gaste aan tafel beskou, kan dit enigeen wees. Hy gee nie om wie dit is nie, solank dit nie hy is wat die trop in daardie rigting gaan lei nie.

As 'n volwasse vrou het Riley nog nooit juis baie vriendinne gehad nie. Kennisse ja, mede-studente en mede-werkers, maar nie regte vriendinne nie. Sy het nooit die tyd of die geld gehad om baie sosiaal te verkeer soos die meeste ander meisies van haar ouderdom nie. So nou en dan het sy middagete of koffie genuttig saam met haar klasmaats of kollegas wanneer haar finansies dit toegelaat het, maar dis ook al. Riley het hul nooit in haar vertroue geneem nie, al het party geweet sy het 'n seun.

Toe Jon nog klein was het Riley hom gewoonlik net by haar tannie en haar tannie se vriendinne gelos. Dit was dus 'n moeilike besluit om na 'n nuwe stad te verhuis waar sy nie 'n ondersteuningstelsel het nie. Sy het gedink sy sou 'n kinderoppasser moet reël om by Jon te bly wanneer sy in die aande moet werk.

Sy het beslis nie gedink dat sy haar eerste vriendin as 'n volwassene sou maak toe sy in die kompleks ingetrek het in die middel van Desember nie. Die skole het kort tevore gesluit vir die lang Desember-vakansie en Riley het gedink dit is 'n goeie idee om dan te verhuis sodat hulle al inge-burger gaan wees in hul nuwe huis voordat die skole in Januarie heropen en sy by haar nuwe pos inval.

Jenna en haar seun, Lucas, was die eerste mense wat Jon en Riley verwelkom het. Dit het nogal vreemd gevoel om 'n band te smee met 'n vrou soos sy met Jenna gedoen het. Miskien is dit omdat hul beide enkelma's is met twee seun-tjies wat beide die volgende jaar skool toe gaan.

Die seuns het gou boesemvriende geword. Riley het gedink dat die vakansie eensaam sou wees maar Jenna en Lucas het dit op hulself geneem om Jon en Riley rond te wys. Terwyl die seuns gespeel het of in die kompleks se swembad baljaar het, het Jenna en Riley hul lewensverhale met mekaar gedeel. Dit was die eerste keer dat Riley haar storie met iemand anders as haar tannie gedeel het en dit was nogal 'n verligting. Dit het selfs goed gevoel om te weet dat daar iemand anders is wat weet wat in haar lewe aangaan noudat haar tannie nie meer daar is nie.

Toe Riley genoem het dat sy op soek is na 'n betroubare kinderoppasser, het Jenna dadelik haar hulp aangebied. Volgens Jenna was sy gewoond om elke dag 'n klas van twintig seuns te trotseer. Dit sou nie vir haar 'n probleem wees om na twee seuns te kyk terwyl Riley werk nie. Hulle het toe 'n ooreenkoms bereik. Riley sal op haar beurt na Lucas kyk wanneer Jenna moet werk of op 'n afspraak wou gaan. Jenna het gebloos toe sy erken het dat dinge besig is om vinnig te ontwikkel tussen haar en die adjunk-hoof wat die vorige jaar by die skool aangesluit het. Dit is natuurlik ook 'n bonus dat Jenna by dieselfde skool klas gee wat Jon en Lucas gaan bywoon.

Dinge het sover nogal goed gewerk maar nou moet Riley 'n besluit neem. Jenna het gevra of Jon die naweek saam met haar, Lucas en Sam na haar familie naby Hartbeespoortdam kan gaan. Riley en Jon het Kersdag by Jenna se familie deurgebring en sy hou van die vrolike gesin. Dit is dus nie die probleem nie.

Dit sal egter die eerste keer wees wat Jon die hele naweek van haar af weg sal wees. Dis moeilik. Hy is dan nog haar baba, al dink hy nie so nie.

Toe sy Woensdagoggend by die ateljee aankom en haar nuwe opdrag sien, het haar moed sommer in haar skoene gesak. Sy kan miljuisende verskonings soek hoekom sy nie kan gaan nie, maar Riley weet dat sy nie een gaan gebruik nie. Sy is nog besig om haar merk te maak en sy wil nie 'n verskoning gebruik om nie in die aand te werk nie.

Dit is dus die rede hoekom sy uiteindelik toegee dat Jon die naweek saam met Jenna-hulle kan gaan.

Aangesien Melissa al daardie eerste keer wat hulle koffie gedrink het gepraat het oor die dinee vir die borge, het Riley later die dag 'n boodskap aan haar gestuur om raad te vra wat om te dra.

Jenna het aangebied dat Riley 'n rok leen wat sy die vorige jaar gekoop het vir 'n troue en net een keer gedra het. Aangesien sy in elk geval die rok vir 'n uur of twee gaan nodig hê, het Riley haar aanbod aanvaar. Gelukkig hoef sy nie nou nog rond te gaan soek vir 'n rok en geld spandeer op iets wat bes moontlik in die hoekie van haar kas gaan bly vir altyd nie.

Toe sy die rok aangepas het, het Jenna 'n foto geneem van Riley en sy het dit vir Melissa gestuur om haar opinie te vra. Sy was verniet bekommerd want Melissa was gaande oor die rok en hoe Riley gelyk het, wat haar sommer goed laat voel het.

Toe Melissa haar Donderdag nooi om daardie Vrydagaand saam met haar en 'n paar ander vrouens by Melissa se woonstel te kuier, hoef Riley ook nie baie lank daaroor te dink nie. Die uitnodiging sluit boonop 'n spa-behandeling die Saterdagoggend in. Alhoewel sy eers onseker was omdat sy bang was sy niemand gaan ken nie, het Melissa haar vinnig gerus gestel. Volgens Melissa het sy ook eers die ander vrouens leer ken vandat sy in Pretoria is en nie een van hulle ken mekaar goed nie. Die enigste uitsonderings is Jaylin Cooper en Sarah Mackay wat mekaar al sedert hul kinderdae ken. Riley sal dus glad nie uit voel nie.

Riley moes erken dat sy nie baie uitgesien het daarna om Vrydagaand alleen deur te bring nie. En sy wou mos nog vriendinne maak. Vrydagaand sal die ideale geleentheid wees. Sy spandeer nie baie geld op haarself nie en sy verdien 'n vertroeteling, veral omdat sy nie nodig gehad het om 'n rok te koop nie. Sy het dus albei uitnodigings aanvaar en sy hoef nie eens skuldig te gevoel het daaroor nie.

Toe Jenna Donderdagmiddag vir Lucas kom haal, nooi Riley haar vir koffie terwyl die seuns nog in Jon se kamer speel. Sy voel skoon verlig toe sy iemand in haar vertroue kon neem oor Christopher.

Jenna luister in stilte na Riley se relaas oor die laaste drie weke se gebeure. Jenna was eers stil toe Riley klaar gepraat het maar sy kan sien dat Jenna se kop oortyd werk. Toe sy uiteindelik antwoord, maak Jenna se raad nogal sin.

"Ek is seker dat dit nie maklik is nie, maar jy het nie veel van 'n keuse nie, Riley. Dit lyk my jy sal tog 'n prokureur moet raadpleeg. Die ma van een van die seuns in my klas is 'n prokureur en sy lyk baie gaaf. As jy wil kan ek haar kontakbesonderhede vir jou kry."

Dis presies wat Riley ook gedink het, alhoewel sy gehoop het dat dit nie nodig gaan wees nie. Sy hoef nie eens meer daaroor te tob nie en stem dadelik in. Toe Jenna die seuns Vrydagmiddag kom haal, gee sy die vrou se besigheidskaartjie vir Riley soos sy belowe het. Riley sit dit sommer dadelik in haar beursie. Dit gaan nie help om die prokureur op 'n Vrydagmiddag te probeer kontak nie, maar as Christopher Dinsdag weer nie met haar wil praat nie, dan sal sy die prokureur kontak.

Alles hang nou net af van Christopher.

5

R iley voel nog onseker toe sy Melissa se aanwysings na haar woonstel volg. Dit is die eerste keer sedert sy 'n jong tiener was, voor Christopher in haar lewe gekom het, wat sy gaan oorslaap. Sy het nooit saam met ander vrouens in die aande uitgegaan nie en allermins met vreemdelinge tyd spandeer. Sy hoop net nie sy voel ongemaklik nie.

Sy kry die woonstel net na ses met die twee bottels wyn wat Melissa as bydrae versoek het, onder die een arm. 'n Lang atletiese vrou arriveer ongeveer dieselfde tyd as Riley. Hulle glimlag skewerig vir mekaar toe hulle besef dat hulle in dieselfde rigting op pad is.

Melissa se woonsteldeur is oop en Riley hoor duidelik die gekletter van vrouestemme. Gelukkig merk Melissa op toe Riley en die ander vrou nog huiwer om in te gaan en skree sommer vir hulle om in te kom. Hulle los sommer die wyn op die toonbank waar daar reeds 'n klompie bottels staan voor Melissa hulle na die gastekamer begelei waar hulle hul oornag sakke los.

Terug in die sitkamer wag Melissa tot elkeen 'n glasie wyn het en 'n sitplek gekry het op die mat, voordat sy die bekendstellings doen. Die vrou wat saam met Riley gearriveer het se naam is Hannah Blake, 'n sportwetenskaplike wat die Buffels bystaan. Die meisie met die elfie-haarstyl langs Melissa is Chloe Marshall, die voedingkundige. Langs Chloe sit Angie Summers, 'n Amerikaner van Denver.

Langs Angie sit die rooikop-vrou wat Riley Dinsdag by die perskonferensie gesien het. Die vrou langs haar lyk ook bekend. Toe Melissa hulle voorstel as Sarah Mackay en Jaylin Cooper, verstaan Riley hoekom Jaylin bekend gelyk het aangesien Jaylin die jonger suster is van die spankaptein, Daniel Cooper en die familietrekke sterk in hul gene weerspieël lê.

Al het Melissa haar verseker, het Riley nog steeds gedink dit gaan ongemaklik wees maar dit is nie. Nie een van die vrouens, behalwe Sarah en Jaylin, ken mekaar goed nie. Dié twee het deur hul broers ontmoet toe hulle nog op laerskool was en was van toe af al vriende.

Melissa, Chloe en Hannah werk nou wel al drie by die Buffels, maar Melissa het eers aan die begin van Januarie daar begin en Chloe laat die vorige seisoen. Angie het almal ontmoet toe sy so twee weke gelede vir Jakes du Plessis verras het met 'n besoek en Jaylin en Sarah het hulle eers Dinsdag ontmoet. Melissa het dus die waarheid gepraat dat hulle mekaar nie goed ken nie.

Toe Chloe vir Sarah uitvra oor die opleidingsessie daardie middag, draai almal na Sarah. Dis toe dat Riley uitvind dat die Buffels Sarah, 'n uitspraak en -media fasiliteerder, aangestel het om Richie Campbell te help. Almal lag toe Riley verlig sug, "Dankie tog! Ek het al nagmerries gehad oor hoe ek 'n onderhoud met hom gaan voer."

Hulle het seker al by hul derde glasies wyn getrek toe Chloe aangekondig het dat die pizzas byna daar is. Sy kollekteer almal se bydraes en gaan wag vir die aflewering by die deur. Melissa het intussen servette uitgehaal maar almal het gesê sy moet die borde los. Hulle sit mos op die vloer. Houers met kartondose lê verspreid oor die vloer en soos hulle eet, gesels hulle.

Toe dit lyk asof almal genoeg gehad het, tel Melissa net die kartondose op en gaan sit dit op die toonbank, maar die res sit nog gemaklik uitgestrek op die vloer.

Dit blyk dat die wyn hulle almal spraaksaam gemaak het toe Melissa verhoudings, of eerder die gebrek daaraan, ophaal. "Ek en Chloe het besluit om spoed-afsprake te probeer. Die eerste een is Dinsdagaand. Wie wil saamkom?"

Hannah skud haar kop, "Nee dankie, al is hy nie hier nie, het ek nog 'n kêrel."

Jaylin en Sarah kyk net vir mekaar dan knik beide, "Goed, ons kom saam."

"Angie?"

Angie skud haar kop,, "Nee, ek gaan nie hier wees nie. Ek en Jesse gaan Sondag na Sun City en Pilanesberg."

Melissa kyk vraend na Riley. "Wat van jou? Jy is ook mos nuut hier in Pretoria."

Riley wonder hoe hulle gaan reageer maar dan skud sy haar kop, "Ek kan nie. Ek is 'n enkelma en het nie die luuksheid van 'n voltydse kinderoppasser nie. My buurvrou sal na my seun kyk wanneer ek moet werk maar ek wil nou nie misbruik maak van haar aanbod nie."

Chloe roep verras, "Jy het 'n seun? Jy lyk dan nog so jonk. Hoe oud is hy?"

Riley trek haar skouers op, "Hy is hierdie jaar sewe, en ja, hy is gebore toe ek skaars negentien was."

"En sy pa? Is hy nie betrokke nie? Hoekom kan hy nie na hom kyk nie? Of jou familie nie?"

Riley frons, "Nee, sy pa is nie betrokke nie. Ek kon hom

nie vertel voor hy verdwyn het nie en ek het ook nie familie nie. Ek het net my tannie gehad tot sy oorlede is."

Melissa huiwer nie, "As jy ooit 'n kinderoppasser nodig het is ek beskikbaar."

Riley is skoon verstom toe die ander ook aanbied. Sy is baie na aan trane toe sy uitkry, "Baie dankie. Ek is nou wel nie geïnteresseerd in verhoudings nie, maar ek sal dit in gedagte hou indien ek ooit 'n oppasser nodig het..."

Haar stem is skaars 'n fluistering toe sy die laaste woorde uiter. Miskien het hulle gesien dat sy emosioneel is en daarom begin die ander praat oor die spa-behandeling die volgende oggend wat weer daartoe lei dat hulle oor die dinee die volgende aand gesels.

Riley lei af dat Melissa en Chloe saam met Angie se tweelingbroer Jesse en sy vriend Rayno gaan. Toe hulle noem dat Angie Rick Walters, die Buffels se heelagter gaan vergesel, frons Riley verward, "Het jy dan nie vir Jakes du Plessis kom kuier nie? Ek het gedink... Ek is jammer. Dit het seker niks met my te doen nie," bloos sy verleë.

Angie skud haar kop, "Nee, dis in die haak. Dis waar, ek het vir Jakes kom kuier maar ek het ook gekom omdat my broer my nodig gehad het. Ek het gehoop dat Jakes van plan sou verander maar hy wil nog steeds net vriende wees. Ek wil nie net vriende wees nie en het besluit dit is beter om dan afstand tussen ons te hou."

"Jy kan my niks daarvan vertel nie," simpatiseer Chloe.

Melissa verduidelik laggend, "Ons het gehoop dat party van die ouens se oë môreaand sal oopgaan en dis hoekom ons gereël het vir metgeselle."

Hannah sug moedeloos, "Ek sal maar saam met die ouens kuier. My kêrel werk in Brasilië."

Sarah mor, "Ek sou baie eerder nie wou gaan nie maar nou het ek nie veel van 'n keuse nie." Sy gluur na Jaylin voor sy haar tirade voortsit, "Ek kon jou broer vermoor toe hy voorgestel het ek gaan saam met Richie."

"Ja, en toe moes jy voorstel dat ek saam met Mark gaan, so ons is nou kiets," kap Jaylin terug. "Ek weet nie eens hoekom Mark ingestem het nie. Hy wil nie eens by dieselfde tafel as ek sit nie."

Riley het geen idee waarvan hulle praat nie maar almal skud hulle koppe want nie een het vir Jaylin 'n antwoord nie.

Dit is so rukkie stil voordat Hannah peinsend opmerk, "Dit is die eerste keer wat Nicholas so 'n dinee reël. Die funksies was voorheen baie informeel. Ek wonder egter hoekom al die mans alleen gaan, behalwe nou die wat saam met julle gaan. Gits, daar is darem 'n paar baie aantreklike ouens en ek sou gedink het hulle sou almal metgeselle hê. Jakes sou ek nog kon verstaan maar nie almal nie."

Voordat iemand daarop kan reageer, glimlag Hannah slinks, haar blik op Melissa gevestig, "En dan is daar iets anders wat ek ook nie verstaan nie. As ek volgens die gerugte wat die stadion rondvlieg moet oordeel, sou ek gedink het ons klubkaptein sou nou al 'n kans gevat het."

Riley is verstom toe Melissa skielik bloedrooi bloos. Toe Jaylin haar kop draai om Melissa te bestudeer, en dan skielik glimlag, maak dinge skielik sin. Sy wonder nou nie meer oor hoekom Daniel net so bloedrooi gebloos het as Melissa nie. Sy sou bitter graag meer wou uitvis maar dit is dalk nie nou die regte tyd nie. Miskien sal sy volgende keer wanneer sy en Melissa gaan koffie drink, 'n kans kry.

Hannah is blykbaar nog nie klaar nie want sy merk weer op, "Ek moet erken dat Christopher se aankondiging my nogal verbaas het."

"Hoekom?" vra Sarah nuuskierig. "Ek het gesien almal is verbaas toe hy aangekondig het dat hy 'n metgesel het."

Riley trek haar asem skerp in. Sy het geweet dat Christopher môreaand daar gaan wees. Sy het selfs vermoed dat hy 'n metgesel gaan hê maar nog steeds ruk dit haar. Sy haat dit. Dis sewe jaar! Sy moes tog seker teen die tyd gewoond geraak het dat Christopher iemand anders in sy lewe kan hê?

"Maar," koggel die stemmetjie in haar agterkop. "Jy het nie gedink jy gaan hom so gou saam met ander vrou moet sien nie, het jy?"

Nee, sy het nie, moet Riley erken. Hoekom het sy nie aan daardie moontlikheid gedink nie?

"Omdat jy nie wou nie," tart die stemmetjie weer. "Jy wou nie daaraan dink nie."

Riley kan nie eens daarteen stry nie want sy weet dat dit die waarheid is.

Blykbaar het haar reaksie nie ongesiens verby gegaan nie, want Melissa vra bekommerd, "Riley, is alles reg?"

Riley trek haar asem in en knik, bewus dat almal haar dophou.

Sy is seker 'n masochis. Hoekom anders sou sy vir Hannah vra, "Saam met wie gaan Christopher?"

Hannah gee 'n onvroulike snork, "Rick het vir hom 'n metgesel gereël. Soos Mark tereg gesê het: dis seker een van daardie floskoppies met wie Rick assosieer."

Toe Hannah besef wat sy gesê het, rek haar oë groot. "Ek is jammer, Angie. Ek het nie bedoel jy nie."

Angie lag, "Jy hoef nie daaroor bekommerd te wees nie. Chloe en Melissa het net gereël dat ek saam met Rick gaan om Jakes jaloers te maak."

Haar gesig versomber. "Ek dink nie dit gaan werk nie. Jakes het genoeg tyd gehad om sy siening oor 'n verhouding te verander. Of hy my nou saam met 'n ander man sien, gaan niks verander nie."

Vir 'n rukkie sit hulle weer in stilte, elkeen in sy eie gedagtes versonke tot Hannah skielik vir Riley vra, "Ken jy Chris?"

Na haar vroeëre reaksie het Riley daardie vraag verwag. Sonder om te veel weg te gee antwoord sy slegs, "Ons was in dieselfde skool."

Gelukkig vra niemand verder uit nie. Riley wonder egter of haar reaksie nie genoeg was dat elkeen sy eie gevolgtrekking gemaak het nie.

Teen Vrydagoggend loop Christopher se personeel wye draaie om hom. Hy weet dis nie hulle skuld nie en dus nie regverdig nie maar hy kan dit nie help nie. Hy het die laaste paar aande glad nie goed geslaap nie, en alles omdat hy weet dat hy Riley weer Saterdagaand gaan sien.

Hy het self die reëlings getref vir die pers om by die dinee teenwoordig te wees en hy het die uitnodigings gestuur. Hy het gesien wie geantwoord het dus weet hy dat Riley, haar kameraman en dié se vrou Sport100 gaan verteenwoordig. Dis hoekom hy gereël het vir 'n metgesel sodat hy nie in die versoeking kan kom nie.

Hy is gefrustreerd met homself. Hy moes nie verlig gevoel het dat sy alleen by die funksie gaan wees nie. Hy moet nie eens aan Riley dink nie en veral nie wonder of sy getroud is of 'n kêrel het nie. Maar hy doen dit tog. Net die gedagte daaraan dat daar iemand in haar lewe is, maak hom gelyktydig mal en bang.

Hy het gedink hy is voorbereid om haar by daardie onthaalsaal te sien instap Saterdag, maar niks kon hom voorberei het op sy eie reaksie nie.

Hy is nie voorbereid oor hoe mooi en gesofistikeerd sy lyk in 'n grys, noupassende rok wat tot by haar enkels reik nie. Haar hare is in een of ander deurmekaar bolla-affère vasgemaak wat haar nek bloot lê.

Hy is allermins voorbereid oor die vlaag van wellus wat deur hom sprei toe hy skielik onthou hoe sag daardie vel onder sy hande en lippe gevoel het nie.

Deksels! Dit het amper agt jaar gelede gebeur! Hy moes al aanbeweeg het.

Die erkenning kom net so onverwags: hy begeer Riley met 'n dringendheid wat hy nog nooit met enige ander vrou gevoel het nie. Slegs Riley kon ooit hierdie gevoelens in hom wakker maak, al is sy die laaste vrou wat hy moes begeer het. Hy was mos al daar. Al wat dit hom mee gelos het is pyn en hartseer.

Christopher moet vinnig sy rug op haar keer. Hy haal diep asemhaal terwyl hy halfhartig luister na die eindelose gebabbel van sy metgesel, 'n model wat hy twee keer vantevore uitgeneem het nadat Rick haar maande gelede aan hom voorgestel het. Sy is nie sy tipe nie. Hy moes dit onthou het toe hy Rick gevra het om vir hom 'n metgesel te reël. Mark was nie juis verkeerd nie. Sy was 'n floskop wat skaars twee volsinne na mekaar kan sê. Die oomblik toe sy die deur vir hom oopgemaak het, het hy al besef dat hy 'n fout gemaak het.

Eers toe hy meer in beheer voel, loer hy rond om te sien waar Riley is. Hy vind haar in 'n groep vrouens waaronder Melissa, Chloe, Hannah, Sarah, Jaylin en Angie tel. Dit lyk of hulle mekaar goed ken. Hoe het hulle ontmoet?

Hy frons geïrriteerd. Dit het niks met hom te doen nie.

Hy het egter een probleem: die groep vroue staan reg langs die tafel waar Christopher en sy metgesel gaan sit. Hy durf nog nie naby Riley kom nie en wag eerder naby die deur.

Eers toe Riley wegstap om by haar kameraman en sy

vrou aan te sluit, lei Christopher sy metgesel na hul tafel. 'n Rukkie later wonder hy nog hoekom hy die moeite gedoen het om haar voor te stel aan hulle. Ten minste drie van die mans, waaronder Daniel, Matthew en Jakes is uiters ongeskik. Dit neem Christopher egter nie lank om uit te werk hoekom nie. Hulle ongeskiktheid het niks met hom of sy metgesel, wat hom grensloos irriteer met haar sinlose gebabbel, uit te waai nie. Al drie mans gluur behoorlik na die gaste by die tafel reg langs hulle.

Al het hulle aandete genuttig, het Christopher geen idee wat hy gehad het nie. Niemand praat veel tydens die maaltyd nie en die atmosfeer by die tafel is ongemaklik. Hy moes miskien probeer het om die atmosfeer te verlig maar hy doen niks. Eers halfpad deur die maaltyd besef Christopher dat hy presies dieselfde doen as die ander drie mans. Hy gluur na die fotograaf van die dagblad wat nou sy plek langs Riley ingeneem het.

Hy klem sy hande saam sonder dat hy eens daarvan bewus is. Toe hy dit wel besef, moet hy diep asemhaal. Hy moet 'n houvas kry op sy gedagtes en emosies en bitter vinnig.

Toe die kelners die borde waarin die nagereg bedien is begin opruim, is dit Christopher se teken. Verlig verskoon hy homself en stap eers om met Nicholas Carter, die voorsitter van die Buffels, te beraadslaag voordat hy na die podium stap. Die hele pad daarheen neem hy diep asemteue. Dit vat hom etlike sekondes voor hy sy plek agter die mikrofoon inneem om die verrigtinge te begin. Hy kyk nie een keer in Riley se rigting terwyl hy sy taak verrig nie.

Christopher weet dat hy met die gaste gepraat het en hy is seker hy het homself goed van sy taak as seremoniemeester gekwyt, maar hy kan nie 'n woord onthou wat hy gesê het nie. Eers nadat hy Nicholas aan die woord gestel het, staan hy eenkant toe en laat sy blik oor die gaste gly tot sy oë Riley s'n ontmoet. Dit voel asof sy in sy siel kan kyk en hy frons geïrriteerd.

Riley het nie weer opgekyk nie. Vir die res van die toesprake het sy haar oë op haar hande gevestig gehou. Hoe weet hy? Want hy het nie een keer sy oë van haar af gehaal nie, dis hoekom!

Nadat al die eregaste hul toesprake afgehandel het, begin die pers met hul verkose onderhoude. Die ander gaste het intussen die dansbaan oorgeneem.

Onder die voorwendsel dat hy nog pligte het, los Christopher sy metgesel by Rick se tafel. Die hele tyd wat hy sy rondtes maak, soek sy blik egter na Riley. Hy kan homself nie help nie.

Gits, hoekom kasty hy homself nog so?

Juis omdat hy haar heeltyd dophou, merk Christopher op toe die onderhoude tot 'n einde kom en Riley se kameraman sy kamera wegpak. Hy sien dus toe sy haar foon uithaal en iets tik voor sy haar handsak optel. Sy gee die kameraman en sy vrou elkeen 'n drukkie en hulle wissel 'n paar woorde voor sy haar hand lig in 'n groet. Dit is 'n duidelike teken dat sy huis toe gaan.

Christopher moes verlig gevoel het daaroor. Hy weet dus nie hoekom hy dit nodig gevind het om Riley te volg toe sy uit die onthaalvertrek stap nie. Miskien moet hy sy kop laat lees.

Sy het mos geweet hy bring 'n metgesel. Die vrouens het haar dan gisteraand gewaarsku maar dit help nie. Sy is blykbaar nog steeds nie gereed om hom saam met 'n ander vrou te sien wat lyk asof sy 'n model kan wees nie. Riley kan dit nie verstaan nie. Moes sy nie teen die tyd nie meer seergekry het as hy haar so aangluur of sommer sy rug op haar draai nie? Moes sy nie nou al gewoond gewees het aan sy verwerping nie?

Gelukkig trek Melissa se waaiende hand haar aandag en sy stap soontoe om haar by die groep vrouens aan te sluit waar hulle langs Melissa-hulle se tafel staan. Sy luister na hulle geklets terwyl hulle wag vir ete om te begin. Toe die eregaste hul plekke begin inneem, verskoon Riley haarself en stap na waar Dave reeds sy kamera langs hulle tafel opgestel het.

Die fotograaf wat Dinsdag met haar gesels het sit ook by hulle tafel en kort voor lank het hy haar by 'n gesprek betrek. Die man het seker agter gekom dat daar niks gaan gebeur nie want hy hou op om met haar te flankeer en behandel haar eerder soos 'n kollega. Miskien dalk as 'n vriend, maar niks meer nie. Riley waardeer sy geselskap want dit keer dat sy na Christopher soek. Sy wens net die aand is verby en sy kan huis toe gaan.

Sy het dit nie heeltemal reg gekry om nie na Christopher te soek nie, en is daarom bewus toe Christopher net na ete opstaan en na Nicholas Carter stap. Na 'n kort gesprek wend Christopher hom tot die podium.

Riley het nie veel van sy toespraak ingeneem nie. Wat sy wel opgemerk het is hoe anders hy is as wanneer hy met haar praat. Terwyl hy sy toespraak lewer, is hy baie soos die Christopher wat sy onthou – warm en snaaks.

Na hy Nicholas Carter aan die woord gestel het, staan hy eenkant toe en laat sy blik oor die gaste gly. Die oomblik toe sy oë hare ontmoet frons hy en kyk weg, so asof hy haar verwerp.

Riley laat sak haar kop. Sy kan nie toelaat dat hy agterkom hoe sy houding haar affekteer nie.

Sy luister slegs met 'n halwe oor na die toesprake. Sy het

gister alreeds kopieë daarvan gekry en het haar vrae daarvolgens voorberei. So gou na die toesprake afgehandel is, begin sy met haar onderhoude. Dave is nog besig om sy kamera weg te pak toe Riley 'n huurmotor bestel. Sy kan nie langer hier bly nie, al probeer sy ook hoe hard om sterk te wees.

Riley weet Christopher het nog nie weer na sy tafel terug gekeer nie maar sy wil hom in elk geval nie saam met daardie vroumens sien nie. Nie vanaand nie.

Sy groet Dave en Sue en verdwyn stilletjies sonder om iemand anders te groet.

Dit is blykbaar nie gou genoeg nie want iemand het wel opgelet.

Sy het dit amper tot by die veiligheid van die hysbak gemaak toe sy Christopher se stem haar naam hoor roep. Haar voete kom outomaties tot stilstand. Sy neem 'n diep asemteug en draai dan om om na hom te kyk.

Hy staan baie naby aan haar. Dis heelwat nader as wat Riley verwag het hy sou wees. Sy sluk en lig haar oë om syne te ontmoet maar is onmiddellik spyt. Sy haat daardie koue uitdrukking in sy oë en sy weet sommer dat sy vanaand dit nie kan hanteer nie. Sy bly stil, en wag vir hom om eerste te praat.

Sy blik gly oor haar liggaam en Riley moet op haar tande byt. Toe sy oë hare ontmoet lyk dit anders, maar sy kan nie die uitdrukking peil nie. Daarvoor verander dit te vinnig sodat dit lyk soos die masker wat hy die afgelope weke dra.

Selfs sy stem klink so koud toe hy eis, "Hoekom het jy vanaand gekom? Wat het jy gehoop om reg te kry? Het jy gedink dat as jy verleidelik genoeg lyk dat ek na jou sal luister?"

Riley luister eers geskok na sy aantyging maar dan neem woede en frustrasie oor. Sy kyk hom reguit in die oë en sis deur haar tande, "Ek het nooit gedink dat ek ooit dit vir jou sal sê nie maar jy is 'n arrogante skurk, Christopher Brooks. Jy dink gans en al te veel van jouself. Ek het nie gekom om jou te sien nie. Om die waarheid te sê het ek gehoop dat ek jou glad nie sou sien of met jou praat nie, maar dit is my werk. Ek het beslis nie uit my eie aangebied om hier te wees net om jou te sien nie. Ek weet nie wat jou probleem is nie en om eerlik te wees, gee ek nie meer om nie. Ek het probeer om 'n sinvolle gesprek met jou te hê maar jy wou nie luister nie. Niemand, en ek bedoel, niemand, gaan weer oor my loop en my behandel asof ek 'n nikswerd is nie. Veral nie jy nie. Ek het jou genoeg kans gegee. Jy moet nou maar die gevolge dra."

Teen hierdie tyd is Riley so kwaad dat sy nie eens besef dat sy al hoe nader aan Christopher getree het en met haar vinger op sy bors hamer nie totdat hy haar hand vasgryp en dit styf vashou. Die skok van sy aanraking stop haar tirade summier en dan ontmoet hul oë. Vir lang oomblikke staar hulle net woordeloos na mekaar en dan verkleur sy oë. Dit is nie meer daardie koue granietagtige kleur van vroeër nie maar daardie warm bruin soos gesmelte sjokolade wat jare gelede Riley se hart gesteel het.

Voor Riley nog kon uitwerk watse reaksie haar tirade by hom ontlok het, sak sy kop en dan soen hy haar. Die soen begin hard, amper ru so asof hy haar wil straf. Riley weet nie wanneer dit verander het nie maar dit het, en sy soen hom terug met dieselfde honger en begeerte as waarmee hy haar soen. Sy hand woel in haar hare en hy hou haar kop vas om hom beter toegang tot haar mond te gee. Haar mond gaan oop onder syne en sy tong gly oor hare.

Vaagweg hoor Riley die hysbak se deure agter haar oopgaan en stemme bereik haar ore. Sy kom met 'n ruk terug aarde toe. Sy tree terug en swaai om in die rigting van die hysbakke. Voor Christopher nog kan reageer glip sy deur die groepie rugbyspelers wat so pas uit die hysbak gekom het. Sonder om oogkontak te maak storm sy deur die oop deure van die hysbak.

Riley hoor hoe Christopher haar naam roep maar voor hy haar kon bereik het die deure toegemaak en druk sy met bewerige hande die knoppie vir die grondvloer. Buite wag die huurmotor reeds op haar. Toe die motor voor die stadion wegtrek, vloei die trane reeds.

6

Christopher staan verdwaas en kyk hoe Riley in die hysbak verdwyn maar hy kan nie beweeg nie. Toe hy homself uiteindelik regruk, het die deure alreeds toegegaan.

Hy moet vir Riley kry en verduidelik.

Hy spring met 'n spoed daar weg toe hy dit besef. Die enigste manier hoe hy dit gaan regkry is die trappe. Hy druk deur die spelers wat uit die hysbak gekom het en hardloop die trappe af.

Toe hy buite kom, is dit te laat. Hy is net betyds om te sien hoe die huurmotor wegtrek met Riley op die agtersit-plek. Moedeloos druk hy sy hande deur sy hare.

Wat nou? Wat moet hy doen?

Hy leun teen die muur tot hy sy asem weer terug het.

Wat het hy gedoen? En meer spesifiek, hoekom?

Hy het die waaksaamheid in haar oë gesien toe hy haar genader het. Gemeet aan die manier wat hy haar die laaste paar weke behandel het, kon hy haar nie kwalik neem nie maar dit het hom nie gekeer nie. Christopher weet nie hoekom hy haar gevolg het nie. Hy weet nie eens wat hy wou sê nie.

Wat hy wel weet is dat toe Riley so kwaad vir hom geword het en haar vinger teen sy bors gedruk het, het sy so mooi en vurig gelyk.

Die oomblik toe sy hand aan hare geraak het, het hy besef dat hy die stryd verloor het. Hy het so bewus gevoel van haar en hy kon dieselfde reaksie in haar oë lees.

Hy moes net daar gestop het maar hy kon nie. Sedert hy haar die eerste keer gesien het 'n paar weke gelede, het herinneringe aan Riley hom bloots gery. Hy het gewonder of sy nog dieselfde sou voel en proe.

Nou weet hy.

Wat de hel gaan hy nou doen? Hy weet hy moet daardie herinneringe so diep bêre dat hy hulle nooit weer sal kan opgrawe nie. Hy moet onthou wat die vorige keer gebeur het.

Hy sug gelate. Wat help dit? Maak nie saak wat hy probeer het nie, niks het vantevore gewerk nie. Hy is vas oortuig dat dit hierdie keer ook nie gaan werk nie.

Dit neem hom baie lank om weer te voel asof hy genoeg beheer het om terug te keer na die onthaalsaal. Sy metgesel dans met Rick en Christopher voel verlig dat hy hulle net daar op die dansvloer kan los. Hy stap na die kroeg in die een hoek en bestel 'n dubbel-whisky. Toe die kroegman dit voor hom neersit, neem hy 'n diep teug. Hy voel die vloeistof sy keel brand toe hy dit afsluk en hy maak sy oë toe.

Dit is nie die antwoord nie.

Hy laat sak die glas terug op die toonbank. Hy weet uit bitter ondervinding dat alkohol nie gaan help nie. Om met 'n ander vroumens, of selfs 'n paar, te slaap, gaan hom ook nie help om te vergeet nie. Hy het dit alles probeer en niks het gewerk nie. Deur die jare het die pyn miskien verdof maar nou het hy deur sy eie onnoselheid weer die wond oopgekrap.

Hy maak sy oë oop en staar na sy hande wat nog steeds om die glas vasgeklem is. Hy vou sy vingers stadig oop en tree weg van die kroegtoonbank.

Toe hy rondkyk sien hy dat heelwat gaste al weg is. Hy het nie nodig om langer te bly nie. Hy wink Rick nader en toe sy vriend by hom kom, vra hy Rick om sy metgesel huis toe te neem. Aangesien Rick se metgesel alreeds weg is, gee hy nie om nie.

Verligting spoel deur Christopher toe hy weer uit die onthaalvertrek stap. Riley is reg. Hulle gaan moet saamwerk en nie een van hulle twee gaan hul werk los nie. Hy gaan nie 'n keuse hê nie. Hy sal moet leer om met Riley oor die weg te kom. Hy het tyd op sy eie nodig om dinge te oordink en homself voor te berei.

IN PLAAS DAARVAN OM AAN DAARDIE SOEN TE DINK, fokus Riley eerder op haar woede en Christopher se aantyging. Sy dink nie eens weer oor haar opsies nie. Sy maak sommer vroeg Maandagoggend 'n afspraak met die prokureur wie Jenna aanbeveel het.

Gedurende die rugbykompetisies vind die perskonferensies by Buffel Stadion op Donderdae plaas anders as die gewone Dinsdae buite seisoen. Aangesien die Buffels se openingswedstryd weg is teen die Renosters in Bloemfontein, hoef Riley Christopher nie daardie week te sien nie. Die span vertrek alreeds Woensdagoggend en Christopher vergesel hulle.

Die spreekwoord sê mos mens moet dankbaar wees vir klein wonderwerkies en hierdie keer stem Riley heelhartig saam. Sy het 'n week waarin sy nie vir Christopher hoef te sien nie.

Alhoewel sy Dinsdag 'n aanbiedingsgleuf het, is dit nie

'n direkte uitsending nie. Sy reël dus die afspraak met die prokureur vir vroeg Dinsdagoggend, kort na Jon saam met Jenna skool toe is. Sy het die res van die oggend beskikbaar om die prokureur te sien. Die hele oggend is seker nie eens nodig nie, maar sy weet dit gaan nie maklik wees nie.

Sy is gespanne Dinsdagoggend en moet hard werk sodat Jon nie kan agterkom nie. Toe sy egter 'n rukkie later by die prokureur se kantoor instap, kon sy nie haar spanning van die ontvangsdame wegsteek nie. Die vrou is baie simpatiek en maak vir Riley 'n koppie tee om haar te kalmeer.

Die prokureur is glad nie soos Riley haar voorgestel het nie en stel Riley gou op haar gemak. Totdat Riley vir Jenna oor die identiteit van Jon se pa ingelig het, was net een ander persoon voorheen bewus wie Jon se pa is en nou ook die prokureur, Carmen Lowe. Daardie aand toe hulle by Melissa gekuier het het sy nie Christopher se naam genoem nie maar sy wonder of die ander vrouens nie 'n suspisie het na haar reaksie toe sy gehoor het hy neem 'n metgesel nie. Dit maak egter nie meer saak nie. Binnekort sal almal, insluitende Christopher, die ware toedrag van sake ken.

Riley het nie veel van 'n keuse as om die prokureur se voorstelle te aanvaar nie. Een daarvan was om 'n bevel om 'n vaderskaptoets te doen, aan Christopher uit te reik. Riley het nog steeds gehoop daar is 'n ander uitweg en het amper by mevrou Lowe gepleit. Sy wou Christopher nie nog kwater maak nie. Mevrou Lowe het toe voorgestel dat hulle die dokumente op hom sal beteken, maar met die versoek dat hy eers haar kom spreek sodat sy Riley se posisie aan hom kan verduidelik.

Riley het dit van die begin af duidelik gemaak dat sy nie vergoeding van Christopher verwag nie. Al wat sy wil hê is dat hy kennis dra van sy seun se bestaan. As hy besluit hy wil niks te doen hê met Jon nie, dan moet hy 'n dokument onderteken om dit te bevestig. Sy sal dan 'n ander plan moet maak indien daar iets met haar gebeur. Sy wil nie daaraan dink nie maar dit is nodig. Jon is maar nog steeds net 'n klein seuntjie.

Mevrou Lowe het verduidelik dat hulle in elk geval die vaderskaptoets sal moet doen indien enige een van hulle Jon se naam wil verander na Christopher s'n. Alhoewel Christopher wel op die geboortesertifikaat as Jon se pa erken word, kon sy Jon nie onder Christopher se van registreer nie aangesien hy nie beskikbaar was om die vorm te onderteken nie. Sy het Jon daarom geregistreer as Christopher Jonathan Brooks Adams.

Selfs na haar gesprek met die prokureur het Riley se spanning nie veel verminder nie. Inteendeel, dit is nog erger want al wat sy nou kan doen is wag om uit te vind wat Christopher se reaksie gaan wees.

CHRISTOPHER GOOI SY SAK MET SY SKOOTREKENAAR OOR SY SKOUER EN OP PAD NA DIE SPAN BUS, lees hy die boodskappe op sy foon. Hy het reeds vroeër sy bagasie by die bagasie-meester gelos en vinnig kantoor toe gegaan om 'n paar projekte af te teken voordat hulle vertrek.

Hy is so besig om sy boodskappe te lees dat hy nie die man sien wat met 'n paar spelers praat en hulle dan na hom beduie nie. Hy raak eers bewus van die man se teenwoordigheid toe hy voor Christopher intree sodat hy moet stop as hy nie die man onderstebo wil loop nie. Christopher kyk op toe die man vra, "Christopher Jonathan Brooks?"

Christopher knik fronsend, "Ja, ek is Christopher Brooks. Kan ek help?"

Die man druk 'n koevert in Christopher se hand en smaal, "Jy is so pas bedien. Geniet die dag."

Christopher staar geskok na hom, "Bedien? Vir wat?"

Die man trek sy skouers op en terwyl hy wegdraai, sê hy simpatiek, "Jammer, ou. Ek doen net my werk."

Christopher kan nie beweeg nie. Hy klem die koevert in sy hand en staar verdwaas toe die man deur die hoofhek verdwyn. Wat gaan aan?

Hy neem diep asemteue toe hy met nog steeds bewende hande en jellierige bene na die bus stap. Hy kan niemand in die oë kyk nie. Hy vind 'n leë sitplek en sak dankbaar daarin neer. Hy sit sy skootrekenaar op die sitplek langs hom neer, wat sekerlik vir ander moet aandui dat hy nie wil praat nie. Net om seker te maak, maak hy boonop sy oë toe. Hy maak eers sy oë oop toe hulle al 'n entjie gery het. Sy hand klem nog steeds die koevert vas. Hy staar na dit, te bang om dit oop te maak.

Om bedien te word beteken gewoonlik slegte nuus, en Christopher het 'n eienaardige voorgevoel oor hierdie een. Dit help seker nie om dit uit te stel nie en na 'n diep asemteug, gly hy 'n bewerige vinger onder die flap in en haal die papier uit."

Christopher frons toe hy die naam van die regsfirma sien. Hoekom sou hy nou 'n amptelike brief van 'n familie prokureur kry?

Hy snak na sy asem toe hy begin lees.

"Geagte meneer Brooks

Amptelike kennisgewing: Bewys van vaderskap ingevolge die Kinderwet van Suid-Afrika

Ons kliënt het versoek dat ons haar bystaan in hierdie sensitiewe saak aangesien sy geen sukses gehad het om hierdie inligting persoonlik aan u deur te gee nie.

Ons kliënt het u geïdentifiseer as die vader van 'n kind wat buite die eg gebore is nadat u gemeenskap met ons kliënt gehad het en die kind verwek is. Ons kliënt het klem daarop gelê dat sy geen onderhoud of finansiële bystand van u verwag nie.

Die betrokke kind het gevra om sy vader te ontmoet, en ons kliënt is van mening dat dit net regverdig is dat u die geleentheid gegee word om u kind te leer ken. Sou u nie daartoe geneë wees nie, versoek ons kliënt dat u 'n dokument onderteken om enige toekomstige regte ten opsigte van die kind af te teken om ons kliënt in staat te stel om reëlings te tref vir die kind se opvoeding sou iets met haar gebeur.

Ons kliënt het ons verder opdrag gegee om u in te lig dat sy van voorneme is om 'n vaderskaptoets ingevolge artikel 36 van die voorgemelde Kinderwet aan te vra, indien u nie uself vrywillig aan so 'n toets onderwerp nie.

U het 21 dae om op hierdie skrywe te reageer. Indien u nie wil saamwerk nie, sal ons die hof versoek om ons in hierdie saak by te staan.

Ons kliënt verkies om in vriendelike omstandighede met u te werk. Ons stel voor dat u die skrywer van hierdie brief kontak om 'n afspraak te maak sodat ons my kliënt se posisie aan u kan verduidelik.

Vind asseblief my kontakbesonderhede hieronder asook die kontakbesonderhede van die laboratoriums wat die vaderskaptoets kan doen indien u vrywillig daartoe toestem."

CHRISTOPHER VOEL SKIELIK NAAR. Hy haal diep asem, sy gedagtes in 'n warboel. Wie is die kliënt? Wanneer? Hoe? Hy het nie enige seksuele verhoudings gehad die laaste agtien maande nie. Daar was 'n tyd toe hy rondgeslaap het, maar dit het nie lank geduur nie en was amper sewe jaar gelede. Hy kan die kere wat hy in die vier jaar daarna seks gehad het, op een hand tel en moontlik nog vingers oorhê. Hy het in elk geval altyd, maar altyd voorsorgmaatreëls getref.

Die naarheid wil net nie bedaar nie. Christopher buig vooroor en druk sy kop tussen sy knieë terwyl hy diep asemhaal.

Hy voel 'n hand op sy skouer en hy sit traag regop, net om in Daniel se bekommerde gesig vas te kyk. Christopher neem 'n laaste diep asemteug voordat hy sy skootrekenaar se sak optel en dit op die grond neersit sodat Daniel langs hom kan sit.

Toe Daniel gemaklik geskuif het, oorhandig Christopher die brief aan hom sonder om 'n woord te sê. Hy hou Daniel angstig dop terwyl hy die brief lees, en aangesien dit bietjie lank vat, sou hy nie verbaas wees indien Daniel dit meer as een keer gelees het nie. Toe Daniel uiteindelik die dokument laat sak, pers hy sy lippe peinsend saam en vra dan na 'n rukkie, "Weet jy wie dit is?"

Christopher skud sy kop. "Ek het geen idee nie. Wat moet ek doen?"

Daniel dink vir 'n oomblik voordat hy adviseer, "Ek dink jy moet dalk met Jakes praat. Hy is mos 'n prokureur. Is jy bereid om met hom te praat?"

Verligting spoel deur Christopher. "Ja, dit sal wonderlik wees."

Daniel gee die brief terug aan Christopher en staan op. 'n Paar minute later neem Jakes sonder 'n woord die sitplek langs Christopher in.

Christopher stop summier die brief in sy hande. Jakes lees dit ook meer as een keer voordat hy opkyk, "Weet jy wie die vrou is wat hierdie aantygings maak?"

"Hel, nee. Dit kan enigiemand wees. Ek het in elk geval nie seks gehad met iemand die laaste agtien maande nie. Ja, voor dit maar ek het altyd beskerming gebruik. Altyd. Ek is nie onnosel nie."

Jakes snork, "Kondome is nie altyd doeltreffend nie. Daar kan dus 'n moontlikheid wees. In elk geval is hierdie die standaard prosedure om vaderskap te bewys. As sy mislik wou wees sou sy haar reguit na die hof gewend het. Dit lyk nie asof die vrou enigiets van jou wil hê behalwe om te erken dat jy die pa is nie. Ek stel voor dat jy met 'n prokureur praat."

Christopher argumenteer, "Ek praat mos met jou."

Jakes skud sy kop. "Ek is nie 'n familie prokureur nie. Ek stel voor jy kontak hierdie prokureur om 'n afspraak te maak om te gesels. Dit hoef nie eens hof toe te gaan tensy jy die kind onder jou van wil registreer nie. Dan moet jy in elk geval die vaderskaptoets doen en aansoek doen om herregistrasie van die kind se van."

Christopher haal diep asem maar voordat hy kan antwoord, simpatiseer Jakes, "Jy ly seker nog aan skok. Maak 'n afspraak vir volgende week. Neem tyd om daaroor te dink. As die kind joune is, wil jy hom of haar leer ken? Wil jy deel wees van die kind se lewe? Dit sal nie regverdig wees as die kind jou leer ken en jy dan sommer weer verdwyn nie. Jy moet weet dat as jy in is, is jy in vir 'n lang tyd. Jy moet aan die ma se posisie ook dink. Jy mag dalk kwaad en ongelukkig wees omdat sy jou nooit voorheen van die kind se bestaan ingelig het nie, maar dalk was daar omstandighede. Ek dra nie kennis van jou liefdeslewe nie, Chris, maar jy moet weet dat 'n kind 'n impak kan hê op jou huidige en toekomstige verhoudings."

Christopher knik, "Dankie, Jakes. Jy het my baie gegee om oor te dink. Een ding waaroor ek egter nie bekommerd hoef te wees nie, is huidige en toekomstige verhoudings. Een keer was genoeg."

Hierdie wending het in elk geval alles verander. Christopher dink al die hele week aan Riley. Baie, om die waarheid te sê, veral na daardie soen. Hy het selfs oorweeg om dalk weer te probeer maar hy kan dit nie doen nie.

Hierdie is bes moontlik 'n teken dat hy eerder ver weg moet bly van Riley.

RILEY IS LAAT TOE SY BY DIE PERSKONFERENSIE INGLIP. Sy was te senuweeagtig om Christopher te sien en het heel oggend gesloer.

Haar prokureur het haar ingelig dat Christopher haar kom spreek het en ingewillig het om die vaderskaptoets vrywillig te doen. Om die waarheid te sê het Christopher die toets al Dinsdagoggend gedoen nog voor hy by mevrou Lowe was. Dit het Riley verbaas. Sy het nie gedink hy sou sy samewerking gee nie. Of eerder, sy het nie gedink hy sou saamwerk sonder 'n bakleiery of om haar identiteit te probeer uitvind nie.

Sy en Jon het reeds die vorige Vrydag die toets laat doen. Sy het so sleg gevoel omdat sy vir haar kind moes jok oor wat aan die gang is, maar sy wil nie Jon van sy pa vertel voordat sy nie weet wat Christopher se planne is nie.

Sy kyk vlugtig in Christopher se rigting. Hy het donker kringe onder sy oë en 'n moeë trek om sy mond. Hierdie was 'n skok vir hom en dit lyk nie of hy dit baie goed hanteer nie.

Die laboratorium het belowe dat hulle die resultate binne drie dae sou kry. Riley hoop vir haar en Christopher se onthalwe dat dit op die laatste vandag of môre hier sal wees.

Toe die perskonferensie ten einde loop, haas Riley uit sodat Christopher haar nie kan konfronteer nie. Hy het dit nog net een keer gedoen, by die dinee, maar sy wil nie vandag daardie kans waag nie. In elk geval is Melissa nie by die stadion nie, dus gaan hulle ook nie koffie drink nie. Sy ry dus terug na Sport100 se ateljees. Sy neem vandag 'n paar onderhoude op en het gelukkig nie baie tyd om te veel te tob oor die uitslag van die toets of Christopher nie.

TOE RILEY VERDWYN SONDER OM EENS NA HOM TE KYK, het Christopher nie 'n ander keuse om te erken dat dit nie meer help om dinge te ontken nie. Hy wou al 'n paar keer hierdie week met haar praat maar sy moed het hom telkens begewe. Miskien moes hy haar 'n kans gee om te praat soos sy die laaste paar weke wou gedoen het.

Christopher snork. Hy weet voor sy heilige siel dat dit nie die rede is hoekom hy haar wou sien nie. Na daardie soen Saterdagaand is hy besig om van sy kop af te raak. Die enigste rede hoekom hy nog nie by Riley was nie is daardie vaderskaptoets wat soos 'n swaard oor sy kop hang.

Hierdie gewag is besig om sy senuwees rou te skaaf. Hy hoop regtig die uitslag kom gou.

En asof dit nie genoeg is nie, het Daniel hom nog boonop Maandagoggend gekonfronteer oor sy gedrag teenoor Riley. Volgens Daniel het meer as een persoon dit al opgemerk. Christopher kon nie eens stry nie. Hy weet dat hy nie juis moeite gedoen het om sy vyandigheid teenoor haar weg te steek nie.

Hy het probeer om vandag hom beter te gedra. In plaas daarvan om Riley aan te gluur soos hy die vorige weke gedoen het, het hy eerder oogkontak vermy. Dit is nie veel van 'n verbetering nie, maar dis tog beter as niks.

Riley het ook nie na hom gekyk nie, dus het dit vir Christopher makliker gemaak om oogkontak te vermy. Dit is egter nie so maklik om sy bewustheid van haar te ignoreer nie. As hy kon, sou dit dalk nog beter wees maar na 'n uur of wat se getob, gee hy in. Hy soek Sport100 se besonderhede op en voor hy hom weer kan bedink, skakel hy die nommer. Hy weet nie of hy bly of vies moet wees dat Riley nie beskikbaar is nie. Sy is besig met opnames in die ateljee en sal eers na twaalfuur beskikbaar wees. Die ontvangsdame is baie hulpvaardig en lig Christopher sommer in dat Riley net in die oggende werk deur die week.

Sport100 se ateljees is nie ver van die stadion af nie. Christopher wag tot so twintig minute voor Riley sou klaarmaak voor hy in sy motor klim en soontoe ry. Hy parkeer buite die ateljees om te wag. Dis toe dat die onsekerheid weer sy opwagting maak. Hy oorweeg nog of hy haar moet konfronteer of eerder moet teruggaan werk toe, toe sy uitkom.

Sy hart kramp saam en hy skud sy kop. Daar is nie 'n manier wat hy haar nou kan konfronteer nie. Sy lyk so klein en haar skouers hang sommer asof die hele wêreld se probleme daarop druk.

Hy ruk sommer toe die gedagte deur sy kop flits. Hy wil haar vashou en alles beter maak al weet hy nie eens wat haar pla nie.

Hierdie skielike gevoelens maak hom bang. Hy ken dit maar alte goed. Sy beskermende natuur het altyd sterk na vore gekom waar dit Riley aanbetref. Dit blyk dat niks verander het nie.

Hy dink nie eens behoorlik nie maar verlaat die parkeerarea slegs 'n minuut na Riley. In plaas van om terug te gaan stadion toe, volg hy Riley se motor met 'n veilige afstand tussen hulle. Sy nuuskierigheid kry die oorhand toe sy voor die seuns laerskool 'n entjie van die ateljee af stop. Christopher parkeer sy motor aan die oorkant van die pad vanwaar hy 'n ongeskonde blik op Riley se motor het. Hy maak sy venster oop om vars lug te kry. Riley klim uit haar motor en stap na een 'n entjie verder en gesels met die vrou wat ook daar wag. Wat doen sy hier?

Die skoolklok skel deur die middag lug en kort daarna word dit vervang deur seunsstemme. Christopher kyk nie eens na die skoolgebou nie want sy oë bly gefokus op Riley. Sy draai skielik weg van die vrou en draai na die skoolhek. Twee seuntjies hardloop reguit na haar en die een skree, "Mamma, Mamma, kyk wat het ons vandag gemaak."

Die skok spoel deur Christopher se hele liggaam. Riley het 'n kind. Is sy getroud?

Met 'n breë glimlag buk Riley af en vang die seuntjie in haar arms. Sy bewonder die papiere wat die twee seuns aan haar wys en hulle gesels 'n rukkie. Dan staan sy regop en neem die twee seuns se hande om na haar motor te stap.

Christopher snak na sy asem. Hy probeer die vlaag naarheid met diep asemteue afsluk. Hoe dan anders?

Daar is geen manier wat hy nie daardie een seuntjie wat aan Riley se hand vasklou gaan herken nie. Hy het daardie gesig al baie vantevore gesien. Verdomp! Hy sien daardie gesig elke liewe keer wat hy in die spieël kyk!

Christopher weet nie hoe lank hy daar gesit het nie. Hy probeer nie eens om Riley hierdie keer te volg toe sy haar motor uit die parkeerplek stuur met die twee seuntjies nou vasgegespe op die agtersitplek. Dit maak nie saak of sy brein antwoorde vereis nie, hy kan haar nie vandag konfronteer nie.

Toe hy kalm genoeg voel, ry hy terug na die stadion. Hy groet sy personeel terwyl hy na sy kantoor stap en maak die deur agter hom toe. Dit is hul teken dat hy nie gepla wil word nie. Hy val in die stoel agter sy lessenaar neer maar hy skakel nie sy rekenaar aan of antwoord die foon nie. Janey is braaf genoeg om vir hom koffie te bring maar Christopher drink dit nie. Hy staar net in die niet, onbewus van Janey se bekommerde blik. Toe sy uitstap, draai Christopher sy stoel na die venster, verdiep in sy eie gedagtes.

Dinge begin nou sin maak. Hy vermoed nou dat dit is waaroor Riley met hom wou praat en hy haar nooit 'n kans gegee het nie. Hy is oortuig dat as daardie vaderskaptoets terugkom dit gaan bewys dat hy en Riley die ouers is van daardie seuntjie. Hy was skepties oor hierdie hele vaderskap-ding. Hy was bekommerd oor die ma van die kind. Wie is sy? Wat se tipe mens is sy? En die kind? Sou hulle ooit iets in gemeen hê?

As hy nie daardie seuntjie gesien het nie, sou hy dalk nog gestry het oor vaderskap maar nou het hy nie eens die toets nodig nie.

Die besef tref hom soos 'n vuishou en hy moet weer hard sluk.

Hy het 'n seun. 'n Seun saam met Riley.

Christopher se brein werk oortyd. Hoe moet hy dinge nou hanteer? Soveel vrae en emosies woed in hom. Hoekom het Riley hom nie vertel toe sy uitgevind het sy is swanger nie? Hoekom het sy nog enigsins 'n ander verhouding aangeknoop terwyl sy swanger is met sy kind?

Hy moet nie tot gevolgtrekkings kom nie. Hy weet dit. Hy wil sommer na Riley se huis ry en haar gaan konfronteer maar gelukkig hou hy kop en doen dit nie. Dis nie hoe hy sy seun die eerste keer wil ontmoet nie. Christopher wil nie hê dat die seun moet aanskou hoe hy sy ma konfronteer nie en dit dan bes moontlik in 'n bakleiery gaan ontaard nie. Nee, hy moet eers sy kop skoonkry. Dit sal beter wees as hy en Riley hierdie gesprek alleen het.

Hy moet darem regverdig wees teenoor Riley. Riley het vir vyf weke probeer om met hom te praat en hy is die een wat haar weggestoot het. Hy wil kwaad wees vir haar maar hy kan nie. Hy hoef net te dink aan daardie verskrikte gesiggie toe hy vir haar gesê het hy haat haar. Hy onthou maar te duidelik die trane in haar oë.

Sonder dat hy eens bewus is begin die trane oor sy

wange biggel. Hy het vir soveel jare sy gevoelens, al die hart-seer en pyn, opgekrop maar hy kan dit nie meer doen nie. Hy huil want hy besef hoeveel hy regtig in sewe jaar verloor het.

Hy hoor nie die deur agter hom oopgaan nie. Hy word eers bewus dat daar iemand anders in die vertrek is toe hy die nou byna bekende hand op sy skouer voel. Hy het dit nou al 'n paar keer ervaar sedert Riley terug in sy lewe gestap het. Hy probeer die trane wegvee maar dit help nie. Hy kyk op in Daniel se bekommerde gesig.

"Janey het my gebel. Sy is bekommerd oor jou. Wil jy praat?" Daniel vra die vraag maar gee Christopher nie eens kans om te antwoord nie voordat hy dit met nog 'n vraag opvolg, "Het jy die uitslae gekry?"

Christopher skud sy kop, "Ek het dit nie nodig nie."

Hy vee weer oor sy gesig met sy arm en leun terug in sy stoel. Dit is egter nog 'n rukkie voordat hy kalm genoeg voel om iets te sê. Hy neem 'n diep asemteug voordat hy na Daniel kyk met 'n skewe glimlag, "Jy het seker gewonder wat aangaan hierdie laaste paar weke en hoekom ek so ongeskik is met Riley Adams."

Toe Daniel knik, frons Christopher eers maar dan begin hy praat. Daniel luister geduldig en onderbreek Christopher nie een keer toe hy die storie vertel van toe hy Riley die eerste keer ontmoet het tot vandag.

Hy kyk op na Daniel en sê half-verwonderd, "Ek het 'n seun, Daniel. 'n Seun waarvan ek niks geweet het nie."

Dit klink vreemd om daardie woorde van sy tong af te hoor rol.

Daniel is eers stil en dan glimlag hy skielik, "Ek moet jou seker geluk wens."

Christopher probeer glimlag maar dit is maar flou. Daniel gaan sommer voort, "Ek neem aan dit is Riley wat vir die vaderskaptoets gevra het maar as jy nog nie die uitslae gekry het nie, hoe seker is jy dit is jou seun? Ek bedoel... Jy het nog nie met Riley gepraat nie, het jy?"

Christopher skud sy kop, "Ek het hom gesien, Daniel. Ek het geen twyfel hy is myne nie. Hy lyk nes ek en ek skat hom so tussen ses en sewe jaar oud." Hy adem diep in voordat hy erken, "Riley het hierdie laaste paar weke weer probeer om met my te praat en ek het haar soos 'n stuk gemors behandel. Ek het dit oorweeg om met haar te gaan praat vanaand maar soos jy kan sien is ek nie daartoe in staat nie. Nie vanaand nie. Ek sal môre."

"Dit is 'n wyse besluit, Chris. Luister eers wat sy te sê het."

"Ek weet ek moet maar dit is moeilik. Ek het skaars genoeg tyd gehad om gewoond te raak aan Riley en nou moet ek uitvind dat ons 'n seun het. Dit is ietwat van 'n skok."

"Hoe voel jy nou oor Riley?" vis Daniel uit.

Christopher vee sy hand deur sy hare maar dan kyk hy tog Daniel reguit in die oë en erken, "Jy het gesien hoe ek haar behandel het maar... Na ek haar gesoen het by die borge se dinee het ek besef dat ek haar nie soveel haat as wat ek gedink het nie. Dit maak my vrek bang. Wat as ek haar weer naby toelaat en dan kry ek weer seer? Maar dan... Dit maak nie juis saak nie. Ek kry nog steeds seer."

"Chris, ek weet dit is 'n skok om uit te vind dat jy 'n seun het maar ek dink tog jy moet vir Riley 'n kans gee om te praat en te verduidelik soos sy die laaste paar weke wou doen. Probeer om 'n goeie nagrus in te kry en gaan spreek Riley môre. Wie weet wat dan kan gebeur."

Christopher knik, "Dankie, Daniel. Ek het dit nog altyd moeilik gevind om my gevoelens te deel maar ek voel nou baie kalmer na ek met jou gepraat het. Ek sal Riley môre gaan spreek en hopelik kan ons gesels sonder om te baklei."

Riley gaan staan botstil toe sy sien Christopher wag vir haar. Hoekom is hy hier? Het hy dan al die uitslae gekry? Weet hy?

Sy het nog niks van die prokureur gehoor nie en haar senuwees knaag maar.

Sy staar versteend na Christopher en probeer haar skielike onrustige asemhaling onder beheer kry. Sy hou haar gesig so geslote as moontlik toe Christopher nader stap en voor haar stop. Sy stem klink bruusk as hy sê, "Jy wou praat."

Riley moet swaar sluk aan die viesheid. Hoeveel weke het hy nou al geweier om met haar te praat en na sy haar siel aan 'n vreemdeling ontbloot het, nou wil hy praat?! Tipies!

Haar eerste instink was om te weier maar dan flits Jon se gesiggie voor haar oë en sy sug, "Ja. Waar wil jy praat?"

Christopher neem 'n diep asemteug en dan neem hy sommer die wind uit haar seile met sy antwoord want dit is nie wat sy verwag het nie. "Ek weet waaroor jy wil praat. Ek weet van die seun. My seun. Is ek reg?"

Riley staar na hom. Hoe weet hy? Het hy tog iets van die laboratorium of die prokureur gehoor?

Dis haar beurt om te probeer lug in haar skielike benoude longe te kry en dit hard uit te blaas voordat sy kan antwoord. "Ja. Ek weet dit is nie die beste manier om uit te vind nie. Ek sou jou sewe jaar gelede ingelig het, maar ek het nie 'n kans gekry nie."

Sy sluk 'n slag voordat sy voortgaan, "Sy naam is Jon. Hy is gebore op 29 Junie en sal dan sewe jaar oud wees. Hy het so pas met Graad Een begin."

. . .

CHRISTOPHER HOU HAAR DOP. Sy is senuweeagtig. Sy vryf haar hande aanhoudend en byt op haar onderlip soos sy gewoonlik doen as sy senuweeagtig is. Hy besef dat hy nie heeltemal fokus op wat sy sê nie want hy staar te veel na daardie onderlip.

Ten minste het Riley nie agtergekom dat hy so gefassineerd is met haar mond nie. Christopher besef hy moet hom regruk en antwoord haar vraag byna kortaf. Verwarring, maar ook iets soos woede flits oor haar gesig. Sy probeer dit vinnig verbloem voor sy verward vra, "Het jy dan die uitslag gekry?"

Christopher skud sy kop en verduidelik, "Nee, ek bedoel ek het gister uitgevind. Ek wou gister met jou praat maar toe jy by die ateljee uitkom, kon ek dit nie doen nie. Dit mag dalk vreemd klink, maar ek het jou gevolg terwyl ek die moed probeer bymekaar skraap om met jou te praat. Ek het gesien toe jy hom by die skool oplaai en ek het sy gesig gesien en ek het net geweet..."

"Hoekom het jy my nie toe gekonfronteer nie?"

Hy staar net na haar vir etlike sekondes voordat hy erken, "Ek was te geskok. Ek het amper, maar ek het besef dat ons eers alleen moet gesels. Ek weet," voeg hy by, "Jy hoef dit nie te sê nie. Jy het die laaste paar weke met my probeer praat. Ek is jammer. Ek is jammer dat jy na 'n prokureur moes gaan om my sovêr te kry om te luister maar ek is nou hier. Kan ons asseblief gesels?"

Sy knibbel weer aan haar onderlip wat byna Christopher se gedagtes laat dwaal maar dan stem sy in, "Goed, kom ons gaan na my woonstel. Ons kan daar praat. Jy kan my soontoe volg."

Sonder om weer na hom te kyk stap sy weg na 'n motor

wat duidelik beter dae geken het. Christopher frons. Hy het nie eens daarna opgelet gister nie. Kon haar ouers nie vir haar 'n beter ryding as daardie gekry het nie? Hulle het die geld en was in elk geval altyd sulke snobs.

Diep in gedagte stap hy terug na sy motor en volg dan vir Riley na 'n meenthuiskompleks nie te ver van die Sport100 ateljees af nie.

Riley praat met die sekuriteitswag by die hek wat Christopher inlaat. Hy parkeer sy motor langs Riley s'n en volg haar na die voordeur. Nie een van hulle sê 'n woord totdat sy die voordeur oopgesluit het en hulle binne is nie.

Die eerste ding wat Christopher opmerk toe hy die sitkamer instap is die foto van 'n jong seuntjie in skooluniform wat duidelik geneem is op die eerste dag van skool. Christopher stap nader en tel dit op. Niemand kan eens twyfel nie. Dit kon net sowel 'n foto gewees het van hom op daardie ouderdom aangesien die seuntjie 'n miniatuur weergawe is van homself. Christopher gaan sit met die foto nog in sy hande en vra, "Hoekom het jy my nooit vertel jy is swanger nie?"

Riley het nog nie gaan sit nie. Sy gluur af na hom, "Hoe? Hoe, Christopher? Verduidelik dit vir my. Jy het my gelos. Jy het nie my oproepe beantwoord of my boodskappe nie. Jou ouers wou nie met my praat nie."

Christopher frons maar hy kan nie antwoord nie aangesien hy te hard probeer om sin uit haar beskuldiging te maak.

Riley sak in die stoel oorkant hom neer en sug, "Ek het in elk geval eers uitgevind ek is swanger twee weke na die dans. Toe het jy alreeds dit duidelik gemaak dat jy niks met my te doen wil hê nie. Ek was huiwerig om met jou ouers te praat maar toe moes ek uitvind dat hulle in elk geval nie meer in die dorp is nie. Ek het nie geweet hoe om jou te kontak nie. Ek het selfs die universiteit probeer, die Departement van Onderwys, maar ek moes uiteindelik opgee."

"En nou? Wat gaan nou gebeur noudat jy my gekry het?

Haar gesig was kalm en haar stem moedeloos, "Ek weet nie, Christopher. Dit hang van jou af. Ek het net gevoel jy het die reg om te weet. Ek wou nie vir Jon vertel dat ek jou gekry het en dan wil jy niks met hom te doen hê nie."

Christopher gluur haar aan, "Hoekom sou ek niks met hom te doen wil hê nie?"

Riley gee hom 'n vuil kyk maar dan erken sy met 'n ophaal van haar skouers, "Ek weet nie. Jy het my sewe jaar gelede sonder 'n woord gelos en toe het jy nog boonop onlangs vir my gesê jy haat my. Ek het nie geweet hoe jy daaroor sou voel om uit te vind ons het 'n kind saam nie. Die prokureur was my laaste uitweg. Ek wou nie daardie roete volg nie maar ek is dit aan Jon verskuldig."

Christopher moet toegee dat sy reg is. Hy het haar die afgelope paar weke nogal stief behandel. Hy sou dieselfde gevoel het as hy in haar skoene was. Hy maak sy keel skoon en vra huiwerig, "Wat sal jou ouers sê as ek nou skielik in sy lewe verskyn."

"Hulle sal nie weet nie," antwoord Riley stil. Sy draai haar kop weg maar nie vinnig genoeg nie. Christopher het die trane in haar oë gesien.

Hy frons, "Hoekom sal hulle nie weet nie?"

Met 'n sug maak Riley haar oë toe. Christopher kan amper daardie sug voel so swaar is dit. Dit lyk eers asof sy nie gaan antwoord nie maar dan mompel sy, "Ek het nie my ouers gesien sedert die dag dat ek uitgevind het ek is swanger nie."

Christopher weet nie wat om te sê nie. Het hy haar ooit reg gehoor? Al wat hy kan uitkry is, "Hoekom?"

Riley draai haar kop weg sodat sy haar uitdrukking vir

hom kan wegsteek wanneer sy antwoord. "Hulle het gesê dat ek 'n verleentheid is. Ek moes hul huis verlaat en nooit weer terugkeer nie. Hulle het Jon dus nog nooit gesien nie."

Christopher moet die vloekwoorde onderdruk maar hy kan nie die skok uit sy stem hou nie, "Wat het jy toe gedoen?"

Riley probeer om haarself reg te ruk voor sy haar skouers optrek en toonloos sê, "Ek het 'n sak gepak met wat ek kon dra en uitgestap. Ek het na julle huis gestap. Ek het gedink dat as ek jou nie kon vertel nie, kon ek jou ouers ten minste inlig dat hulle 'n kleinkind ryker gaan word. Toe ek egter daar kom moes ek uitvind dat hulle ook getrek het en die nuwe eienaar kon nie vir my hul nuwe adres gee nie."

Christopher staan op en druk sy hande in sy hare. Hy sluk swaar maar dit help nie en hy moet nog steeds 'n paar keer diep asemhaal om sy woede te beheer voordat hy kon vra, "Wat het jy toe gedoen, Riley?"

Riley sukkel om haar emosies te beheer. Sy gee voor om nonchalant te wees maar, lank gelede, het Christopher altyd geweet wanneer Riley seer het. Sy het nou seer. Hy moet die behoefte beveg om haar in sy arms te hou soos hy sewe jaar gelede moes gedoen het. Ongelukkig het hy nie nou daardie reg nie en hy bly dus waar hy is.

Riley antwoord strak, "My ma het 'n tannie gehad wat in Johannesburg gebly het. Ek het haar nie goed geken nie want sy het nie met my pa oor die weg gekom nie. Sy was die enigste persoon wat ek kon dink om te nader aangesien sy my enigste ander lewende familie was. Die nuwe eienaar van julle huis het jammer vir my gevoel. Hy het haar namens my geskakel en toe het hy my gehelp om 'n buskaartjie Johannesburg toe te koop. Hy het my selfs Mbombela toe geneem om die bus te haal. My tannie was nie ryk nie maar sy was nou ook nie arm nie. Tussen haar en haar vriende het sy my gehelp om beurse te kry. Hulle het na Jon gekyk terwyl ek klas bywoon en eksamens skryf. Toe Jon twee jaar oud was is my tannie oorlede maar haar vriende het my nog steeds bygestaan. Ek het vryskut gewerk tot ek gekwalifiseer het. Toe Jon kleuterskool toe is het ek begin om in die oggende by die nasionale koerant te werk Dis toe dat ek begin het om die weeklikse in-diepte artikels te skryf. Ek het nie gehuiwer toe ek die aanbod van Sport100 gekry het nie. Dit was 'n permanente posisie en ek kon nog steeds die diepte-artikels vir die nasionale koerant skryf en ander vryskutwerk vir koerante en tydskrifte doen. Ek het my tannie se huis verkoop. Dit was genoeg om hierdie meenthuis te koop. Sy het ook 'n trustfonds vir Jon nagelaat om sy skoolfonds te betaal."

Riley het seker die simpatie op sy gesig opgemerk want sy sê vasberade, "Laat ek dit net duidelik maak. Ek het nie jou bejammering nodig nie. Ja, dit was dalk nie maklik nie maar ek sal Jon vir niks anders in die wêreld verruil nie. Hy is my hele wêreld. Al wat ek vir hom wil hê is liefde en geluk. Dis die rede hoekom ek seker moet wees dat jy by sy lewe betrokke wil wees. Hy kort 'n pa. Hy kort *sy* pa. Dit hang nou van jou af."

Christopher klem sy hande vas en dan ontspan hy hulle. Weer en weer, wat duidelik 'n teken van sy eie spanning is. Hy staar na Riley en vra, "Jy sê sy naam is John."

Riley knik, "Ja, ek het hom geregistreer as Christopher Jonathan Brooks Adams en jy is geregistreer as sy pa. Ek noem hom Jon, sonder die h."

Christopher moet maar swaar sluk aan die emosies wat haar antwoord teweeg bring voordat hy mompel, "Dankie."

Dan skielik registreer iets anders en hy vra, "As jy dan so seker was ek is die pa, hoekom het jy hom nie in my naam geregistreer nie?"

"Omdat ek die pa se handtekening nodig gehad het om dit te doen."

Riley klink ontsteld. Christopher kan haar nie blameer nie maar dinge maak net nog nie sin nie. Wat het van haar kêrel geword? Het hulle opgebreek toe Riley uitgevind het sy is swanger met Christopher se kind?

Hy skud sy kop. Hy wil nie nou daaraan dink nie. Hulle seun is nou die belangrikste faktor.

Hy draai terug na Riley en swaai die foto in die lug, "Ek het nie die uitslag van die toetse nodig nie. Almal kan sien hy is my kind. Ek wil hê dat hy my leer ken. Hoe gou kan ons ontmoet?"

Hy stop skielik. Hy kan mos nie sommer net in die kind se lewe inbars nie. Wat het Riley ooit vir hom vertel van sy pa?

Hy het nie eens besef dat hy sy gedagtes hardop uitgespreek het nie tot Riley antwoord, "Hy weet van jou. Ek het hom vertel dat ons kontak verloor het en ek jou nooit van hom kon vertel nie. Ek sal hom vanmiddag vertel dat ek jou gevind het na my vriendin haar seun kom oplaai het. Lucas is Jon se beste vriend. As jy wil kan jy hom daarna ontmoet. Sê so vieruur?"

Christopher knik en stap terug na die mantel om die foto op sy plek terug te sit. Voordat hy egter kon vertrek, stop Riley hom, "Wag, ek het iets vir jou."

Sy verdwyn en 'n paar minute later is sy terug. "Ek het hierdie vir jou gemaak. Ek het nie geweet of ek ooit die kans gaan kry om dit vir jou te gee nie, maar ek het dit nogtans bygehou."

Christopher kyk af na die foto-album wat sy in sy hand gedruk het. Toe hy dit oopslaan kan hy met moeite sy emosies beheer. Dit is almal daar. Foto's van Jon sedert sy geboorte. 'n Lok van sy hare toe hy die eerste keer 'n haarsny gekry het.

Christopher moet maar swaar sluk voordat hy heserig haar kan bedank, "Dankie, Riley. Jy weet nie hoeveel hierdie vir my beteken nie."

Hy is bang hy gaan homself in die verleentheid stel as hy langer praat. Hy maak die album toe en mompel, "Ek sal nou gaan. Sien jou later vanmiddag."

By die deur draai hy terug en oorhandig 'n kaartjie met sy persoonlike nommers aan haar. "As jy die tyd wil verander, kontak my asseblief."

Riley hou hom met groot oë dop. Christopher wil in leun en haar 'n drukkie gee maar hy keer homself betyds. Hy draai vinnig om en maak die deur agter hom toe.

CHRISTOPHER KAN NIE TERUGGAAN KANTOOR TOE NIE. Hy stuur net 'n boodskap vir Janey om haar in te lig dat hy 'n familie krisis het. As daar probleme is kan sy hom kontak maar Christopher hoop dit is nie nodig nie. Na gister se gebeure het Janey dit moontlik verwag.

Hy kan nie nou iemand sien terwyl hy so emosioneel voel nie. Hy sal seker nooit vir iemand die emosies kan beskryf wat deur hom gespoel het die afgelope twee dae nie. Eers gister toe hy Jon die eerste keer gesien het en toe weer vroeër toe hy Jon se foto vasgehou het. Indien hy sy seun vandag die eerste keer gaan ontmoet, moet hy homself voorberei. Dit gaan nog meer emosioneel wees as die emosies wat hy alreeds ervaar het.

Emosioneel en vreesaanjaend. Ja, Christopher kan maar net sowel erken. Hy is bang om sy seun te ontmoet. Wat as Jon nie van hom hou nie? Nee, hy moenie eers aan daardie moontlikheid dink nie.

Toe hy huis toe ry, roep hy weer die gesprek met Riley op. Dit het nie vroeër by hom geregistreer nie maar nou onthou hy haar presiese woorde. Sy het gesê hy is weg sonder 'n woord. Dit is beslis nie hoe hy dit onthou nie. Hy frons skielik, as die res van die gesprek ook tot hom deurdring.

Hy het gedink hy het Riley se pa alreeds genoeg gehaat maar as dit enigsins moontlik is, haat hy die ou man nog meer. Hy dink nie eens aan wat Riley se pa sy pa aangedoen het nie maar sy eie kind? Hoe kon hy haar summier uit die huis skop. Sy was maar agtien en boonop swanger! Gits, dit was tog sy kleinseun ook!

Die Adams-ouerpaar was nou nooit juis mense wat met hul gevoelens op hul mou rondgeloop het nie maar hy het wraggies nie gedink hulle is so koud en ongenaakbaar nie.

Daniel was reg. Hy moet Riley kans gee om te verduidelik.

Daar is nog te veel dinge wat nie duidelik is of sin maak nie. Wat Christopher wel weet is dat Riley hom nie na daardie Vrydagoggend sou kon kontak nie. Hy onthou duidelik hoe hy sy foon by die krans af gegooi het en het 'n nuwe nommer gekry toe hy 'n nuwe foon gekoop het. Hy het van universiteit verander en die dag na sy ouers se vertrek na Dubai het hy self Kaapstad toe verhuis.

Na sy aankoms in Kaapstad het hy 'n deeltydse werk gekry vir die vakansie. Die res van die tyd het hy hard partytjie gehou. Hy het probeer om homself te verloor in vroumense en alkohol maar nog voor die universiteit heropen het, het Christopher al geweet dat dit nie werk nie. Hy kon nie van sy herinneringe ontsnap nie. Dit was altyd daar wanneer hy dit die minste verwag het. 'n Spesifieke geur, of 'n liedjie, 'n vrou se lag... Dit was al wat nodig was om hom te herinner aan sy eerste liefde.

Hy het toe maar opgegee met partytjies en homself in sy studies verdiep. Sy studies, sy deeltydse werk en die rugby-afrigting wat hy vir sesjariges aangebied het, het gehelp dat hy nie ineenstort nie. Hy het in sy finale jaar by 'n koerant sy internskap gedoen maar sy hart was nie daarin nie. Miskien is dit omdat dit hom te veel herinner het aan die droom wat hy en Riley gehad het om eendag saam te werk. Hy het toe 'n kursus in publisiteit gevolg en toe nog 'n internskap by 'n publisiteit maatskappy gevolg.

Dis toe dat hy vir Nicholas Carter, die dinamiese jong voorsitter van die Buffels ontmoet het. Hy het Nicholas omtrent gesmeek om hom 'n kans te gee. Christopher was gelukkig dat hy Nicholas op die regte tyd genader het want twee weke later het hy teruggetrek Pretoria toe. Vir die eerste vier jaar moes hy onder die bemarkingsbestuurder werk maar toe het Nicholas 'n nuwe afdeling geskep. In Desember het Nicholas Christopher bevorder tot die Direkteur van Media en Kommunikasie van die Buffels.

Hy het dit eintlik maklik gehad as hy moet vergelyk waardeur Riley gegaan het. Hy wil eintlik nie eens daaraan dink nie maar hy moet haar bewonder vir haar moed en wilskrag. Dit kon nie maklik gewees het om haar kwalifikasie te behaal onder sulke moeilike omstandighede en dan nog boonop 'n baba groot te maak nie.

Dit moes seker nie maklik gewees het vir haar om hom te nader nie, veral nie as hy in ag neem hoe hy haar behandel het nie.

Die prokureur se brief het nou wel genoem dat Riley nie finansiële hulp wil hê nie. Hy is oortuig daarvan dat dit een ding is waaroor hy en Riley gaan koppe stamp. Riley sal egter nou net moet leer dat sy dinge nie meer alleen hoef te doen nie. Hy weet nog nie hoe hulle dit gaan aanpak nie maar Riley het alleen vir Jon gesorg sedert sy geboorte. Sy is hardkoppig. Dit gaan baie oortuiging van sy kant verg om haar te oorreed om sy bydrae te aanvaar.

Sy kon hom met 'n veertjie omslaan toe sy daardie foto-album aan hom oorhandig het. Dit was so goed-deurdinkte gebaar en 'n verdere bewys dat Riley wel gehoop het dat sy hom eendag van sy seun kon vertel. Hoekom anders sou sy dit maak? Hy het al hoeveel keer deur die album geblaai en elke keer wissel sy emosies. Dan is hy trots en dan weer hartseer. Ander kere is hy ekstaties gelukkig maar word dan net daarna weer kwaad as hy besef hoeveel hy uit sy seun se lewe gemis het.

Dis dan wat hy wonder. Kon sy nie meer moeite gedoen het om hom op te spoor nie? Nee, hy twyfel. Hy het van universiteit verander en 'n nuwe nommer gehad. Hy het 'n maand na hul opgebreek het van sosiale media verdwyn. Dis eers onlangs wat hy weer 'n profiel geskep het maar die meeste wat hy op sosiale media doen is om die Buffels en die spelers se profiele op datum te hou.

Nicholas Carter het die bevorderings eers aan die einde van die jaar by die jaareindfunksie bekend gemaak. Die eerste keer wat hy in die openbaar verskyn het in sy nuwe rol is die dag wat hy Riley weer gesien het. Hy weet dus dat hy haar nie kan kwalik neem dat sy hom nie opgespoor het nie.

Christopher loer na sy horlosie. Hy het nog tyd om te stort voordat hy sy seun gaan ontmoet. Dit is nog vroeg maar hy wil nie nog tyd mors nie. Hy wil daar wees wanneer Riley hom kontak.

8

R iley is ongelooflik senuweeagtig om Jon te vertel dat sy sy pa gekry het. Hoe gaan hy daaroor voel? Vir so lank was dit net hulle twee. Sy kan dus nie help om bekommerd te wees nie. Jon is nog eintlik maar klein en hy het die laaste paar maande al soveel omwenteling in sy lewe gehad.

Al het sy hom al van Christopher vertel en het hy foto's gesien van sy pa, die realiteit om skielik jou pa te ontmoet, moet nogal 'n uitdaging wees vir so 'n jong kind.

Sy hoop nie Christopher gaan teleurgesteld wees as Jon dalk nie dadelik hierdie gelukkige gesin-speletjie wil speel nie. Dit gebeur nie gewoonlik in die regte lewe nie. Wel, nie in alle families nie.

Sy wag totdat Jenna en Lucas weg is voordat sy die taak aanpak. Sy haal hul gunsteling sjokolade-splinter koekies uit wat sy bêre vir belangrike gesprekke, gooi vir hul elkeen 'n glas melk in en roep Jon om by haar aan te sluit. Jon weet sommer al dat as sy die "ernstige koekies" soos hy dit al gedoop het, uithaal, is dit 'n belangrike gesprek. Gelukkig het Riley dit nog net een keer nodig gehad sedert hulle Pretoria toe getrek het.

Riley haal 'n slag diep asem voordat sy in haar seun se ernstige bruin oë, identies aan Christopher s'n kyk.

"Ek het jou mos al van jou pa vertel?"

Jon knik terwyl hy lustig aan 'n koekie kou. Na hy dit met 'n bietjie melk afgesluk het, sê hy net so ernstig, "Ja, sy naam is Christopher."

Riley glimlag, "Dis reg. Ek het jou ook gesê dat ek nie vir jou pa van jou kon vertel nie omdat ons kontak verloor het?"

Toe Jon weer instemmend knik, val Riley sommer weg, "Ek het jou pa gekry, Jon. Hy bly hier in Pretoria. Ek het hom nou vertel van jou en hy wil jou baie graag ontmoet."

Jon se oë rek. "Mamma het? En hy wil?"

Riley glimlag gerusstellend, "Ja. Wil jy hom ontmoet?"

Riley besef dat alhoewel Jon gretig is om sy pa te ontmoet, die realiteit gewoonlik heeltemal anders is. Jon bly lank stil en Riley los hom. Sy wil hom nie druk nie. Uiteindelik antwoord hy, "Ek wil. Wanneer kan ek hom ontmoet?"

"Wel, ek het aan hom genoem dat ek jou vanmiddag sal vertel, en as jy hom ook wil sien, sal ek hom laat weet dan kan hy kom. Sal jy daarvan hou?"

Jon se oë rek nog groter, "Nou? Kom hy nou?"

Dit is nog steeds Jon se keuse. Sy kan sien dat hy sy hande senuweeagtig saam wring toe hy vra wanneer hy Christopher gaan ontmoet. Miskien is dit te gou. Miskien moet sy hom eers kans gee om gewoond te raak aan die gedagte maar toe Jon die woorde uiter, "Ek wil. Ek wil hom graag ontmoet. Vandag nog," voel Riley eintlik verlig. Hoe gouer hulle dit agter die rug kan kry, hoe beter.

Riley krap sy hare deurmekaar, "Nou laat ek hom bel en vra wanneer hy hier kan wees. Jy kan solank die kombuis opruim. Jy wil tog nie hê dat jou pa al jou koekiekrummels sien nie, wil jy?"

Jon skud sy kop verwoed en sit haastig die glase in die

wasbak toe Riley haar foon optel. Hy pak die koekies weg en begin die krummels opvee, maar hy hou sy oë die hele tyd op haar gevestig. Toe Christopher se foon in haar oor lui, moet Riley eers diep asemhaal om van die skielike spanning ontslae te raak. Sy wonder nog wat dit nou veroorsaak het, maar die foon het skaars een lui gegee toe antwoord hy, "Riley?"

"Ja, dis ek. Ek het Jon vertel en hy wil jou graag ontmoet. Wanneer wil jy oorkom?"

Hy lag effens verleë en erken, "Ek is in die straat net buite die kompleks. Kan ek nou kom?"

Dit moet Riley nie eens verbaas nie. Christopher was nog altyd so maar miskien is dit vir die beste. Hoe gouer hulle hierdie ongemaklike ontmoeting uit die weg gaan ruim, hoe beter.

"Goed, dis reg. Noem net aan die sekuriteitsbeampte dat jy na nommer vier-en-twintig gaan dan sal hulle jou inlaat."

"Goed, sien jou oor 'n minuut of wat." Hy beëindig die oproep voordat Riley nog kon antwoord.

Sy beduie vir Jon, "Hy wag reeds hier buite. Gaan was gou jou hande en gesig. Hy gaan binnekort hier wees."

Jon hardloop vinnig badkamer toe. Riley is nie seker of sy hande enige water gesien het nie want hy is blitsig terug in die sitkamer. Toe die deurklokkie lui kyk hy skielik weer angstig na Riley en klem weer sy hande saam.

"Wil jy die deur gaan oopmaak of moet ek dit doen?" vra sy gerusstellend.

Sy stemmetjie klink maar klein en angstig toe hy haar aanpor, "Nee, doen Mamma dit eerder."

Riley vee haar hand gerusstellend oor sy hare, "Goed, ek is nou weer terug."

Sy het nog voor Jon probeer voorgee dat alles reg is, maar op pad voordeur toe moet sy 'n paar keer diep asemhaal om haar eie angs onder beheer te kry. Sy vee haar natgeswete hande aan haar broek af, neem nog een laaste asemteug en blaas dit uit voordat sy die deur oopmaak met 'n glimlag wat sy nie regtig voel nie.

Haar hart smelt sommer toe sy sien dat Christopher net so op sy senuwees is as Jon. Net soos sy, vee hy sy hande af aan die swart jeans wat hy nou dra. Sy glimlag is onseker. Dit herinner Riley aan die tienerseun wat sy jare gelede ontmoet het en voor lief geword het.

Sy sluk swaar. Dis miskien beter as sy nie nou daaraan dink nie en staan dadelik opsy sodat hy kan inkom. Dis beter om dit gou oor te kry.

Christopher mompel verleë, "Haai. Ek is jammer ek is so vroeg. Ek het gehoop ..."

Riley stop hom, "Dis reg, kom in."

Hy wag egter dat sy eers die deur toemaak en beduie sy moet voor hom stap. Jon staan nog langs die bank, sy vingers oor die leuning geklem. Hy wissel van een voet na die ander terwyl hy die deur angstig dophou. Riley glimlag vir hom en dan staan sy bietjie weg sodat Christopher ook kan inkom en stel hulle sommer dadelik aan mekaar voor, "Christopher, ontmoet jou seun, Jonathan, of Jon soos ek hom noem. Jon, ontmoet jou pa, Christopher."

Riley hoef niks verder te sê nie. Al het sy ook wonder sy of een van hulle haar sou gehoor het. Sy hou angstig hul reaksies dop maar die twee het, ten spyte van die duidelike senuwees wat knaag, net oë vir mekaar."

Christopher stap nader en kniel voor Jon, terwyl hy sy hand uithou. Jon, maar nog steeds onseker, neem Christopher se hand maar dis asof daardie gebaar die onsigbare brug oorsteek. Riley se oë skiet sommer vol trane toe Christopher sy ander arm oophou. Hy hoef net te sê, "Jon," toe gooi Jon homself teen Christopher, en sy armpie gly om sy pa se nek.

Deur haar trane kan Riley sien dat Christopher se oogwimpers ook nat is. Pa en seun hou mekaar vir 'n lang ruk net styf vas, maar dan trek Jon terug. Met 'n ernstige uitdrukking beskou hy Christopher se gesig.

Christopher doen dieselfde. Jon vra dan sommer reguit, "Wat kan ek jou noem?"

Christopher sluk swaar soos hy sukkel om sy emosies onder beheer te kry. Dit neem 'n rukkie voordat hy kop skud en erken, "Ek weet nie. Wat wil jy my noem?" terwyl hy vlugtig na Riley loer vir bevestiging.

Riley moet haar glimlag terug sluk toe Jon so ewe ernstig vir Christopher sê, "Ek is nie seker nie. Ek is eintlik nou 'n groot seun want ek gaan nou groot skool toe. Mag ek jou Pappa noem?"

Christopher moet weer swaar sluk voordat hy knik, "Ek sal daarvan hou as jy my Pappa noem, maar wat dink Mamma?"

Hulle albei draai met afwagting op hul gesigte na Riley.

Deur haar trane kry Riley reg om te sê, "Pappa klink perfek." Jon gee 'n oordrewe sug en sê so ewe ernstig vir Christopher, "Meisies. Hulle huil altyd."

Christopher glimlag net deur sy eie trane.

Riley draai summier om voordat sy haarself heeltemal in die verleentheid stel en weer in trane uitbars. Sy hoef nie eens te kyk om te weet dat Christopher se oë haar volg nie, maar sy stop nie.

Riley was nie van plan om hulle so lank alleen te los nie, maar sy hoor Jon se gebabbel, dus voel hy gemaklik genoeg om by sy pa te wees. Sy sukkel om haarself reg te ruk.

Sy het regtig nooit gedink dat hierdie ontmoeting so

emosioneel sou wees vir haar nie. Dit neem haar 'n hele rukkie om die trane onder beheer te bring. Sy gaan eers badkamer toe om haar gesig met koue water af te spoel en haar hare te borsel. Meer in beheer van haar emosies stap sy na die sitkamer waar sy Jon en Christopher plat op die vloer vind, besig om met Jon se Lego's te speel. Jon praat nog een stryk deur of, as Riley moet oordeel, ondervra hy Christopher behoorlik. Christopher lyk heel tevrede daarmee en antwoord Jon rustig maar sy oë verlaat sy seun se gesig nie een maal nie.

Riley neem ongesiens 'n paar foto's met haar foon maar dan kyk Christopher op en sien haar. Gelukkig is sy oë nie so koud soos vantevore nie. Riley sluk en maak haar oë vlugtig toe. Toe sy hulle oopmaak kyk Christopher nog steeds na haar.

Sy hou haar foon op en vra, net om daardie ongemaklike stilte te verbreek wat heers sedert sy ingekom het, "Mag ek 'n paar foto's neem, vir ons albums? Dit is 'n belangrike ontmoeting – vir almal van ons."

Jon laat val summier die blokkies wat hy in sy hand gehad het op die grond en klim sonder huiwering op Christopher se skoot. Riley het dit nie verwag nie en sy dink ook nie Christopher nie maar dit lyk of dit vir Jon die natuurlikste ding in die wêreld is.

Riley se hande bewe toe sy nog 'n paar foto's neem. Sy hoop maar net dit is in fokus. Toe sy dink sy het nou genoeg bestudeer sy eers die laaste foto om te sien hoe dit lyk. Sy trek haar asem weer skerp in toe sy die twee langs mekaar vergelyk. Hulle lyk so eenders dat daar geen twyfel by iemand kan wees oor wie Jon se pa is nie.

Riley draai weg en bêre haar foon. Sy wil nie huil nie. In elk geval nie weer nie. Om haar besig te hou vra sy vir Christopher sommer oor haar skouer, "Wil jy koffie hê?"

Toe hy nie antwoord nie, draai sy terug na hom. Hy lyk maar onseker toe hy reageer, "As dit nie moeite is nie."

"Ek gaan in elk geval vir my maak," antwoord Riley kortaf en verdwyn vinnig in die kombuis. Sy vul die ketel en skakel dit aan. Sy maak haar oë en haal 'n paar keer diep asem. Haar oë vlieg egter weer oop toe Christopher se diep stem skielik agter haar opklink en swaai om. Hy staan in die kombuisdeur en beskou haar met 'n ligte frons. "Riley, is alles reg?"

Riley gee hom 'n bewerige glimlag. "Ja, alles is reg. Jy het mos gehoor wat sê Jon. Meisies," en rol haar oë.

Christopher glimlag skielik en knik, "Ja, jou traankliere het mos maar nog altyd baie vlak gesit."

Riley probeer op sy woorde konsentreer want sy wil nie eens dink wat daardie glimlag aan haar doen nie. Sy draai met 'n kloppende hart terug na die toonbank om koffie in die plunjer te gooi voordat sy die bekers uithaal. Die ketel fluit sy deuntjie om aan te kondig dat die water gekook het. Riley gooi genoeg oor die koffie en los dit om te trek.

Sy het gedink dat Christopher terug gegaan het sitkamer toe maar toe sy omdraai is hy nog steeds daar. Hy leun met sy skouer teen die deurkosyn en hou haar dop. Riley spring amper van skrik toe hy skielik praat. "Ek was ernstig vroeër toe ek gesê het ek wil deel wees van Jon se lewe. Daar is dinge waaroor ons moet praat."

Riley frons, "Ek weet, maar nie vandag nie. Geniet net jou tyd met Jon vandag en leer mekaar beter ken. Jy het genoeg tyd om te oorweeg wat jy wil doen voordat jy weer die prokureur moet spreek."

Christopher frons vies. "Moet ons regtig die prokureur betrek?"

Riley knik, "Ja. Dit is te sê as jy Jon onder jou van wil registreer. Ek het gedink sy het dit aan jou verduidelik."

"Sy het, maar ek het gedink ons kan dinge tussen ons self uitwerk."

Voordat Riley daarop kan reageer, sê hy op 'n ernstiger noot, "Ek is baie jammer oor hoe ek jou behandel het, Riley. Ek weet nou dat dit moeilik vir jou moes wees om my te nader en ek het dit nie maklik vir jou gemaak nie. Ek is jammer."

Riley het nie sy verskoning verwag nie en mompel ongemaklik, "Ek is net bly dat jy nou vir Jon kon ontmoet het. Jy sal my ongelukkig maar net moet verdra ter wille van hom. Al wat nou saak maak is jou verhouding met Jon."

Riley hou haarself besig met die koffie. Sy wil nie hê dat Christopher moet sien hoe seer dit maak net om dit te sê nie. Ja, sy het gehoop dat hy 'n verhouding met Jon kan opbou, maar sy het nie besef hoe seer dit gaan maak om hom so baie te sien en te weet dat hy haar haat nie.

Sy kug voordat sy kan vra, "Drink jy jou koffie nog dieselfde?"

Christopher mompel so half onderlangs, "Ja, dankie," maar sy hoor tog en gaan voort om melk en een teelepel suiker by sy koffie te gooi.

Toe sy sy beker aan hom oorhandig, merk sy op hoe gespanne hy is. Sy gesig is uitdrukkingloos maar sy kakebeen is styf gespan. Sy reageer eerder nie daarop nie en gooi vir Jon 'n glas melk in voor sy haar eie beker optel.

Christopher draai sodat sy voor hom kan verbystap maar dit was nie genoeg nie. Hy trek sy asem skerp in toe Riley teen hom skuur. Haar oë vlie op om syne te ontmoet. Tyd staan stil terwyl hulle net stil vir mekaar kyk. Riley se hande bewe en haar bene voel lam. Dit voel soos 'n ewigheid voor sy haar oë weg van syne kan skeur.

Haar asemhaling is nog vlak toe sy sitkamer toe loop om vir Jon sy glas melk te gee.

Dit mag dalk te gou wees maar sy moet wegkom van Christopher. Jon sal okei wees alleen met sy pa maar sy is nie so seker sy is nie.

Jon mag dalk 'n bietjie aanpor werk nodig hê om dinge te vind wat hy en Christopher in gemeen het maar andersins kom hulle goed oor die weg. Riley het dit verwag. Of nee, om dit eerder so te stel: sy het gehoop.

Al die jare wat sy oor Christopher gepraat het en sy foto's vir Jon gewys het, lyk of dit tog vrugte afgewerp het. Jon sou sy pa bes moontlik in die straat herken het. Miskien sou die stoppelbaard hom dalk verwar het maar andersins lyk Christopher net soos hy op skool gelyk het. Dit is meer opvallend nou dat sy oë nie meer so koud lyk as wat dit 'n paar weke gelede gelyk het nie.

Dis duidelik Christopher is gretig om sy seun te leer ken. Kan sy dus die twee alleen los? Ja, beslis. Nog nie reg om na Christopher te kyk nie, vra Riley eerder vir Jon, "Mamma moet nog bietjie werk doen. Is jy okei om alleen saam met Pappa te kuier?"

Jon knik sedig. Partymaal is hy maar nog haar klein seuntjie maar ander kere, soos nou, is hy 'n regte klein grootmensie. "Ons is okei, Mamma. As Pappa nog koffie of iets wil hê kan ek hom mos wys waar alles is."

Hy frons skielik, "Mag ek hom my kamer wys?"

Riley glimlag. Jon het duidelik haar les onthou om nie vreemdelinge in sy kamer toe te laat nie. "Natuurlik kan jy. Jy kan vir Pappa jou foto-albums en plakboeke wys. Miskien moet jy hom vertel wat jy wil doen wanneer jy groot is."

Jon se gesiggie verhelder onmiddellik en hy kyk na Christopher met blink oë, "'n Rugbyspeler. Net soos Daniel Cooper. Hy's die beste," voeg hy by.

Riley sien Christopher se glimlag. Wat sal Jon doen as hy uitvind dat Christopher vir Daniel ken? Sy is baie seker daarvan dat Christopher onmiddellik hero-status gaan verwerf. Maar, as sy Jon se opgewonde gesiggie in ag neem, is dit bes moontlik dat Christopher dit alreeds reg gekry het.

Riley luister nie verder na die gesprek nie. Sy is baie seker dat sy haar nie oor die twee die res van die middag hoef te bekommer nie. Sy maak egter nie haar kamerdeur toe nie en volg hul stemme soos hulle van die sitkamer na Jon se kamer beweeg.

Dit voel nogal vreemd dat sy op 'n Vrydagmiddag tyd het vir haar self. Met hulle stemme in die agtergrond, begin sy werk. Dis nou nie asof sy baie het om te doen nie. Sy moet slegs nog 'n paar paragrawe finaliseer vir 'n artikel oor 'n bekende politikus vir haar weeklikse rubriek. Toe sy klaar is daarmee stuur sy die materiaal vir die redigeerder en begin navorsing doen vir 'n artikel oor 'n plaaslike popster.

Sy moet eintlik sê dat sy probeer om te werk in 'n poging om Christopher en Jon kans te gee om mekaar beter te leer ken. Sy gee egter op toe haar gedagtes vir die hoeveelste keer afdwaal. Sy weet hoekom. Sy het haarself gewaarsku om so ver as moontlik weg te bly van Christopher. Net daardie effense aanraking toe sy teen hom verby geskuur het en sy hitte gevoel het, was egter genoeg om haar te herinner hoe dinge tussen hulle was. Sy kan nie bekostig om weer so seer te kry nie.

'n Uur later gee sy op en keer terug na die sitkamer. Die twee sit nou op die bank en speel 'n elektroniese speletjie. Soos vroeër stop Riley in die deuropening en hou hulle dop. Hulle koppe draai op dieselfde manier so skuins soos hulle konsentreer, wat weer eens daardie pa-seun ooreenkomstig bevestig. Riley neem nog 'n paar foto's voordat sy instap. Jon spring onmiddellik op en roep, "Mamma, Mamma, ek het vir Pappa gesê ons eet altyd Vrydagaande pizza. Kan Pappa asseblief vanaand saam met ons pizza eet? Groot asseblief?"

Riley se hart sak sommer in haar skoene. Hoe gaan sy dit hanteer om soveel tyd met Christopher te spandeer? Hoe gaan dit in elk geval voel om na soveel jare pizzas te maak saam met hom? Toe hulle nog saam was het Riley gereeld Vrydagaande by hulle huis gekuier en het hulle toe ook pizzas gemaak. Onthou hy dit ook?

Sy loer vinnig na Christopher en mompel, "Ja, seker, as hy wil."

Sy het seker nie haar onsekerheid baie goed weg gesteek nie want hy lyk skielik ongemaklik, "As dit nie moeite is nie. Jon sê julle maak self die pizza. Ek belowe ek sal help."

"Wel, as jy wil eet moet jy help. Dit is mos hoe dit werk, nie waar nie, Jon?"

Hul seun het blykbaar nie hul ongemak opgemerk nie want hy vra so ewe entoesiasties vir Christopher, "Ja, maar ek weet nie wat kan Pappa doen nie. Ek kan kaas rasper. Kan Pappa kaas rasper?"

Christopher lag, "Wel, as ek nie kan nie sal jy my seker wys, of hoe? Maar, jy kan maar vir Mamma vra. Ek bou baie lekker pizzas, nie waar nie, Riley?"

Riley kyk op en voel die warmte in sy oë op haar en sy moet sluk aan die skielike emosies. Gelukkig lui haar foon sodat sy nie hoef te antwoord nie. Sy lig die skerm op en sien dat dit die prokureur is. Na nog 'n diep asemteug, druk sy die knoppie en antwoord, "Goeie middag, mevrou Lowe."

Christopher se oë vlie weer op om na haar te kyk. Riley luister na wat die prokureur te sê het voor sy bevestig, "Ja, Maandag elfuur is doodreg met my."

Sy luister weer en besef dan dat sy nog steeds Christopher se oë gevange hou, "Hy is hier, mevrou Lowe. Laat ek hom vra."

Riley voel ongemaklik. Wat dink die prokureur daarvan dat Christopher hier is? Sy probeer haar ongemak onderdruk en vra hom, "Mevrou Lowe wil met ons praat. Blykbaar is jou foon af want dit gaan direk na jou stemboodskap. Sal Maandag elfuur jou pas?"

Sy oë flits vinnig na Jon en dan knik hy ferm, "Ja, ek sal daar wees."

Sy dra sy boodskap aan die prokureur oor en beëindig die oproep. Vir 'n lang oomblik kyk hulle net na mekaar. Wat gaan deur sy gedagtes? Sy kan nie daaroor bespiegel nie want haar foon lui weer. Toe Riley sien dit is Melissa, maak sy verskoning en stap na haar kamer. Hierdie gesprek wil sy in die privaatheid van haar kamer voer. Sy sien dusnie hoe Christopher haar fronsend agterna staar nie.

"Haai, Melissa," sê sy sodra sy die kamerdeur agter haar toetrek.

"Haai, Riley. Hoe gaan dit?"

Riley gaan sit op die bed. Noudat Christopher van Jon weet, kan sy vir Melissa die waarheid vertel. Sy haal diep asem en sê, "Nee, eintlik gaan dit baie goed. Ek het nuus. Het jy tyd om te luister?"

"Ja, seker. Wil jy hê ek moet oorkom?"

Riley skud haar kop, al kan Melissa dit nie sien nie. "Nee, dis nie nodig nie maar jy sal verstaan hoekom nie as ek jou vertel."

"Dis doodreg," verseker Melissa haar. "Vertel, jy maak my nuuskierig."

"Jy onthou mos ek het julle vertel van my seun?"

"Ja, Jon, is dit nie?"

"Dis reg. Ek het julle ook vertel dat sy pa nie betrokke is by hom nie. Die rede waarom hy nie was nie is omdat ons kontak verloor het voor ek hom kon vertel het. In elk geval, ek wou Jon al stadion toe bring omdat hy so mal is oor rugby maar ek was bang hulle gaan ontmoet tussen 'n spul vreemde mense. Dis nie hoe ek hul eerste ontmoeting wou gehad het nie."

"Dus is Jon se pa by die Buffels betrokke?"

"Ja," erken Riley. "Ek het hom by die eerste perskonferensie van die Buffels gesien maar hy wou nie met my praat nie. Hy wou my nooit kans gee nie en ek kon hom nie vertel van Jon nie. Ten einde laaste het ek 'n prokureur gaan spreek wat 'n vaderskaptoets aangevra het. Hy het wel die toets gedoen maar vanoggend het hy my kom spreek nog voordat die uitslae gekom het. Hy het blykbaar gister vir Jon gesien toe ek hom by die skool gaan haal het. Hulle het vanmiddag ontmoet. Hy is nog steeds hier en gaan sommer saam met ons eet."

"Nou hoe sou hy geweet het Jon is sy seun as jy hom nie vertel het nie?" vis Melissa uit.

"Omdat Jon 'n replika van sy pa is. Hy het dieselfde donker hare en oë. Almal sou hom herken het en ek wou nie daardie kans waag nie."

"Is hy 'n rugbyspeler?" vra Melissa huiwerig.

Riley kan sommer dink aan wie Melissa dink en stel haar vinnig gerus, "Nee, hy is nie."

"Nou wie is dit dan?"

"Almal sal binnekort uitvind aangesien hy deel wil wees van Jon se lewe. Ek sal jou vertel maar moet asseblief vir niemand anders vertel nie. Laat hy dit doen wanneer hy gereed is," pleit Riley byna.

Melissa stel haar vinnig gerus, "Ek belowe ek sal nie. Jy kan my maar vertel."

9

"Christopher."

"Sjoe," roep Melissa uit. "G'n wonder jy was elke keer na die perskonferensie in so 'n toestand nie. Dit moes nie maklik gewees het om hom week na week te sien nie."

"Glo my, dit was nie."

"Ek is net bly dinge het op die einde uitgewerk. Maar wat van jou en Christopher? Hoe is dinge tussen julle nou?" vis Melissa uit

Riley sug, "Moeilik. Ons het nog nie alles bespreek wat gebeur het en hoekom hy weg is nie. Ek weet nie eens of ek wil weet nie. Ek is net bly dat hy en Jon 'n verhouding kan bou. Hy is Jon se pa en dis al wat van belang is."

"Ag nou ja, dinge sal uitwerk soos dit moet," troos Melissa bietjie.

"Seker." Dis iets wat Riley nie nou eers oor wil bespiegel nie. Sy vra eerder, "Dis genoeg oor my. Hoekom het jy gebel?"

Melissa lag, "O gits, amper vergeet ek. Werk jy môreaand?

"Ja, hoekom?"

"Wat van Jon, of het jy met Jenna gereël?"

"Ja, dis Lucas se verjaarsdag so Jenna en Sam gaan die seuns fliek toe vat en dan gaan hulle burgers eet. Hy gaan sommer daar oorslaap. Hoekom?"

"Ons gaan na die wedstryd na The Final Whistle, wat net langs die oefenveld is, om iets te eet en ietsie te drink. Die ander vrouens het gevra oor jou en genoem dat hulle jou graag weer wil sien. Wil jy nie ook asseblief kom nie?"

Riley hou baie van Melissa en die ander vrouens. Dit kan nogal lekker wees om so bietjie saam met hulle te ontspan, veral na die spanning van die afgelope week. "Dit sal lekker wees, dankie."

Melissa lag, "Dis wonderlik. Maar wag, ek gaan jou nie langer ophou aangesien Christopher nog daar is nie. Stuur vir my môre 'n boodskap dan reël ons verder."

"Ek maak so, dankie, Melissa."

Riley beëindig die oproep en stap terug na die sitkamer, maar die twee is nie daar nie. Hulle stemme is duidelik hoorbaar vanuit die kombuis en sy stap soontoe. Sy gaan egter nie in nie maar stop by die deur.

Jon staan op die klein trappie wat hy altyd gebruik wanneer hy haar help. Hy is hard besig om Christopher te wys hoe om kaas te rasper. Hy laat sak die blok kaas en kyk op na Christopher met 'n selfvoldane glimlag, "Kyk, Pappa. Dis hoe mens dit doen."

Christopher se mondhoek krul op maar hy antwoord baie sedig, "Dankie, my seun. Ek wil dit nou nie verkeerd doen nie. Ons wil nie in die moeilikheid kom by Mamma nie, wil ons?"

Jon skud sy kop, "Nee wat, Mamma is koel."

Christopher lag en kyk op, reguit in Riley se oë. "Koel, sê jy? Dis goed om te weet," antwoord hy Jon sonder om weg te kyk van Riley. Die impak van daardie tergende glimlag tref

Riley reg in die maag. Sy draai haar kop weg sodat hy nie kan sien hoe uitasem sy skielik is nie.

Wat doen hy?

Moet nie weer vir hom val nie, Riley. Onthou jy nie hoe seer hy jou gemaak het nie?

Sy tree in die vertrek sonder om Christopher se oë te ontmoet. Sy bestudeer die basisse vir die pizzas wat hulle op die toonbank uitgepak het. Die drie vooraf bereide basisse wat Riley gewoonlik in die vrieskas hou, is nou bedek met al die bestanddele, behalwe die laaste kaas wat Christopher onder Jon se instruksies rasper. Selfs die oond is aan om solank warm te word.

"Julle twee was besig. Is daar nog iets wat ek kan doen?" vra sy terwyl haar hand oor Jon se kop vee.

Jon skud sy kop, "Nee, Pappa sê 'ons het dit'."

Riley maak asof sy die pizzas inspekteer. "Hm, ek sien julle het al my gunstelinge op hierdie een."

"Ja, Pappa sê Mamma hou van alles op 'n pizza, maar Mamma, jy kan mos nie alles op jou pizza sit nie. Dit gaan te groot wees."

Riley lag, "Ek weet, my liefie. Dit beteken net dat ek nie so vol fiemies soos jy en jou pa is nie. Sien, jy hou van ham en pynappel en kaas op jou pizza maar jy hou nie van sampioene nie. Pappa hou net van ham en sampioene en kaas maar ek hou van ham, kaas, pynappel, sampioene en nog ekstra kaas ook. Verstaan jy nou?"

Hy knik ernstig, "Ja, nou verstaan ek." Net soos 'n kind dwaal sy aandag vinnig en hy vra, "Kan ek die fliek kies?"

"Jy kan, maar asseblief net nie weer *Toys* nie. Ons het dit die laaste drie weke al gekyk. Kies iets anders vir 'n slag."

Jon spring sommer dadelik van die trappie af en hardloop sitkamer toe. Riley haal solank die borde, servette en die pizza-snyer uit en sit dit op die toonbank. Toe sy niks het om haar verder besig te hou nie, loer sy na Christopher. Hy leun teen die toonbank, skynbaar diep in gedagte. Die feit dat hy met sy oor speel soos hy altyd doen, is 'n teken dat hy diep dink.

Toe Riley dit besef, trek sy haar asem in. Sy het al amper vergeet van daardie gewoonte van Christopher, maar Jon doen dit ook.

Riley bly stil. Sy sal wag tot Christopher praat en nie uitvra nie. Sy het lank terug geleer dat Christopher net met jou sal praat wanneer hy gereed is – nie 'n oomblik voor dan nie. Hoekom onthou sy nou skielik al hierdie dinge?

Geïrriteerd draai sy om na die oond. Die temperatuur is reg en sy sit die pizzas in. Dit sal nie lank neem nie.

"Riley?"

Skynbaar is hy nou gereed. Sy weet egter nie of sy is nie maar sy maak die oonddeur toe en draai tog terug na hom. "Ja?"

Hy lyk nogal verleë toe hy vra, "Ek is jammer. Ek moes seker gevra het voor ek myself genooi het vir ete."

"Wat?"

"Het jy 'n kêrel? Ek wil dit nie ongemaklik vir jou maak nie."

Riley skud haar kop en mompel, "Nee, 'n enkelma se tyd is nie haar eie nie. Daar is nie baie tyd vir afsprake en sulke goed nie. Ek is in elk geval nie geïnteresseerd nie. Een keer was genoeg."

Christopher frons kwaai maar dan lyk dit of hy homself regruk en sy gesig verstrak. Sy spanning het egter nie gewyk nie want sy kakebeen is styf geklem. Dit ontspan net effens toe hy opmerk, "Ek wou net seker maak. Toe jy vroeër daardie oproep kry en wegloop om alleen te praat, het ek gedink dat dit moontlik jou kêrel is."

"Nee, dit was Melissa."

"Melissa Roux? Ek het gesien dat jy met haar en die ander vrouens gesels het by die dinee. Hoe ken julle mekaar?"

"Ek en Melissa het na die tweede perskonferensie ontmoet en vriende geword. Ek het die ander vrouens deur Melissa ontmoet toe ons almal die aand voor die dinee by haar gaan kuier het."

Sy kyk op na hom en erken, "Ek hoop nie jy gee om nie, maar ek het vir Melissa vertel van jou en Jon."

Christopher skud sy kop, "Nee, ek gee nie om nie. Ek het in elk geval gisteraand al vir Daniel vertel. Jakes weet ook van die vaderskaptoets. Ek is nie skaam oor jou of Jon nie, Riley. Ek gaan ook nie Jon se bestaan wegsteek nie."

Riley weet nie hoe om daarop te antwoord nie. Christopher vra egter, "Was daar 'n rede hoekom Melissa jou nou gebel het?"

Riley frons, "Sy het my genooi om na die wedstryd saam met hulle by The Final Whistle te gaan kuier. Ek het ingestem maar ek is nog steeds nie seker of ek moet gaan nie."

"Jy het gesê jy gaan nie op afsprake nie, maar wat van Jon? Het jy 'n kinderoppasser gereël vir hom?"

"Ja, ek het 'n reëling met my buurvrou, Jenna. Haar seun Lucas is Jon se beste maatjie. Jenna is ook 'n onderwyseres by Jon se skool en haar kêrel die adjunk-hoof. Ons het 'n reëling dat Jon by hulle sal bly wanneer ek in die aande moet werk en hy gaan sommer daar oorslaap dan. Jy sal agterkom dat Jon nie lank na agt wakker bly nie, dus is dit beter dat hy daar slaap."

"Dus gaan hy môreaand na Jenna toe?"

"Ja, dis Lucas se verjaarsdag. Jenna en Sam gaan die seuns fliek toe vat en dan gaan hulle burgers eet."

Riley weet sy babbel onnodig maar om alleen saam met Christopher in die klein spasie te wees, maak haar weer so senuweeagtig voel soos die eerste keer wat hy by haar kom kuier het.

Sy haal die pizzas uit die oond en Christopher hou homself besig om dit te sny. Sy wil nie onthou hoeveel keer hulle so saamgewerk het nie en draai vies om na die yskas. Sy maak die yskas oop en mompel, "Wat wil jy drink? Ek het gaskoeldrank, vrugtesap of melk. Dis ongelukkig al wat ek jou kan aanbied."

"Vrugtesap sal lekker wees, dankie."

Riley skink vir hulle vrugtesap en 'n glas melk vir Jon. Saam dra hulle die kos uit na die sitkamer waar Jon reeds opgekrul sit op die bank.

"Wat kyk ons vanaand?"

"*Madagascar*," kondig Jon entoesiasties aan terwyl Riley en Christopher die kos op die lae koffietafel uitpak.

"Dankie tog," sug Riley en beduie vir Jon, "Help jouself."

Jon neem twee van die pizza snye en sit terug met die kontrole in sy hand. Toe hulle albei hul plekke ingeneem het aan weerskante van hom, knik beide Riley en Christopher, "Ons is reg."

Jon druk dadelik die "Speel'-knoppie vir die fliek om te begin. Tussen hulle drie verslind hulle die pizza. Nie een praat 'n woord tydens die fliek nie en toe die fliek amper klaar is, kyk Riley af na waar Jon se kop nou op haar arm rus, vas aan die slaap.

"Sien," fluister sy vir Christopher. "Wat het ek jou gesê?"

Dit was nog nie eens agtuur nie en Jon is uit soos 'n kers. Vir die laaste jaar of wat moes Riley hom wakker maak omdat sy hom nie meer kon dra nie. Toe sy hom wou wakker maak, skud Christopher sy kop, "Moet jy hom wakker maak?"

Riley knik, "Ja, ek het nie veel van 'n keuse nie. Hy is nou te groot en swaar vir my om rond te dra."

"Laat ek hom dan vanaand dra," bied Christopher dadelik aan en staan summier op. Hy glip sy arms onder Jon in en tel hom gemaklik op, so asof die seun niks weeg nie.

Christopher wag vir Riley om ook op te staan voor hy haar volg. Riley sit net die bedlampie aan en trek die deken weg. Christopher lê Jon versigtig neer. Hy tree egter nie dadelik weg nie en vee sy lippe oor Jon se voorkop. Sy gebaar lyk so natuurlik, asof hy dit al baie gedoen het. Riley steek haar emosies weg toe sy die kombers oor Jon trek, hom 'n soentjie gee en die bedlampie afsit.

Toe sy terug in die sitkamer kom is Christopher al besig om die borde en glase bymekaar te maak en dit kombuis toe te neem. Riley protesteer nog, "Dis nie nodig nie."

Christopher ignoreer Riley se protes. "Ek weet, maar ek wil. Ek is gewoond om agter my skoon te maak."

Toe hy die eetgerei in die wasbak gepak het, draai hy terug na Riley en kondig aan, "Ek dink ek het genoeg van jou tyd vandag in beslag geneem."

Toe hy 'n tree nader aan haar gee, maak Riley die fout om op te kyk in sy oë. "Ons moet praat, Riley. Regtig praat, en nie net oor Jon nie."

"Wat bedoel jy? Oor wat?"

"Oor ons?"

"Daar is nie 'n 'ons' nie, Christopher. Daarvan het jy deeglik seker gemaak."

Christopher skud sy kop fronsend. "Dis presies wat ek bedoel, Riley. Al die jare het ek jou blameer oor ons opge-breek het en as ek kan aflei het jy my blameer. Wat het gebeur? Ek het jou soveel jare gehaat maar iets maak nou nie vir my sin nie. Ons *moet* daaroor praat."

Riley sug. Sy het tot daardie selfde gevolgtrekking gekom. Hulle sal nooit kan aanbeweeg as hulle nie weet wat in die eerste plek verkeerd geloop het nie. Christopher is reg. Vir Jon se onthalwe sal hulle moet praat en sy knik instemmend.

"Daar is iets wat ek intussen wil doen en ek hoop jy sal instem."

Riley kyk verward na hom, "Wat is dit?"

"Ek wil graag vir my ouers vertel van Jon. Hulle kom die einde Junie terug Suid-Afrika toe en ek sal graag wil hê hulle moet Jon leer ken. Ek wil ook graag van die foto's wat jy vandag geneem het, vir hulle stuur na ek met hulle gepraat het."

Riley knip haar oë toe die trane skielik dreig. Vir soveel jare was dit net sy en Jon. Sy was altyd bekommerd dat as daar iets met haar gaan gebeur, Jon alleen sal wees. Sy weet die trane is sommer van verligting.

Jon is al klaar so opgetrek met sy pa. Sy kan nie dink hoe in ekstase hy gaan wees om nog 'n oupa en ouma ook by te kry nie. Sy stel daarom vinnig vir Christopher, wat skynbaar angstig vir haar instemming wag, gerus. "Natuurlik is dit reg. Ek sou dit nie anders wou hê nie. Ten minste gaan hy een stel grootouers hê. Ek sal later die foto's vir jou stuur."

Christopher is duidelik nog nie klaar nie. "Daar is ander dinge wat ons ook moet bespreek."

"Soos wat?"

"Ek wil bydra."

Riley gluur na hom, "Dit is nie nodig nie. Ek wil nie jou geld hê nie, Christopher. Dis nie hoekom ek jou vertel het van Jon nie. Ek kan vir Jon sorg. Ek het dit die laaste sewe jaar gedoen."

Christopher sit onverwags sy hande op haar skouers en draai haar om sodat sy na hom kan kyk, "Riley, kalmeer. Ek weet dit. Dis nie wat ek sê nie. Ek het nie bedoel om te impliseer dat jy nie na Jon kan kyk nie. Ek wil net help."

Riley kap vinnig terug, "Sit dit dan in 'n studiefonds of

iets vir hom." Sy is intens bewus van sy nabyheid en die gewig van sy hande op haar skouers.

Christopher pleit, "Riley, help my, asseblief. Pa-wees is nog baie nuut vir my. Ek voel skuldig omdat ek nie daar was vir jou nie. Ek wil iets doen."

"Moenie laf wees nie, Christopher. Jy het nie van hom geweet nie. Hoekom moet jy skuldig voel?"

"As ek dalk ..."

Toe hy stop, por Riley hom aan, "As jy dalk wat?"

Christopher lyk skoon hartseer toe hy sy hande van haar skouers laat val, "Nee, vergeet dit. Ek wil dit nie vanaand bespreek nie. Dis beter dat ek huis toe gaan."

Hy draai summier om en stap na die voordeur. By die deur draai hy om en vra, "Mag ek vir Jon Sondag sien? Ek het gesien hier is 'n park hier naby jou meenthuis. Ons kan dalk sommer 'n bal gaan skop of iets."

Hier begin dit. Sy het geweet dit gaan gebeur en kan dus nie weier nie. "Ek is seker hy sal daarvan hou."

"Goed, sien jou dan môre?" sê-vra hy.

Sy gaan nie veel van 'n keuse hê nie. Ten minste weet Christopher nou van Jon en is dit een ding minder om haarself oor te bekommer. Môre gaan klaar erg genoeg wees. Dit is haar heel eerste lewendige uitsending en haar senuwees knaag.

Riley knik, "Dis reg. Sien jou môre. Goeienag."

"Goeienag."

Riley kyk hom agterna toe hy wegstap na sy motor voordat sy die deur toemaak en sluit. Sy leun terug daarteen en maak haar oë met 'n sug toe.

Dit was baie moeiliker as wat sy gedink het. Sy kan nog die feit dat Christopher in Jon se lewe is hanteer. Dit is egter Christopher se konstante teenwoordigheid wat haar wilskrag gaan toets. Sy sal egter maar net moet leer om dit te hanteer.

CHRISTOPHER DOEN NIE EENS DIE MOEITE OM DIE LIGTE AAN TE SKAKEL TOE HY BY DIE HUIS KOM NIE. Hy het nog steeds nie gordyne vir die sitkamer gekoop nie en die maan skyn helder deur die vensters. Dit verskaf genoeg lig in die vertrek sodat hy kan rondbeweeg sonder om teen iets vas te loop.

Hy skop sy skoene uit en val op sy enigste rusbank en maak sy oë met 'n sug toe. Hy voel gedreineer toe die gebeure van die afgelope twee dae uiteindelik sy tol eis. Dit is te verstane dat hy so voel. Hel, hy het vandag sy seun vir die eerste keer ontmoet. Enigiemand sal so voel.

Hy lê stil en haal diep asem terwyl hy probeer sin maak van wat die afgelope paar weke gebeur het, maar meer spesifiek die laaste twee dae.

Hy blaas sy asem stadig uit toe die besef hom tref. Hierdie gevoelens wat hy mee sukkel het niks te doen met Jon nie. Hy moet ophou jok vir homself. Hy het al klaar die moontlikheid dat hy 'n kind het aanvaar toe hy daardie brief van die prokureur gekry het. Toe hy Jon gister gesien het, het die werklikheid hom getref. Hy is nou oor die skok. Hy voel fantasties, en uit sy nate oor sy seun. Wie sou nie?

Goed, hy kan seker nou maar erken. Hy was vrekbang. Hy het die hele dag homself daaroor bekommer: wat van as Jon nie van hom hou nie? Wat sou hy dan gedoen het?

Gelukkig hoef hy nou nie meer daaroor bekommerd te wees nie. Hy moet Riley daarvoor bedank. Sy het Jon al die jare voorberei op 'n moontlike ontmoeting met sy pa. Jon het alles van hom geweet – of ten minste, alles wat hy met Riley gedeel het.

Hy kan seker ook nou maar erken dat hy amper gehuil het toe Jon hom na sy kamer geneem het en hy die nota bord bo Jon se bed gesien het – vol foto's van hom en selfs 'n paar van sy ouers. Natuurlik is dit ou foto's van toe Christopher nog op skool was. Jon het boonop nog 'n fotoalbum met foto's en uitknipsels oor al Christopher se prestasies op skool en daardie eerste jaar op universiteit.

Dis daardie sobere gedagte wat hom laat besef het dat hierdie gevoelens eerder te doen het met Riley as met Jon. Sedert daardie eerste perskonferensie het sy op die onmoontlikste tye in sy gedagtes verskyn. Sy het herinneringe teruggebring wat hy dink hy baie diep gebêre het.

Sedert die aand by die dinee toe hy haar gesoen het, het dit net vertienvoudig.

Dit maak hom bang net om daaraan te dink. Hy het dan gedink hy haat Riley. Haat hy haar dan nog steeds? Daarvan is Christopher nie meer so seker nie. As hy haar gehaat het, sou haar gevoelens of trane hom niks geskeel het nie. Hy sou nie daardie steekpyn in sy hart gevoel het toe hy besef het wat haar ouers aan haar gedoen het en waardeur sy moes gaan nie.

Hy sou nie haar in sy arms wou neem toe sy vanmiddag gehuil het nie.

Hy sou beslis nie jaloers gevoel het toe hy gedink het dat sy moontlik 'n kêrel het nie.

As hy haar gehaat het, sou hy nie die behoefte gehad het om haar te soen toe hy haar gegroet het vanaand nie.

Christopher kreun behoorlik as hy net daaraan dink. Hy moet maar die feite aanvaar. Hy haat nie vir Riley Adams nie. Inteendeel.

Wat gaan hy daaromtrent doen? Kan hy waag om iets te doen? Wat van as hy wel iets doen en dinge werk nie uit nie?

'n Klein stemmetjie fluister in sy oor dat dit die uitweg

van 'n lafaard is. Wat van as hy wel iets doen en dinge werk uit?

Christopher snork. Niks kan gebeur as hulle nie oor die verlede gepraat het nie. Dit is soos 'n olifant in die vertrek. Nee, hulle moet eers dinge uitpraat.

Hy het al tot satwordens toe probeer om hul gesprekke op te roep en te ontleed, veral daardie eerste paar toe sy nog probeer het om met hom te praat. Hy kan haar uitdrukkings helder oproep, soos toe hy vir haar gevra het hoekom sy nie weer haar boodskapper gebruik het nie. En wat van die keer toe hy haar toegesnou het om terug te hardloop na Pappa en sy begin huil het?

Noudat hy kennis dra van haar verhouding met haar ouers, voel hy soos 'n skurk.

Daar is nog iets wat hy nie kan verstaan nie. Riley verstaan duidelik nie hoekom hy haar so haat nie. Sy sou tog verwag het dat hy so voel na wat sy aan hom gedoen het?

Dit is wat hom laat wonder. Wat het regtig sewe jaar gelede gebeur?

Hy wonder nou of Riley se pa nie die sleutel is tot hierdie hele geheim nie. Dit was hy wat vir Christopher vertel het dat Riley hom nie weer wou sien nie. Dit was hy wat Christopher en sy familie gedreig het.

Christopher sit sommer regop toe hy dit besef en vloek. Nou dat hy daaroor dink: Riley het daardie Donderdagoggend toe hy met haar oor die foon gepraat het, nog baie opgewonde geklink om hom te sien. Hoekom sou sy dan net 'n paar uur later met hom opbreek? As Riley die waarheid praat dat sy huis toe gebel en met sy ouers probeer praat het, dan sien hy nie hoekom sy nie die waarheid sou praat oor die res nie. Sy het gesê dat sy hom nog die Vrydagoggend voor haar matriekafskeid probeer skakel het. Teen daardie tyd het Christopher al klaar sy foon stukkend gegooi. Sy sou hom nie in die hande kon kry nie al het sy hoe hard probeer.

Dit sal maklik wees om by sy ouers uit te vind of Riley hulle probeer kontak het. Sy ouers het geweet hoe seer hy kry. Hy ken hulle mos. Maak nie saak hoe hulle oor Riley gevoel het voor daardie dag nie, hy het hulle reaksie daardie Donderdagaand gesien. Hulle is baie beskermd teenoor hom. Hulle sou geweier het om met Riley te praat.

Hy knyp sy oë styf toe.

Die Engelse spreekwoord is so waar: "Hindsight is always 20/20".

Hy moes vir Riley gekonfronteer het na hy met haar pa gepraat het. Hy het mos geweet watter tipe man haar pa was. As hy kon lieg daaroor dat Christopher se pa skoolkinders molesteer, soos hy gedreig het om te doen, dan kon hy mos oor al die ander goed ook gelieg het.

Hy is verward. Hy het soveel jare gedink hy haat Riley maar toe sy vroeër gesê het dat hy nie nodig het om van haar te hou nie en dat hy haar net ter wille van Jon moet aanvaar, wou hy nog stry. Sy het dit egter met soveel finaliteit gesê dat hy niks kon uitkry nie. Dit het hom onkant gevang toe hy besef het dat dit glad nie is wat hy wil hê nie.

Gelukkig laat die gebrek aan meubels toe dat hy kan rondstap terwyl hy dink. Wat gaan hy doen? Hoe moet hy Riley nader? Moet hy haar eers kans gee om gewoond te raak aan hom in hul lewens?

Sy het nou wel gesê daar is geen 'ons' nie. Sy gaan uitvind dat daar wel 'n ons gaan wees want dit is presies wat hy wil hê saam met haar en Jon. Hulle sal eers deur die verlede moet werk want dit sal hul help om te kan konsentreer op hul toekoms. Hul sou daardie toekoms gehad het as haar pa nie sewe jaar gelede ingemeng het nie. Christopher is baie seker daarvan.

So, wat moet hy doen? Hy het 'n strategie nodig.

Toe sy foon aandui dat hy 'n boodskap het, frons hy. Dis laat en hy hoop net nie weer dis Rick wat nonsens aangejaag het nie. Hy is nou al moeg om die heelagter se gemors op te ruim.

Hy glimlag egter toe hy Riley se naam sien flits en hy maak die boodskap oop. Daar is egter nie 'n boodskap nie maar slegs die foto's wat Riley vroeër die dag geneem het.

Christopher gaan rustig deur die foto's. Die ooreenkoms tussen hom en Jon is ongelooflik en dit is nie net hulle fisiese ooreenkoms nie. Hy het deur die loop van die middag soveel dinge opgetel oor sy seun, klein maniertjies wat hy net kon geërf het van Christopher. Hulle het maar net vandag ontmoet, dus het Jon nie tyd gehad om dit aan te leer nie. Nee, daardie is te natuurlik.

Hoe gaan sy ouers reageer? Voor alles was hulle baie lief vir Riley maar wat gebeur het voor hulle uit die dorp uit weg is, kan dalk hulle gevoelens jeens haar beïnvloed. Hy sal egter tot môre moet wag voor hy hulle kan inlig. Dis nou gans en al te laat.

Dit is egter nutteloos om nou te bespiegel oor alles. Dis tyd dat hy in die bed kom. Christopher voel skielik dood-moeg. Met behulp van die maanlig stap hy om met die trappe na sy kamer. Dis nou nog die enigste slaapkamer met 'n bed maar hy sal daardie toedrag van sake binnekort moet verander.

Terwyl hy regmaak vir bed, dink hy weer aan die aand wat verby is en glimlag. Hy kan nie onthou wanneer laas hy so lekker gekuier het nie. Dit was baie lekker om tyd saam met Jon te spandeer. Selfs pizza maak saam met Riley het soveel soet herinneringe opgediep.

Miskien word hy oud. Dit was baie lekkerder om 'n kinderfliek te kyk op 'n Vrydagaand as wat hy dit tot onlangs geniet het op afsprake. Hy hoop daar gaan nog baie sulke geleenthede wees saam met Riley en Jon.

Al was hy hoe moeg, Christopher gee in die vroeë oggendure op om te slaap. Hy sou nie omgegee het om 'n ent te gaan draf nie maar sedert sy besering is lang afstand-draf hom nie beskore nie. Hy moet egter energie verbrand en verkies dit om dit te doen in die gimnasium naby sy huis, se swembad.

Na sy stort stuur hy vir Riley 'n boodskap om haar te bedank vir die foto's en groete te stuur vir Jon. Riley se boodskap is effens kortaf en Christopher sug. Hy gaan 'n opdraande stryd met Riley hê. Sy is 'n hardkoppige entjie mens maar hy kan haar nie kwalik neem nie. Hy het die lewe maar moeilik gemaak vir haar in die onlangse verlede. Dis seker maar sy straf.

10

Christopher maak vir hom koffie en maak hom dan tuis voor sy rekenaar vir die gereelde video-oproep met sy ouers. Hy het vroeër 'n boodskap gestuur en gevra of dit vanoggend geleë is vir hulle aangesien hy met hulle wil praat.

Dubai is tydsgewys slegs twee ure voor Suid-Afrika en hulle wag reeds vir sy oproep. Sy ma antwoord eerste aangesien sy pa, soos gewoonlik, nog iewers besig is. Hulle gebruik solank die tyd om te groet en oor alledaagse dingetjies te praat maar toe hy sê dat alles reg is, op antwoord van haar vraag hoe dit gaan, gee sy hom een van daardie streng kyke waarvoor hy altyd as kind lugtig was, "Seun, moenie vir my jok nie. Wat is fout?"

Christopher skud sy kop. Hy moes geweet het hy gaan nie sy ma flous nie. "Ek wil iets met julle bespreek maar ek wil wag tot Pa by ons aangesluit het," erken hy. Hy hoop dit stel haar tevrede tot hy hulle oor die nuwe verwikkelinge kan inlig. Hy wonder nog steeds hoe hulle die nuus gaan ontvang dat hulle 'n kleinseun het.

Net toe verskyn sy pa se gesig langs sy ma s'n op die skerm terwyl hy sommer aankondig, "Ek's hier. Wat gaan aan?"

Christopher skud net sy kop oor sy pa se reguit manier voor hy groet, "Môre, Pa. Ek moet julle iets vertel maar ek wil net eers 'n vraag vra."

Sy pa knik, "Ja, seker. Wat wil jy weet?"

Christopher vee-vee aan sy oor voordat hy antwoord, "Toe ek sewe jaar gelede weg is uit die dorp, het Riley julle gekontak of na die huis toe gekom?"

Sy pa frons kwaai en sy ma lyk sommer omgekrap. "Ja, sy het. Sy het 'n paar keer gebel maar sodra ons hoor dis Riley het ons die oproep beëindig. Sy het daardie Saterdagoggend na die huis toe gekom maar ek het sommer die deur in haar gesig toegemaak. Ek kon nie met haar praat nie. Maar hoekom vra jy dit nou?" wil sy pa steeds fronsend weet.

Christopher druk sy hand deur sy hare en haal 'n slag diep asem voor hy antwoord. "Ek wou seker maak dat Riley die waarheid praat. Ek het Riley in Januarie weer ontmoet. Sy is nou 'n joernalis hier in Pretoria. Ek wou eers nie met haar praat nie maar sy was vasbeslote om met my te praat al was ek onbeskof met haar. Ek wou haar nie 'n kans gee nie maar toe ... Ek het haar uiteindelik Donderdag gaan spreek en ..."

Hoe moet hy dit stel? Sommer met die deur in die huis val? Hy bly so lank stil dat sy ma hom uiteindelik aanpor, "Christopher, wat wil jy vir ons vertel?"

Christopher wissel sy blik tussen sy ouers. Albei lyk effens bekommerd en kyk afwagtend na hom. Hy kan dus nie langer uitstel nie en sê reguit, "Riley en ek het 'n seun. Hy sal op die 29ste Junie sewe jaar oud wees."

Albei snak na hul asem, maar sy pa is soos gewoonlik die

eerste om te reageer. "Hoe seker is jy dis joune? Wie sê sy probeer jou nie net vang nie? Jy kan nie sommer haar woord aanvaar nie. Jy moet toetse laat doen."

"Pa, ek weet. Laat ek verduidelik. Ek het verlede week 'n brief van 'n prokureur gekry waarin ek gevra is om 'n vaderskaptoets te doen. Die prokureur het verduidelik dat die ma gesukkel het om self vir my te vertel. Ek het dit nie eens met Riley in verband gebring nie. Miskien moes ek."

"Het jy toe die toets gedoen? Wat is die uitslag?"

"Ek het die toets al Dinsdagoggend gedoen nog voor ek die prokureur gaan sien het. Ons kry die resultate eers Maandag maar ek het dit nie nodig nie. Ek het hom gesien."

"Wat bedoel jy?" vra sy ma.

"Het Ma ma se foon by Ma?"

Toe sy knik, sê Christopher, "Ek stuur vir julle foto's. Kyk daarna. En Pa? Riley het hom geregistreer as Christopher Jonathan Brooks Adams."

Sy ma tel haar foon op en maak die foto's oop. Haar oë rek eers wyd en skiet sommer vol trane, "O my jinne, my kind. Hy lyk dan nes jy op daardie ouderdom."

"Ek weet, Ma, dit is hoekom ek nie die uitslag van die toets nodig het nie. Ek *weet* hy is my seun. Ek het hom gister vir die eerste keer ontmoet en ons het net gekliek. Hy is 'n pragtige kind. Riley het baie goed gedoen om hom onder uiters moeilike omstandighede groot te maak."

"Wat bedoel jy? Watse moeilike omstandighede?"

Christopher sug en vertel dan Riley se hele verhaal van toe haar ouers haar uit die huis geskop het die dag toe sy uitgevind het sy is swanger. Teen die einde huil sy ma sommer snot en trane. "Die arme kind. Dat sy nou so alleen deur alles moes gaan."

"Ek weet, Ma. Ek het altyd gedink haar pa is 'n opperste

skurk maar wat hy aan sy enigste dogter gedoen het is nog erger as wat ek van hom verwag het."

Sy ma snork hard, "Ek het erger beskrywings vir daai man. Maar wat gaan nou gebeur? Gaan jy hom kan sien en gaan ons hom kan ontmoet?"

"Ja, moenie bekommerd wees nie. Riley en ek het nou wel nog nie die besonderhede uitgewerk nie maar sy het wel gesê dat sy baie bly sal wees as julle betrokke sal wees in Jon se lewe. Haar presiese woorde was dat hy ten minste een stel grootouers gaan hê. Ons sal seker meer duidelikheid kry oor alles wanneer ons die prokureur Maandag gaan spreek."

Hy frons en sê gedetermineerd, "Riley sê sy wil niks van my hê nie maar ek en sy gaan nog koppe stamp daaroor."

Sy ma was nog steeds maar tranerig toe sy vra, "Die arme kind. Het sy dan geen hulp nie?"

Christopher skud sy kop. "Nee, nie meer vandat haar tannie dood is nie. Sy het wel 'n vriendin wie se seun ook Jon se beste vriend is. Sy en Riley maak beurte om na die seuns te kyk wanneer die ander een moet werk. Sy het ook vriende gemaak met een van ons fisio's, maar ek weet nie van iemand anders nie."

Sy ma bestudeer hom peinsend. "Christopher, is daar iets wat jy ons nie vertel nie?"

Christopher is sommer vies vir homself toe hy bloos. "Nee, Ma."

"Hoe voel jy nou oor Riley?"

Hy moes geweet het sy ma sien meer raak as wat hy sou wou gehad het, veral in hierdie stadium wat hy nie weet waarheen alles gaan lei en wat hy moet doen nie. Hy sluk swaar en vryf aan sy oor. "Ek... Ek het haar vir soveel jare gehaat. Toe ek haar weer sien... Dit was 'n skok. Ek het al hierdie gevoelens en ek weet nie wat om daarvan te dink nie.

Ek bly teruggaan na wat sewe jaar gelede gebeur het. Het ek dalk toe 'n fout gemaak?"

"'n Fout?" vra sy pa.

Christopher druk sy hand deur sy alreeds deurmekaar hare en dink vir 'n oomblik hoe om te verduidelik. "Ja. Ek moes Riley daardie selfde aand nog gekonfronteer het. Riley se weergawe verskil hemelsbreed van wat haar pa vir my gesê het. Hoe kon sy nog vir my daardie oggend sê sy kan nie wag om my te sien nie en dan net 'n paar uur later ons verhouding verbreek omdat sy 'n nuwe kêrel het? Ek was so ontsteld dat ek nie behoorlik gedink het nie. En gister het sy my vertel dat sy my nie van Jon kon vertel nie, want ek het haar gelos. Dit maak nie sin nie."

"Nee, dit doen nie," sê sy pa nadenkend. "As ek nou terugdink het Riley eers omtrent begin bel toe dit haas tyd was vir jou om haar op te laai vir die dans. Miskien moet jy met Riley hieroor praat."

"Ek weet maar ek is nie seker dis nou al die regte tyd nie. Ek hoop net ons kan dinge uitsorteer voor ons op toer vertrek. Ek hou daarvan om saam met die span te reis maar vir die eerste keer sien ek nie uit daarna nie. Ek sou eerder by die huis wou bly en my seun beter leer ken en alles uitsorteer."

"Dis wat kinders aan jou doen, my seun," lag sy pa.

Christopher loer na sy horlosie. Terwyl hy met sy ouers gepraat het, het 'n idee in sy kop posgevat. Noudat dit eers daar is, wil dit nie laat los nie. As hy hulle nou groet, gaan hy dit dalk nog regkry. Daar is so baie wat hy nog met hulle wil bespreek maar dit moet wag vir 'n volgende keer.

"Dankie dat julle geluister het. Ek moet begin gereed maak en ek hoop om Jon nog vanoggend te sien voor ek stadion toe gaan. Ek sal weer reël wanneer ons kan gesels."

Sy ma groet eerste, "Lief vir jou, Chris. Gee ons liefde vir Jon. En Riley," voeg sy met 'n beterwetende glimlag by.

Christopher ignoreer dit eerder en groet vinnig, "Dankie, Ma. Lief vir julle. Tot siens."

Na hy die oproep beëindig het en sy skootrekenaar toegemaak het, merk hy op dat hy 'n boodskap het van 'n onbekende nommer. Hy maak dit half onwillig oop en toe hy sien dit is van Melissa Roux, die fisio, frons hy. Die boodskap is kort en vaag, *Gaan jy Final Whistle toe vanaand?*

Hoekom sou sy nou so vra? Gits, hy ken nie eens die vroumens goed nie en hulle het skaars tien woorde gepraat. Maar toe gaan 'n liggie op. Riley het gisteraand genoem dat sy en Melissa vriendinne is en dat Melissa haar genooi het om vanaand te gaan. Hy stuur net so 'n kort boodskap terug. *Gaan Riley?*

Melissa se volgende boodskap is nog korter. *Ja.*

Christopher glimlag wanneer hy sy boodskap tik. *Sien jou daar. Hou vir my 'n sitplek oop?*

Melissa stuur net 'n grafika van 'n duimpie wat opwys. Toe hy na sy kamer toe stap, glimlag Christopher. Dalk, net dalkies, het hy 'n bondgenoot gevind. Hy is moontlik nie ver verkeerd nie want hy kry weer 'n dubbelsinnige boodskap van Melissa. *Riley gaan met 'n huurmotor stadion toe.*

Nou wat het...? Christopher lag sommer hardop. Hy weet presies wat Melissa wil hê. Hy stuur vir haar 'n glimlag-gesiggie en voor sy moed hom begewe, skakel hy Riley se nommer. Hy het amper gedink sy gaan nie antwoord nie, maar toe sy wel doen, klink sy uitasem dat Christopher sommer om verskoning vra, "Ek is jammer as ek pla."

"Nee, ek was in die stort. Wil jy met Jon praat?"

Stort. Riley. Christopher knyp sy oë toe en sluk swaar toe hy besef watter beeld daardie woorde opgeroep het. Voor sy gedagtes te ver afdwaal antwoord hy vinnig, "Nee, dis reg. Ek het gewonder of jy en Jon nie vanmiddag saam met my wil gaan eet voordat ons stadion toe gaan nie."

"Christopher, jy mag Jon uitneem. Ek weet ons het nog nie die besoekregte geformaliseer nie maar ek vertrou jou met Jon. Ek hoef regtig nie heeltyd by te wees nie."

Christopher moet vinnig dink, "Ek weet, maar ek dink dit sal goed wees as hy sien ons kom oor die weg. Ek dink ook dit sal die eerste paar keer beter wees as jy ook daar is tot hy heeltemal gewoond is aan my."

Riley bly lank stil. Christopher begin al dink sy gaan nee sê maar toe sy wel instem, sug hy verlig. Toe hy die oproep beëindig, pomp hy sy vuis in die lug. Met 'n ligter tred stap hy na sy kamer om gereed te maak. Hy het 'n uur voor hy hulle weer gaan sien.

Dis vir Christopher 'n heel nuwe ervaring om middagete saam met 'n sewejarige te geniet. Was hy ook so besig toe hy so oud was soos Jon? Baie moontlik. G'n wonder sy ouers het altyd uitgeput gelyk nie. Gelukkig het die restaurant wat Riley gekies het 'n speelarea waar Jon van sy oortollige energie kan ontslae raak. Hy verdwyn gereeld soontoe en los Riley en Christopher alleen.

Die eerste keer toe dit gebeur was die gesprek ietwat ongemaklik. Christopher moes baie moeite doen om die gesprek lig te hou. Hy het haar meestal uitgevra oor Jon, sy skool, haar studies en Sport100. Vandag was nie die dag om ernstige onderwerpe te bespreek nie.

Teen die tyd dat hulle Jon na Jenna, Riley se vriendin en buurvrou, neem, is Riley tot Christopher se verligting baie meer ontspanne.

Christopher het gedink dat dit ongemaklik sou wees om Jenna te ontmoet, maar tot sy verbasing is dit nie. Jenna

boesem vertroue in en Christopher kan verstaan hoekom
Riley vir Jenna met Jon vertrou.

Alhoewel dit nie maklik was nie, het Christopher Riley
oortuig dat dit 'n simpel idee is om 'n huurmotor te kry na
die stadion as hy in elk geval gaan. Sy het sy punt ingesien
en sy aanbod aanvaar, alhoewel sy nie baie seker gelyk het
of sy die regte ding doen nie.

Die toeskouers is alreeds besig om buite die stadion
saam te drom en Christopher moet versigtig sy motor deur
die groepe mense stuur om by sy parkeerplek te kom. Dis
die eerste tuiswedstryd in hierdie nuwe kompetisie en dit
blyk of die Buffels se ondersteuners baie uitsien na die
wedstryd teen die Italiaanse klubspan van Sicily.

Uit die hoek van sy oog merk Christopher dat Riley alles
rondom haar dophou met groot oë. Na hy die motor parkeer
het, klim hy egter nie dadelik uit nie. Riley het hoe nader
hulle aan die stadion gekom het, stiller geword. Haar hande
is so styf in haar skoot saamgeklem dat haar kneukels
spierwit wys. Hy vou sy hand oor hare en vra saggies, "Is jy
op jou senuwees?"

Riley het seker besef dat dit nie gaan help om te stry nie
want sy knik, "Ek is."

Christopher glimlag gerusstellend, "Dis net omdat die
jou eerste lewendige uitsending is. Ek het al jou ander
onderhoude en programme gesien. Alles sal goed gaan."

Riley blaas haar asem so hard uit dat haar hare sommer
so wegwip van haar gesig. Sy glimlag, nou bietjie meer
ontspanne as vroeër. "Jy's reg. Dis net dat ek so bietjie uit my
gemaksone is vandag."

Christopher gee haar hand een laaste drukkie voordat
hy dit onwillig laat gaan en uitklim. Hy stap om die motor
en maak vir haar die deur oop. Dit lyk darem of sy nie
vergeet dat hy verkies om die deur vir haar oop te maak nie.

Hy hou sy hand uit soos sy gewoonte altyd was en help haar uit.

Hy laat egter nie haar hand gaan of beweeg weg nie. Riley kyk egter nie na hom nie en hy moet haar naam saggies sê voordat sy wel opkyk. Toe sy doen maak Christopher sy keel skoon om ontslae te raak van die skielike krapperigheid in sy keel voordat hy kan praat, "Ek wil net dankie sê omdat julle saam met my gaan eet het. Ek wil ook vir jou dankie sê dat jy my die geleentheid gee om tyd saam met Jon te spandeer en hom te leer ken. Ek waardeer dit ongelooflik baie."

Riley bloos so oulik dat Christopher dit nie langer kan weerstaan nie. Hy buig vooroor en die sagte blomgeur van haar parfuum vul sy neusgate. Hy hoor Riley se sagte snak toe hy sy lippe oor haar wang vee.

Hy sou baie eerder sy instink wou volg en sy vingers deur haar hare woel en haar soen soos hy sedert die dinee wou doen. Gelukkig hou hy nog kop, maar met baie moeite en vee sy lippe slegs vir 'n tweede keer oor haar wang voordat hy terugstaan en glimlag, "Sien jou later?"

Sy lyk so oulik wanneer sy vir 'n oomblik na hom staar, haar wange verkleur in 'n pienk blos en haar oë groot, maar dan knik sy vinnig en vlie om.

Christopher volg haar tot sy tussen die skare verdwyn en sug. As hy Riley wil terug wen, gaan hy 'n opdraande stryd voer maar dan glimlag hy. Hy het dit voorheen reg gekry en hy is vasbeslote om dit weer te doen. Hierdie keer hoef hy dit nie alleen te doen nie. Hy is seker hy het 'n vriend of twee aan sy kant wat sal help.

Terwyl hy klaargemaak het voor hy Riley gaan oplaai het, het hy dit besef en ook aanvaar. Hy het gevoelens vir Riley en hy kan dit nie ignoreer nie. Hulle moet nog die lug suiwer maar Christopher is vasbeslote dat Riley nie uit sy lewe gaan verdwyn nie. Nie dié keer nie.

CHRISTOPHER STAAN HALF EENKANT EN HOU RILEY DOP TERWYL SY HAAR ONDERHOUDE AFHANDEL. Sy is so natuurlik. Behalwe natuurlik Daniel is dit die eerste keer wat sy met die spelers interaksie het. Dit lyk of hulle almal 'n goeie band met haar vorm – of hy moet eerder sê sy met hulle.

Richie Campbell is die enigste probleem-onderhoud wat sy het, maar die meeste joernaliste het daardie probleem. Dis duidelik dat sy ook maar nog sukkel met Richie se sterk Glasgow-aksent, maar sy het haar huiswerk gedoen. Matthew staan Richie vandag by en antwoord die vrae wat Richie soms moedswillig opmors of maak asof hy nie verstaan nie. Riley het dit vinnig agterkom en vra die vrae wat net 'n ja of nee antwoord verg vir Richie en die res aan Matthew.

Richie het eers selfvoldaan ge-grinnik maar Christopher, wat beide Richie en Sarah in sy gesigsveld het, sien duidelik Sarah se frons en 'n keelafsny-gebaar toe Richie in haar rigting loer. Richie antwoord sommer die volgende vraag in baie meer detail, al het Riley die vraag aan Matthew gerig. Matthew moes ook Sarah se gebaar gesien het, want hy het moeite om sy glimlag te onderdruk. Riley het natuurlik geen idee wat aangaan nie en lyk duidelik verward.

Richie en Sarah maak vordering na 'n misverstand die vorige week in Bloemfontein. Richie praat duidelik stadiger en hy loer gereeld in Sarah se rigting voordat hy die res van die vrae antwoord. Hy sal binnekort die onderhoude op sy eie kan doen – dit wil sê as hy nie moedswillig droogmaak om Sarah die harnas in te jaag nie.

Toe Richie se onderhoud tot 'n einde kom, draai Sarah

onmiddellik na Daniel vir haar laaste onderhoud van die aand. Christopher kan nie sy bewondering wegsteek nie. As hy nie geweet het dit is haar eerste lewendige uitsending nie, sou hy gedink het dat sy jare se ervaring het. Sy hanteer al haar onderhoude so professioneel.

Christopher kan seker argumenteer dat hy hier staan om seker te maak dat die onderhoude glad verloop maar hy weet dis nie die waarheid nie. Hy hou daarvan om Riley dop te hou. Hy het nog altyd.

Terwyl sy nog besig is met Daniel se onderhoud, kom staan Melissa langs Christopher. Riley het gisteraand genoem dat sy vir Melissa gesê het dat hy Jon se pa is, dus is Christopher nie verbaas toe Melissa glimlaggend fluister, "Al is dit nou 'n paar jaar laat, verstaan ek dat gelukwensings in orde is."

Christopher se gesig verkleur effens, "Ja, baie dankie."

Almal gaan in elk geval uitvind voor die aand verby is. Hy moet seker gewoond raak daaraan.

"Ek glo jy was geskok." Christopher kyk fronsend na Melissa, maar sy lyk baie simpatiek en hy sug, "Ja, ek moet erken dat dit was, maar Jon is 'n pragtige seun."

Hy kyk terug na Riley en voeg by, "Riley het hom baie goed groot gemaak. Ek wens natuurlik ek het geweet want ek sou daar wou wees van die begin af, maar dis water onderdeur die brug."

"En jy en Riley?" vis Melissa uit.

Christopher knibbel aan sy onderlip. Hy het mos gedink dat Melissa een van die persone kan wees wat hom kan help dus erken hy, "Ek weet nie, Melissa. Ek wens ek het. Ons het nog nie oor die verlede gepraat nie, maar ons sal moet, al is dit net vir Jon se onthalwe?"

"Wat van julle onthalwe?"

Christopher trek sy skouers ongemaklik op. Hy ken

Melissa nie juis nie en hy het nie gedink sy is so reguit nie. Maar as sy sulke direkte vrae kan vra, verdien sy seker 'n reguit antwoord ook. "Ek weet nie wat Riley jou vertel het nie maar ek weet hoe ek opgetree het sedert ek Riley weer gesien het. Ek was ongeskik en ek verdien nie Riley se vergifnis nie. My enigste verskoning is dat my beskermingsmeganisme ingeskop het maar dit is nie juis 'n verskoning nie. Sewe jaar gelede ... Ek kan nog nie verstaan wat verkeerd gegaan nie. Ek het so seergekry dat ek gesweer het geen vrou sal ooit weer die kans kry om dit aan my te doen nie."

Melissa bestudeer hom fronsend, "Ja, ek het gehoor jy is 'n vrouehater."

"Dis waar. Ek moes wees om myself te beskerm. Maar nou is Riley terug in my lewe en ... Al wat ek weet is dat Riley gister dinge gesê het wat vandag nie sin maak nie. Ons moet die verlede verwerk voordat ons enigsins 'n toekoms kan hê en ek weet nie eens wat daardie toekoms behels nie."

Melissa tik sy arm liggies en sê simpatiek, "Julle sal dinge uitwerk. Gee dit net 'n kans."

Christopher glimlag skeef, "Dankie Melissa. Dankie dat jy ook 'n vriendin vir Riley is. Sy was so lank alleen en sy het vriende nodig in die plek van die familie wat sy verloor het."

Melissa knik, "Dis hoekom ek haar vanaand saam genooi het. Riley gaan weer kans kry om 'n band te smee met die ander vrouens. Ek kan verstaan dat dit moeilik is vir haar om sosiaal te verkeer as jy 'n enkelma is maar Riley het dit nodig. Sy kan ook vir Rachel ontmoet en jy ken Rachel. Sy sal Riley al die moederliefde gee. In elk geval, ek hou vir julle plek by ons tafel. Julle gaan kom, né?"

"Ja, dis reg. Ek sal vir Riley bring. Sien jou later."

. . .

Riley bring die onderhoud met Daniel tot 'n einde. Dit was eintlik 'n maklike onderhoud want Daniel is so 'n natuurlike persoon. Die onderhoud vroeër met Richie het ook beter gegaan as wat sy verwag het maar sy is nog steeds dankbaar dat Matthew ook by was. Dit lyk of Sarah darem vordering maak met die moedswillige Skot, soos sy hom genoem het.

Riley oorhandig haar mikrofoon en gehoorstukke aan Dave, wat dit saam met sy ander toerusting wegpak. Toe sy klaar is, draai sy om en staar twyfelend na die helder ligte van The Final Whistle aan die ander kant van die oefenveld. Sy wip behoorlik van die skrik toe Christopher skielik agter haar sê, "Ek het vir Melissa gesê dat ek saam met jou sal stap en wys waar ons gewone tafel is."

Toe Riley omdraai, is sy skielik bewus van hoe naby hy aan haar staan. Haar hart klop sommer vinniger toe sy vra, "Is jy ook deel van Melissa se groep?"

Christopher se tentatiewe glimlag verdwyn en hy lyk ongemaklik, "Ja, is dit 'n probleem? As dit is, dan sal ek net saam met jou stap en dan gaan. Ek wil dit nie ongemaklik vir jou maak nie."

Riley sit haar hand op sy arm en stel hom gerus, "Christopher, nee. Dis nie wat ek bedoel het nie. Ek is net verras want Melissa het niks gesê nie."

Christopher vou sy hand oor hare en glimlag verlig, "Is jy seker?"

Riley glimlag terug, "Ja. In elk geval sal dit tog vroeër of later uitkom dat ons .... Jy... en ek ... Ek bedoel ..."

Christopher gee haar hand 'n drukkie, en dan strengel hy sy vingers deur hare. Sy ander hand beland op haar heup en hy trek haar nog nader aan hom. Hy hou haar oë gevange en beveel. "Riley, kyk vir my. Haal diep asem. Een, twee, drie... Daar's hy."

Riley onthou skielik dat Christopher dit altyd gedoen het wanneer sy op haar senuwees was oor iets, veral as sy 'n toespraak moes gee. Dit blyk dat hy dit nie vergeet het nie. Hy kyk nog steeds in haar oë toe hy saggies sê, "Jy weet ons moet een of ander tyd vir mense vertel van Jon. Vanaand het ons die ideale geleentheid aangesien ons naaste vriende almal daar is. Dit sal goed wees as ons dit saam kan doen. Ek weet jy is nog kwaad vir my, maar kan ons nie maar probeer nie?"

Riley laat sak haar kop en mompel verleë, "Ek is nie kwaad nie."

Dit lyk nie of Christopher haar gehoor het nie want sy kop sak laer en hy vra, "Ekskuus. Sê weer."

Riley kyk op, reguit in sy oë wat darem nou baie naby is, "Ek het gesê ek is nie kwaad nie."

Verligting spoel oor sy gesig en dit lyk asof hy wil glimlag. Die glimlag is maar huiwerig en sy onsekerheid slaan nog sterk in sy stem deur toe hy vra, "Is jy seker? Al het ons nog nie uitgewerk wat fout gegaan het in die verlede nie?"

Riley knik, "Ja, ek is seergemaak. Ek is verward maar ek het gedink aan wat jy gisteraand gesê het. Dinge maak nie sin nie."

Hierdie keer is daar geen twyfel oor Christopher se reaksie nie. Sy oë kreukel in die hoekies. Sy mondhoeke beweeg boontoe en hy stel daardie stel spierwit tande bloot. Vreugde word weerspieël in die warm gloed in sy oë.

Riley kan nie wegkyk nie. Sy het daardie glimlag so baie gemis. In die laaste weke toe hy haar so koud behandel het, het sy gedink sy gaan dit nooit weer sien nie. Hier is dit egter en dit het dieselfde effek op haar as wat dit gehad het toe hy die eerste keer so vir haar geglimlag het.

Wees versigtig. Moenie weer vir hom val nie. Onthou, hy is net hier vir Jon.

Daardie klein toesprakie help niks nie, veral nie toe sy oë verdonker en hy sy kop laat sak nie. 'n Duisend skoenlappers neem vlug in Riley se maag.

Sy wag met ingehoue asem vir sy mond om hare aan te raak. Sy asem is warm teen haar vel ...

11

En toe soen hy haar nie.

Iemand het aan Christopher gestamp, en hulle het tot verhaal gekom. Christopher se hand het vlugtig stywer om haar middel geklem, maar die oomblik was daarmee heen.

Riley het toe besef dat hulle in die middel van die oefenveld staan terwyl die agterlopers nog die stadion verlaat – en hulle het so wraggies amper net daar gesoen.

Skielik benoud besef sy dat sy moet afstand kry en tree weg van Christopher af, maar hy los nie haar hand nie. Nou wat nou? Senuweeagtig knibbel sy aan haar onderlip en toe hy niks sê nie, blaker sy sommer die eerste ding wat in haar kop kom uit. "Ek is senuweeagtig."

"Hoekom? Om 'n klomp nuwe mense te ontmoet of om hulle te vertel van Jon?"

Sy knik, maar doen nie eens die moeite om te verdudelik nie. Altwee sy idees is in elk geval van toepassing. Eerder dit as om vir hom te sê dis hy en sy nabyheid wat haar so op hete kole het.

Goeie genade, sy is 'n volwasse vrou met 'n kind. Sy

moet nie so opgewonde soos 'n bakvissie wees as 'n man haar wil soen nie.

Riley sug onderlangs. Sy moet eerlik wees, al is dit dan nou net met haarself. Dis nie enige man wat haar so op hol het nie. Dis Christopher. Die enigste man wat sy nog ooit naby aan haar toegelaat het. Die enigste man vir wie sy nog ooit liefgehad het.

Christopher skud sy kop en sê ferm, "Dis sommer lawwigheid. Jy het niks om oor op hol te wees nie. Hulle is gawe mense wanneer jy hulle eers leer ken. En ek is by jou, okei?"

Riley knik, net te dankbaar dat hy nie haar gedagtes kan lees nie. Christopher voeg toe sommer by, "Kom laat ons gaan want ek is seker almal is al daar."

Christopher hou nog steeds haar hand ferm in syne toe hulle deur die agterdeur van die Final Whistle instap. Toe hulle inkom, sak 'n stilte oor die plek en almal staar na hulle. Christopher se hand druk hare terwyl hulle stilstaan om die groep mense voor hulle te beskou.

Die spelers, hul families en personeel van die Buffels beset al die tafels aan die agterkant van die restaurant. Melissa wuif vir hulle vanaf 'n lang tafel in die hoek waar sy en die ander vrouens sit.

Riley is verras om te sien dat daar van die spelers by dieselfde tafel sit, veral na wat sy geleer het by die aand toe hulle by Melissa gekuier het. Daar is net twee leë sitplekke en dit is tussen Matthew en Richie.

Riley draai na Christopher en fluister, "Moet asseblief nie dat ek langs Richie sit nie. Ek verstaan nie 'n woord wat hy sê nie."

Christopher moet afbuk om te hoor wat sy sê, en toe hy lag, vee sy mond teen haar oor. Sy kyk op na hom en sien die bekende warmte in sy oë. Riley kan skaars asemhaal.

Toe sy terugkyk na die tafel merk sy op dat verskeie paar oë nog nuuskierig op hul gevestig is. Sy voel ongemaklik maar Christopher glimlag net vir die groep en stel hulle voor, "Almal, dis Riley Adams. Riley, dis almal. Jy gaan nie nou hulle almal se name onthou nie, maar jy sal hul binnekort leer ken."

Hy lei haar na die tafel, en laat net haar hand gaan om 'n stoel vir haar uit te trek langs Matthew. Riley is so verlig, dat sy sommer opkyk in sy oë en vir hom glimlag. Christopher glimlag terug en dan buk hy af om in haar oor te fluister, "Sien, ek is 'n ware heer," voordat hy weer regop staan. Hy draai na die res van die tafel en sê vir Riley, "Kom ons sien. Jy ken die meeste van die vrouens alreeds en jy het ook al vir Daniel, Richie en Matthew ontmoet. Die groot ou aan die oorkant is Mark Bailey. In die hoek is Jakes du Plessis en langs hom André Botha. Die dierbare vrou wat langs Hannah sit is Rachel en haar man, Nico. Rachel is hierdie ouens se persoonlike assistant en 'n regte moederhen."

Riley se blik dwaal oor die ander gaste aan tafel. Toe sy Daniel se oog vang, beskou hy haar en Christopher met 'n geamuseerde glimlag. Riley onthou maar al te goed die dag toe sy die onderhoud met hom gehad het toe sy en Christopher nog nie op goeie voet was nie en bloos. Daniel lag toe hy dit sien. Hy onthou definitief. Daniel Cooper is nie onnosel nie.

Toe Christopher sy sitplek langs haar inneem en weer eens vir haar glimlag, glimlag Riley outomaties terug. Sy kyk slegs weg toe Mark Bailey luiweg vir Christopher vra, "Het jy krampe, broer?"

Riley frons en kyk verward na Christopher. Hy lyk nie siek vir haar nie maar sy wonder tog toe sy gesig verkleur. Hy skud egter net sy kop met 'n verleë glimlaggie. Mark merk sommer dadelik weer op, "Sien, daar is dit weer. Dit is óf 'n kramp óf 'n glimlag, en aangesien ek jou nog nie veel vantevore sien glimlag het nie, moet dit 'n kramp wees."

Die ander mans begin lag maar Christopher reageer nie.

Riley draai na Melissa in die hoop om die aandag van Christopher se ongemak af te lei en beskuldig haar sommer, "Ek dog jy het gesê net 'n paar vriende."

Melissa grinnik, "Dit is net 'n paar. Ek verstaan dit nie. Elke week word die groep net groter en groter." Sy voeg smalend by, "Nou nie dat ek almal my vriende sal noem nie."

Haar laaste opmerking veroorsaak dat Daniel haar 'n vuil kyk gee. Riley is nuuskierig. Wat gaan aan tussen die twee? Behalwe gister se oproep het sy en Melissa nie veel kans gehad om te praat hierdie week nie. Daar het so baie gebeur sedert die aand van die borge se dinee.

Christopher onderbreek haar spekulasies toe hy haar vra of sy wil wyn hê. Riley beskou die twee bottels reeds op die tafel en kies die rooi. Christopher skink vir hul 'n glasie elk en Riley neem 'n slukkie voor sy die glas weer op die tafel sit en haar mede-tafelgenote beskou.

Die gesprek fassineer haar. Die spelers ken duidelik mekaar baie goed want die hele tyd terg hulle mekaar goediglik. Daniel is ongetwyfeld die leier van die groep. Sy spanmaats het baie respek vir hom. Dit is dieselfde met Matthew, maar Matthew is baie stiller en laat Daniel toe om die leiding te neem.

Mark fassineer Riley. Hy lyk of hy die grapmaker van die span is, wat klaarblyklik iets is waaroor hy baie trots is. Riley mis egter nie die kere wat Mark terugtrek nie. Sy kry half die idee dat Mark besig is om 'n rol te speel.

Rachel vra skielik vir Riley, "Is jy nie die joernalis wat die weeklikse rubriek vir die nasionale koerant skryf nie?"

Toe Riley instemmend knik, roep Rachel uit, "Ek is mal

oor jou artikels. Om eerlik te wees lees ek net die sportarti-kels oor hierdie seuns van my en dan lees ek jou kolom. Die res van die koerant los ek."

Riley lag, "Baie dankie. Dit is 'n groot kompliment. Ek verstaan egter hoekom jy net die sportblaaie lees. Soos dinge nou staan, gaan ek dit seker ook oor 'n paar jaar doen."

Rachael vra verward, "Hoekom? Is jy ..."

Sy kyk van Riley na Christopher en dan terug na Riley. Albei bloos toe al die aandag op hulle is. Riley kyk hulpe-loos na Christopher toe hy haar hand onder die tafel in syne neem en sy vingers deur hare strengel. Riley dink nie eens daaraan om te protesteer of haar hand uit syne te trek nie. Sy moes seker, maar dit voel so reg en bekend en baie gerus-stellend.

"Sal ek?" vra hy saggies en Riley knik verlig. Christopher maak keel skoon. Toe hy die meeste mense se aandag het, kondig hy aan, "Ek wil graag iets sê."

Die stemme aan hul tafel en ook die tafels naby hulle, raak stil en almal wag vir Christopher om aan te gaan. Riley wil nie vir hulle kyk nie en hou haar oë op Christopher gevestig, bewus van sy hand wat hare nog steeds vashou.

Christopher haal diep asem, glimlag vir Riley en dan gly sy blik oor hul tafelgenote. "Daniel en Melissa weet reeds en Jakes is bewus van sommige van die feite. Julle is ons naaste vriende en ons wil julle graag self vertel voordat julle dit van ander hoor. Ek en Riley het 'n seun, Jon. Hy is amper sewe jaar oud. Ons het kontak verloor voor Riley my kon vertel van Jon. Ons het vaderskaptoetse laat doen, maar ek het Jon gister ontmoet en het nie die resultate nodig nie. Jon is ongetwyfeld my kind."

Daar heers 'n rukkie stilte en toe begin almal gelyktydig uitvra oor Jon. Rachel, die enigste ander ma by die tafel vra,

"Het jy 'n foto van hom? Ek raak sommer week oor klein seuntjies."

Riley haal haar foon uit en soek na een van die foto's wat sy gister van Jon en Christopher geneem het, en oorhandig dit aan die ouer vrou. Rachel roep verras uit, "O my jinne, Chris, hy lyk dan net soos jy."

Christopher glimlag trots, "Ja, hy doen."

Riley se foon word rondgestuur en toe Mark die foto bestudeer, grinnik hy vir Christopher, "G'n wonder jy het krampe nie, my vriend. Baie geluk."

Onder die gepraat vra Rachel vir Riley, "Gaan ons Jon darem môre kan ontmoet?"

Riley kyk verward na Christopher en hy verduidelik verleë, "Ek is jammer, ek het vergeet. Daniel het ons almal genooi na 'n braai op sy familie se wildsplaas naby Cullinan. Sal jy en Jon asseblief saamkom?"

Riley frons. Sy is nog onseker hoekom Christopher haar insluit by die uitnodiging. "Ek het jou reeds gesê, Christopher. Ek vertrou jou met Jon."

Christopher frons vies en kyk weg. Die volgende oomblik tree Melissa tot die gesprek toe, "Asseblief, Riley. Ons wil graag vir Jon ontmoet maar ons sal kans kan kry om op te vang met mekaar se nuus. Ek mis ons koffiekuiers aangesien ek nie meer by die stadion werk nie."

Riley mis die vuil kyk wat Melissa vir Daniel gee en ook toe Christopher vir Melissa dankie sê aangesien Chloe en Hannah ook hul stem by Melissa s'n voeg, "Kom asseblief, Riley."

Riley draai terug na Christopher wat haar afwagtend dophou. Hy hou nog steeds haar hand vas, en druk dit saggies, "Riley, ek wil graag hê jy moet ook kom. Asseblief?"

Toe Riley afkyk na hul hande, hoor sy haarself sê, "Nou goed, as jy wil hê ek moet."

"Ja, ek wil graag hê jy moet." Riley kyk op na hom en glimlag. Haar hart slaan 'n slag bollemakiesie toe hy haar hand druk en terug glimlag.

Sy moet bietjie afstand kry sodat sy weer behoorlik kan asemhaal en draai na Melissa om haar te vra waar die badkamer is. Toe Melissa aanbied om te help, staan die ander vrouens ook op om saam te stap. Rachel en haar man groet sommer.

Toe hulle 'n rukkie later uitkom, blok 'n klomp spelers die roete na hul tafel. Hulle kan nie sien wat aangaan nie, maar hulle hoor die mans skielik hande klap. Dan kom Jakes en André se stemme sterk deur. Riley is nogal verras want sy het gedink die twee mans kan nie praat nie. Sy het nie een keer gehoor dat hulle praat deur die aand nie. Die volgende oomblik maak die mans 'n paadjie oop en 'n woedende vrou kom deur hulle gestorm op pad na die uitgang. Melissa trek haar skouers op en mompel, "Ek weet nie wie dit is nie," en gaan neem weer haar sitplek in.

Die mans het vir 'n wyle nog rondom Jakes gestaan voor hulle weer hul sitplekke ingeneem het. Niemand verduidelik wat gebeur het nie. Toe Jakes kort daarna vertrek is hulle nog steeds in die duister.

Dinge het net vererger, want slegs 'n kort rukkie nadat Jakes vertrek het, slaag 'n ander vrou om deur die groep te kom. Voor iemand nog wonder wat sy beplan, plak sy haar op Richie se skoot neer en begin hom soen. Richie probeer verbete loskom maar slaag eers daarin toe Daniel en Mark met behulp van twee sekuriteitswagte van die vrou ontslae kan raak.

Die spelers mor onder mekaar. Hulle het blykbaar nie meer vrede in hul ou uithangplek nie.

Christopher glimlag vir Riley, "Dit gebeur nie altyd nie. Dit lyk my die ark is oop vanaand."

Die twee vrouens het 'n demper op die aand geplaas. Sarah het onder die geharwar verdwyn en kort daarna maak van die ander ook verskoning. Riley aanvaar dis haar teken om ook te gaan. Sy haal haar foon uit om 'n huurmotor te bestel maar Christopher stop haar deur sy hand op hare te sit. Riley verstil en kyk op toe hy ferm sê, "Ek het jou na die stadion gebring. Laat my toe om jou huis toe te neem?"

Riley weet sommer dat dit nie gaan help om te stry nie en knik net, "Dankie."

Christopher vat haar hand vaster en toe hy opstaan, trek hy haar op. Sy het gedink hy sou haar hand laat gaan, maar na hulle gegroet het, stap hy doodluiters met haar hand in syne uit die restaurant. Selfs toe laat hy nie los nie. Hy strengel net sy vingers deur hare, 'n gebaar so bekend. Reeds as 'n tiener was Christopher mal daaroor om hande vas te hou. Dit lyk of hy nog steeds doen.

Hulle praat nie op pad motor toe nie en ook nie toe hy die deur vir haar oophou nie. Toe hy inklim sit hy die radio aan en sagte musiek speel in die agtergrond. Eers toe hulle by die stadion se hekke uitry, vra hy, "Het jy die aand geniet?"

Riley knik, "Dit was baie lekker, dankie. Jy is reg. Hulle is baie gaaf." Sy lag skielik, "En dit was interessant ook."

Christopher glimlag, "Ja, dit was. Ek het jou mos gesê jy sal dit geniet. Is jy nog reg vir môre?"

Riley knik, maar besef dan dat Christopher nie die gebaar in die donker kan sien nie, en antwoord stil, "Ja, dis reg."

Christopher bly so 'n rukkie stil en konsentreer op die pad voordat hy opmerk, "Ek weet ek het gesê ek wou Jon park toe neem om 'n bal te skop, maar hierdie is dalk soveel beter. Hy gaan die kans kry om al sy rugbyhelde te ontmoet en boonop 'n bal saam met hulle te skop. Ek kan jou belowe, dit gebeur elke keer."

"Seuns bly seuns, of so iets?" lag Riley.

Christopher glimlag, "Ja, en rugbyspelers sal altyd 'n bal kry. Dink jy ons moet dit vir hom as 'n verrassing hou?"

"Ja, anders gaan hy ons mal maak nog voor ons daar is."

By haar meenthuis klim Christopher uit en maak die deur vir Riley oop. Hy stap saam tot by die voordeur waar hy die sleutel by haar neem en die deur oopsluit. Hy staan eenkant toe sodat sy kan ingaan maar dan begin altwee gelyk praat en hou net so skielik weer op.

"Dames eerste," grinnik hy.

"Ek wou weet of jy wou inkom vir 'n koffie."

"En ek wou weet of jy my sal innooi dus is my antwoord ja, dankie."

Terwyl hulle wag vir die perkoleerder om sy ding te doen, leun Christopher teen die toonbank en vryf aanhoudend oor sy oor.

"Waaraan dink jy, Chris?"

Hy kyk verras op, "Hoe weet jy ek dink?"

Riley lag, "Want jy vryf jou oor. Jy het dit altyd gedoen as jy dink. Jon doen dit ook."

Christopher lyk verstom. "Regtig. Dis koel."

Riley rol haar oë en lag, "Net twee dae in jou seun se geselskap en jy sê al klaar koel."

Sy draai om en gooi die koffie in. Hulle tel albei hul bekers op en stap sitkamer toe waar Christopher langs haar op die bank gaan sit. Hy sit sy beker op die tafel en leun terug. Sy arm rus op die leuning en sy hand speel met haar hare. Weet hy ooit hy doen dit?

Hy het nog nie met haar gedeel waaraan hy gedink het nie en Riley wag maar geduldig. Hy kyk skielik vir haar, 'n blos op sy gesig, "Het jy agter gekom hoe stil het dit geword toe ons ingestap het?"

TOE RILEY KNIK, verduidelik hy, "Party het jou moontlik herken van Sport100 maar ek dink nie dis daarom nie. Dis bes moontlik omdat ek nog nooit 'n vrou na enige van ons sosiale geleenthede gebring het nie. Dit is nou behalwe daardie fiasko by die borge se dinee. Sy is 'n vriendin van Rick en hy het haar op die ou einde huis toe gevat. Ek kon net nie, veral nie na ons soen nie."

Hy hou haar dop om te sien wat haar reaksie is op sy opmerking. Sy stel hom nie teleur nie want haar wange verkleur. Gelukkig maak hy nie 'n onnosele opmerking daaroor nie maar verduidelik verder, "Die spelers wat uit die hysbak gekom het was almal daar vanaand. Ek weet nie wat hulle gesien het voordat jy in die hysbak ingestorm het nie. Ek is baie seker dat hulle gesien het hoe ek daar met 'n verdwaasde uitdrukking gestaan het voordat ek besef het ek moet jou stop. Ek het soos 'n mal ding by die trappe afge-hardloop maar ek was te laat."

Riley bloos weer en neem 'n slukkie van haar koffie. Christopher gee haar hare 'n sagte plukkie en sê, "Dit was lekker om jou daar te hê vanaand."

Riley glimlag, "Ek het dit baie geniet. Dit was eintlik my eerste keer uit as 'n volwassene, as mens nou nie werksfunk-sies tel nie."

"Maak jou maar gereed vir nog 'n paar sosiale geleen-thede. Daar is jy nou alreeds genooi vir ete môre."

"Ek weet. Ek sal dalk nie altyd kan gaan nie want ek hou nie daarvan om Jon te veel te los nie, maar as ek kan, sal ek seker gaan."

"Jy moet net onthou dat jy nou nog 'n kinderoppasser by het. As my ouers eers hier is, sal hulle ook daarvan hou om na Jon te kyk. Wat my herinner. Ek het jou nog nie vertel dat ek vanoggend met hulle gepraat het in 'n video-oproep nie waarin ek hulle vertel het van Jon. Dit was 'n verrassing en 'n skok maar hulle is ook baie bly en opgewonde. Ek het van die foto's wat jy gister geneem het, vir hulle gestuur. My ma stem saam dat Jon net soos ek lyk op daardie ouderdom. My pa is nogal trots dat hy die derde geslag Christopher Jonathan Brooks is.

"Ek is bly. Jy moet vir Jon vertel van sy grootouers. Hy sal baie daarvan hou."

"Sal dit reg wees as Jon by is wanneer ek weer 'n video-oproep na my ouers maak?"

Riley knik, "Ja, natuurlik."

Christopher tel sy beker op maar sy vingers bly met haar hare speel. Hy sit terug om sy koffie klaar te drink voor hy die leë beker weer op die tafel sit en Riley doen dieselfde. Eers dan sê hy, "My ma het gevra dat ek hul liefde aan jou en Jon oordra."

Riley gee hom 'n wantrouende kyk en mompel, "Sy het nie."

Christopher kan hom net indink hoe sy voel. Sy ouers het reeds erken dat hulle nie baie vriendelik was met Riley sewe jaar gelede nie. Dit gaan baie oortuiging verg voor Riley sal glo dat sy ouers gelukkig is oor Jon. Hy neem Riley dus nie kwalik nie. Sy ouers mag Riley dalk nog nie vergewe vir wat sy gedoen het nie, maar hulle sal probeer. Hy sê dus nou net saggies, "Ek belowe jou sy het."

Riley bly lank stil. Christopher het gedink sy sou verder reageer maar toe sy nie doen nie, loer hy na haar. Toe hy die trane op haar wange sien, doen hy wat hy die vorige dag reeds wou doen. Sy arm gly om haar skouers en hy trek haar teen hom vas. Hy fluister teen haar hare, "Het ek iets verkeerds gesê? Moet asseblief nie huil nie, Riley."

"Dis net ... Ek het hulle gemis. Toe julle almal weg is sonder om met my te praat ... Ek het so alleen gevoel."

"Ek is so jammer vir dit wat jy alles moet deurgaan, Ri. Ek wens ek kan die horlosie terugdraai en dan sal alles reg wees, maar ons kan ongelukkig nie. Onthou net dat jy nie meer alleen is nie. Jy het nou vir Jon. En jy het my ook."

Riley lig haar kop en stamel, "J... Jy?"

"Ja ek," belowe Christopher. "Ek gaan nêrens nie. Nie dié keer nie. Ek is hier vir jou en Jon. Sal jy dit onthou?"

Toe Riley knik, vee Christopher met sy duim die trane van haar wang. Sy aanraking is lig, maar dit wakker die behoefte aan om haar weer te soen. "Riley?"

Toe sy opkyk, lees hy die antwoord in haar oë. Hy huiwer nie en leun nader. Sy eerste aanraking is lig wanneer hy sy mond oor hare gly. Hy hoor haar suggie. Toe hy sy kop effens lig, merk hy op dat haar oë toe is. Christopher draai sy kop effens voordat hy dit laat sak om haar mond dringend op te eis. Sy hande gly in haar hare toe hy haar nog nader aan hom trek.

Riley se hande gly streelsag oor sy arms, dan sy skouers tot haar vingers in sy hare voel. Christopher se tong glip tussen haar lippe. Sy maak haar mond oop en laat hom toe om al daardie deeltjies te herontdek wat hy gedink het hom nooit weer beskore sal wees nie.

Hulle albei haal hortend asem toe hulle uiteindelik die soen beëindig. Christopher rus sy voorkop teen hare en glimlag, "Sjoe, dis selfs nog beter as wat ek onthou het. Ek kon net nie Saterdag se soen uit my kop kry nie. Al wat ek wou doen, wat ek nodig gehad het, is om jou weer te soen. Soos nou," eindig hy fluisterend teen haar lippe voordat hy weer haar mond in besit neem in 'n lang-lang soen.

Dit is baie later voordat hulle albei terugtrek en in stilte mekaar beskou.

Hoe is dit moontlik dat dit so reg voel, so natuurlik? Is dit nie te gou nie? Dit maak Christopher eintlik bang om net daaraan te dink. Hy moet versigtig wees. Om dit te kan doen moet hy eerder huistoe gaan. Christopher streel sy hand vir oulaas oor haar hare voordat hy opstaan.

Daardie sobere gedagtes van sekondes gelede stop hom egter nie om Riley weer in sy arms te neem toe sy ook opstaan nie. Dit keer hom ook nie om haar nog een maal te soen voordat hy omdraai en haastig deur toe stap nie. Oor sy skouers sê hy slegs, "Sien jou môre," voor hy die deur agter hom toemaak sodat hy nie dalk sal toegee aan die versoeking om daar te bly nie.

12

Toe Riley vir Jon die volgende oggend by Jenna gaan haal, jaag sy hom aan om sy oornagsak in Lucas se kamer te gaan haal, alhoewel sy nie die rede verduidelik waarom hulle haastig is nie. Die oomblik toe die twee seuns uit die vertrek is, sê Jenna groot-oog, "Jinne, Riley, ek kon nie my oë glo toe ek gister die deur oopmaak en Christopher saam met jou daar sien staan nie. Wat 'n pragtige man! Wanneer gaan jy hom weer sien?"

Riley bloos sommer bloedrooi as sy net dink aan Christopher en daardie soene gisteraand. Dit het haar die helfte van die nag wakker gehou. Dit het so goed en reg gevoel dat dit haar amper bang maak. Dis te gou. Dit moenie so gebeur nie.

Sy mis nie Jenna se ondersoekende blik nie en erken maar, "Ek het hom gisteraand gesien. Ons gaan ook vandag na 'n braaivleis op 'n wildsplaas wat aan Daniel Cooper se familie behoort. Dis hoekom ek Jon vroeër kom haal het."

Sy gaan staan by die deur en roep, "Kom nou, Jon. Jou pa gaan binnekort hier wees."

Dit voel nog steeds vreemd om daardie woorde van haar

tong af te hoor rol maar dit het die gewenste uitwerking. Jon is binne sekondes daar, opgewondenheid geskryf oor sy gesiggie. "Wanneer kom Pappa?"

"Oor 'n uur maar mens weet nooit met hom nie. Hy is altyd vroeg, so komaan."

Sy draai vlugtig na Jenna. "Weer eens, baie dankie. Kan jy dalk Vrydagaand oophou? Ek wil graag vir jou, Sam en Lucas nooi vir ete net om dankie te sê."

"Ja, seker. Dit is nie nodig nie maar dit sal lekker wees," glimlag Jenna.

Riley wuif en gryp Jon se hand. Hulle drafstap amper die kort entjie na hulle meenthuis waar sy vinnig 'n rugsak pak vir Jon met 'n ekstra stel klere sowel as sy swemklere en 'n handdoek. Sy het nog genoeg tyd om vinnig te stort voordat Christopher veronderstel is om te arriveer, maar as sy net dink aan Vrydag, kan sy amper wed dat hy vroeër hier gaan wees.

Na haar stort verklee sy in 'n paar denims, 'n sagte toppie en seilskoene. Sy laat haar hare los oor haar skouers hang. Sy sukkel nie eens met grimering nie behalwe haar gunsteling lipglans.

Jon het reeds in die stel skoon klere verklee wat sy vir hom op die bed gelos het. Riley raai hom aan om iets in die rugsak te sit waarmee hy homself kan besig hou indien hy moeg word om rond te hardloop. Hy kyk na haar met onbegrip in sy oë en vra, "Nou hoekom sal ek nou dit wil doen?"

Riley skud haar kop, laggend. Hy was reg. Hul seun is 'n bondel energie, maar hy behoort vandag van genoeg van daardie energie ontslae te raak.

Toe die deurklokkie lui is Jon blitsig in die gang af om die deur oop te maak. Riley stap net betyds uit haar kamer om te hoor hoe Jon roep, "Pappa, pappa, jy's hier," en summier in Christopher se arms spring. Christopher lag, "Môre seun. Lyk my jy is darem bly om my te sien."

Jon knik, sy glimlag breed en gelukkig. Christopher druk hom stywer en mompel, "En ek is bly om jou ook te sien."

Hy vang Riley se oë op hulle en hy glimlag vir haar, "En vir jou. Hoe gaan dit vanoggend?"

Riley voel die blos teen haar nek opkruip toe sy formeel antwoord, "Dit gaan baie goed dankie, en met jou?" en Christopher saggies lag. Sy humor is duidelik wanneer hy haar net so sedig antwoord, "Dit gaan baie goed. Dankie dat jy gevra het."

Riley hoor sy diep laggie toe hy Jon grond toe laat sak. Sy draai sommer weg en beveel, "Julle kan solank motor toe gaan. Ek gaan net ons sakke kry en toesluit. Hou net 'n oog oor hom. Hy weet hoe om homself vas te gespe maar is dalk nie te bekend met jou motor se sitplekgordel nie."

"Seker," verseker Christopher en draai sommer om. Jon het nie 'n verdere uitnodiging nodig nie. Toe Riley by hulle aansluit is hy besig om Jon se gespe vas te druk. Hy maak Jon se deur toe en Riley s'n vir haar oop. Voor sy egter kon inklim sê hy saggies, "Ek wou al vir jou gesê het, jy lyk pragtig vandag."

Voor sy hom kon bedank, leun hy vorentoe en fluister in haar oor, "En jy ruik ook baie lekker."

Riley loer na hom en kry 'n "dankie" uit. Sy is sommer vies vir haarself dat hy haar so kan laat bloos. Nie dat dit lyk asof dit Christopher pla nie aangesien hy slegs sy lippe oor haar wang vee. Toe hy terugstaan, krul sy mondhoeke egter op wat 'n duidelike teken is dat hy wel daardie blos gesien het en baie geamuseerd is.

Met bewerige bene neem Riley haar sitplek in en wag vir Christopher om die deur toe te maak. Sy volg sy ferm tred toe hy voor om die motor loop soos 'n verliefde tiener. Eers toe hy die motordeur oopmaak kyk sy vinnig weg voordat hy haar uitvang. In die proses sukkel sy om haar sitplekgordel vas te maak. Toe dit uiteindelik inklik, sit sy agteroor met 'n klein suggie.

Gelukkig konsentreer Christopher op die ligte Sondagoggend verkeer wat Riley tyd gee om haarself reg te ruk. Riley wens sy weet wat deur Jon se gedagtes gaan maar die seun hou hom blykbaar in toe Christopher die motor op die snelweg stuur by die Garsfontein-afrit. Dit is eers toe Christopher by die Zambezi-afrit weer van die snelweg afdraai in die rigting van Cullinan dat die eindelose vrae begin.

"Waar gaan ons? Gaan ons na ander mense toe? Gaan daar kinders ook wees?"

Christopher lag, "Stadig nou. Een vraag op 'n slag. Eerstens waar ons heen gaan? Dis 'n verrassing. Ja, ons gaan na ander mense toe maar wie, is ook 'n verrassing. En jou derde vraag oor ander kinders? Wel, ek is nie seker nie maar ek glo so. Dit sal my nie verbaas nie."

"Pappa, dit help niks nie," kerm Jon.

Christopher glimlag vinnig vir Riley voordat hy Jon antwoord, "Wel, dis nou die ding van verrassings. As ek jou nou vertel dan is dit mos nie meer 'n verrassing nie, nie waar nie?"

"Ja seker," brom Jon.

Christopher kyk na Jon in die truspieëltjie voordat sy oë terugkeer na die pad, "Hoe was julle partytjie gister? Het jy van die burgers gehou? Watter fliek het julle gesien?"

Riley giggel sommer toe Jon ewe ernstig vir Christopher teregwys, "Pappa, onthou. Net een vraag op 'n slag."

Christopher lag, "Jammer. Ek sal onthou."

Dit stop Jon egter nie om in detail te vertel van alles wat hy die vorige dag gedoen het nie. Hy gaan aan en aan oor die burgers en die speelarea en dag die fliek en die springmielies. Voordat hy nog stoom kan verloor, draai Christopher af van die grootpad op 'n grondpad. 'n Entjie verder stop hulle by twee klippilare met 'n hut aan die een kant. Christopher praat met die wag, wat dadelik die hek oopmaak en vir Christopher aanwysings gee.

Daar is al heelwat motors en Christopher moet 'n entjie weg van die groot kliphuis parkeer. Hy klim egter nie dadelik uit nie en tik vinnig 'n boodskap. Hy grinnik ondeund vir Riley. Waarmee is hy nou weer besig?

Riley kyk na al die motors, "Hoeveel mense gaan dan hier wees?"

Christopher skud sy kop laggend, "Ek het geen idee nie," en klim dan uit. Die oomblik toe Christopher die deur oopmaak vir Jon, maak Jon sy sitplekgordel los en laat toe dat Christopher hom aftel voor Christopher die deur vir Riley kom oopmaak. Riley is intens bewus van sy hand op haar rug toe hulle die entjie vanaf die motor tot by die voordeur stap. Jon is eerste daar en Christopher vra hom om die klokkie te lui.

Riley wens sy het haar kamera byderhand gehad om Jon se gesigsuitdrukking af te neem toe Mark Bailey die voordeur oopmaak. Jon het eers op sy eie ooghoogte begin en toe rys sy blik hoër en hoër tot sy koppie omtrent reg agteroor buig. Sy oë rek nog groter en sy mond val sommer oop van verbasing toe hy een van sy helde herken.

Christopher en Riley grinnik vir mekaar. Jon se reaksie is presies wat hulle verwag het, en moontlik wat Christopher beplan het met sy vroeëre teks.

Mark buk af en praat met Jon, "Haai daar. Jy is seker Jon. Ek is Mark."

Jon grinnik en knik, "Ek weet wie jy is. Jy is groot. Is jy 'n reus?"

Mark skud sy kop laggend, "Nee, ek is darem nie so groot

nie." Hy staan op en hou sy hand uit na Jon, "Kom, dan stel ek jou voor aan my vriende." Hy stop egter en kyk vraend na Christopher en Riley, "Tensy julle dit eerder wil doen."

Hulle albei skud hul koppe, "Nee, jy is welkom om dit te doen."

Hulle het net 'n paar treë gevorder toe Melissa en Chloe hulle voorkeer. Christopher lyk asof hy in twee geskeur is. Hy wil blykbaar baie graag saam met Jon gaan maar hy wil ook Riley nie sommer alleen los nie. Riley vang sy oog. Sy beduie met haar ken na Jon en glimlag. Christopher knik en volg Mark en Jon met 'n breë glimlag.

Toe Riley terugkyk na haar twee vriendinne, sien sy dat beide die interaksie tussen haar en Christopher gesien het maar nie een lewer kommentaar daarop nie.

Chloe neem dit op haar om Riley rond te wys en aan almal voor te stel. Toe Riley uiteindelik die kans het, gaan leun sy oor die veranda se reëling om te kyk of sy Jon en Christopher sien. Soos Christopher voorspel het, is daar 'n rugbybal betrokke by die spel voor op die grasperk. Behalwe Jon is daar nog drie ander seuntjies ongeveer sy ouderdom. Hulle is egter nie alleen nie want Christopher, Daniel, Matthew en 'n paar ander spelers wie Riley nog nie ontmoet het nie, speel entoesiasties saam met die klein seuntjies.

Riley sluk haar emosies toe sy sien hoe gelukkig Jon lyk. Elke nou en dan loer hy na Christopher vir goedkeuring. Christopher sal dan 'n paar woorde met hom wissel of hulle sal mekaar 'n vat-vyf gee.

Toe Riley haar foon uithaal om 'n paar foto's te neem, kom staan Melissa langs haar. "Jy hoef nie bekommerd te wees oor foto's nie. Ons het blykbaar ons plaaslike fotograaf hier," verduidelik sy en beduie na waar Richie Campbell met sy kamera staan en ook die spel afneem. Riley het hom nie eens gesien nie. Melissa voeg by, "Ek is baie seker Richie sal vir jou kopieë gee."

Riley hou die spel nog stilswyend dop. Melissa draai na haar en vra, "Is jy okei?"

Riley knik en antwoord sonder om na Melissa te kyk, "Ek is. Miskien bietjie emosioneel maar ja. Ek het so lank gehoop dat Jon en Christopher kan ontmoet en nou ... Kyk net na hulle. Hulle lyk albei so gelukkig."

Op daardie oomblik kyk Christopher op en toe hy Riley sien, glimlag hy. Hy buk af en sê iets vir Jon voordat hulle albei na haar kyk en vir haar 'n soentjie blaas.

"Ag my jinne, hulle is so oulik saam," koer Melissa. Riley stem saam, "Hulle is. Ek is nou eers bly ek het deurgedruk om met Christopher te praat."

"Hy is so anders as die man wat ek ontmoet het toe ek hier gekom het. Hy was altyd so ernstig. Ek dink nie ek het hom ooit sien glimlag nie en kyk nou. Hy lag selfs hardop."

Riley draai na Melissa, "Regtig? Ek het gedink hy is net so met my. Toe ek hom die eerste keer in Januarie gesien het, het hy so koud en hard gelyk en glad nie soos die persoon vir wie ek lief geword het nie. Al was hy ernstig, het hy altyd 'n skerp sin vir humor gehad. Hy was so liefdevol, soos hy nou met Jon is."

Melissa beskou haar aandagtig, "Miskien moet jy probeer uitvind wat verkeerd gegaan het, Riley. Julle moet oor die verlede praat."

Riley sug, "Ek weet jy is reg. Dit mag egter vreemd klink maar ek is bang vir wat ek gaan uitvind. Dinge maak nie sin nie en ons moet daaroor praat om dit uit te pluis. Gisteraand... Wel, ons het nie 'n kans gehad nie."

Riley voel sommer hoe warm haar gesig is maar Melissa lewer gelukkig nie kommentaar nie want Christopher, Daniel, Matthew en Richie sluit by hulle aan. Christopher kom staan langs Riley, met sy heup teen die reëling. Melissa het die groep mans net een vuil kyk gegee en verdwyn maar Riley het 'n idee dat daardie kyk eintlik net op een persoon gemik is.

Christopher leun sy skouer teen hare en vra, "Kan ek jou iets aanbied om te drink? Wat van 'n glasie wyn?"

Riley is ongelooflik bewus van sy skouer teen hare en moet kophou om hom te antwoord, "Dit sal lekker wees, dankie. Wat gaan jy drink?"

"Ek drink net koeldrank vandag. Ek drink en bestuur nie, veral nie vandag nie. Jy is egter welkom om 'n glasie wyn te drink. Wat van 'n rooi wyn?"

"Dankie, rooi is reg."

Voor Christopher wegdraai vra hy, "Wat van Jon? Mag hy gaskoeldrank drink?"

"Ja, solank hy net nie te veel daarvan drink nie, dan is dit reg. As hy te veel drink gaan jy hom moet help om van daardie oortollige energie ontslae te raak, so wees gewaarsku."

Christopher lag en stap weg om haar wyn in te gooi. Toe hy terugkeer met haar wyn en die glasie in haar hand druk, streel sy vingers oor hare. Riley se oë vlieg op na syne en vir 'n oomblik of twee voel dit vir Riley of dit net hulle twee is wat bestaan. Sy raak skoon verlore in die diep warmte van sy oë. Sy weet nie hoe lank hulle so gestaan het nie maar dan knipper hy skielik sy oë en draai weg om na Jon te roep.

Vir 'n oomblik staan Riley nog versteen en neem dan 'n bewerige slukkie van die wyn. Haar hart raak sommer weer week toe Jon na Christopher hardloop en spontaan sy arms om Christopher se been gooi en Christopher sy hare deurmekaar krap. Geselsend stap die twee na die toonbank waar Christopher vir Jon die verskeidenheid koeldranke wys. Riley moes geweet het dit gaan gebeur. Toe hulle omdraai na Christopher hul keuses ingeskink het, is dit duidelik dat hulle dieselfde geur gekies het.

Nog steeds effens bewerig stap Riley na die veranda en gaan sit op een van die banke naby Chloe en Matthew. Kort voor lank sluit Jon en Christopher ook by hulle aan. Jon wurm hom tussen Riley en Christopher in. Gewoonlik is dit 'n missie om hom te laat stilsit maar vandag sit hy doodstil en drink sy koeldrank. Toe Riley sy blik volg sien sy dat dit vol bewondering op Matthew gerig is en sy glimlag.

Richie is intussen besig om foto's van al die gaste te neem en al verstaan almal nie sy instruksies nie, kry hulle tog die idee wat hy wil hê. Toe hy by hulle kom, beveel hy hulle summier om nader aan mekaar te skuif. Christopher huiwer nie eens nie. Hy skuif dadelik oor, sit sy arm om Riley se skouers en trek haar nader.

Riley se oë ontmoet syne. Sy mondhoeke is opgekrul in 'n glimlag maar daar is 'n uitdrukking in sy oë wat sy nie verstaan nie. Of eerder, sy het al daardie uitdrukking gesien, maar dit was baie lank gelede. Dit voel skielik asof sy nie kan asemhaal nie.

"Can ye guys maybe look at the camera?"

Riley word tot die werklikheid terug geruk met Richie se instruksie. Half onwillig breek hul oogkontak om vir die kamera te kyk. Riley glimlag, maar sy is seker haar gesig is bloedrooi. Gelukkig is hul seun onbewus van daardie blik wat sy ouers gedeel het aangesien hy rustig teen hulle leun.

Terwyl Richie die foto's neem is Riley se gedagtes in 'n warboel. Sy weet nie of sy meer haar eie oordeel kan vertrou nie, veral nie oor daardie uitdrukking in Christopher se oë nie. Dit het haar warm en geliefd laat voel en dit alleen moes 'n waarskuwing wees dat sy diep in die moeilikheid is. Sy kan nie drome droom oor wat sy in sy oë gelees het nie.

Toe Richie klaar is en reeds aanbeweeg het na ander

gaste, drink Jon vinnig sy koeldrank klaar voordat hy hom weer aansluit by Nicholas Carter se seun en Damian Cooper se twee seuns waar hulle in die koelte met Lego's speel.

Christopher het nog nie sy arm om Riley se skouers weggevat nie. Sy vingers speel met haar hare, net soos hy gisteraand gedoen het. Riley is intens bewus van sy hitte wat deur die dun lagie van haar bloes brand.

Eers toe hulle die vleis op die vuur begin sit, gee Christopher Riley se hare 'n laaste plukkie voor hy opstaan. Riley gee hom 'n vuil kyk maar hy lag net voordat hy Matthew volg na waar die ander mans reeds om die vuur vergader het. Daardie glimlag was genoeg om Riley van voor af te herinner hoe dinge tussen hulle was.

Sy hoop net mense sien nie raak dat sy na Christopher kyk soos 'n verliefde skooldogter nie. Sy het probeer om dit te ignoreer maar sy weet dit is hopeloos. Sy weet nie wat om met al hierdie gevoelens te maak nie.

Al wat Riley wel weet is dat sy Christopher Brooks nog net so lief het as wat sy hom gehad het as 'n agtienjarige.

Sy moes geweet het. Sy kon hom nooit vergeet nie. Niks het verander nie. Sy sal hom nooit kan vergeet nie.

Riley kyk op en vind Melissa se beterweterige glimlag op haar. Sy is seker Melissa moes Christopher se gebaar gesien het. Gelukkig roep Jaylin na Chloe en toe Chloe opstaan, doen Riley en Melissa dieselfde.

Riley kyk vinnig rond en sien dat Jon nog steeds saam met die ander kinders in die koelte speel, naby waar die mans nou ook staan. Sy vang Christopher se oog en beduie met haar kop na Jon en lig haar wenkbroue. Hy knik en glimlag vir haar voordat hy sy gesprek met Daniel voortsit. Voor Riley egter nog die trappies bereik het, het hy al 'n paar keer in Jon se rigting gekyk. Riley weet dat sy nie bekommerd hoef te wees nie. Christopher sal Jon soos 'n valk dophou.

Hulle is skaars binne die huis voor Melissa vra, "Hoe doen julle dit?"

Riley frons verward, "Doen wat?"

Melissa kyk verstom na haar, "Daardie stil gesprekke wat julle voer."

Riley moet seker nog deurmekaar lyk want Melissa verduidelik, "Jy kyk na Christopher, beduie met jou kop na Jon en hy knik net. Ek neem aan jy het gevra dat hy 'n oog oor Jon hou en hy het ingestem?"

"Ja, en?"

"Ek het dit vroeër ook opgemerk toe julle net hier gekom het. Jinne, Christopher weet skaars drie dae van sy seun maar julle het so vinnig in hierdie familierolle verval dat dit ongelooflik is. My ouers het dit ook altyd gedoen en ek kon nooit uitwerk hoe hulle dit regkry nie en hier doen julle dit wraggies ook."

Chloe knik, "Ek het dit ook gesien. Julle moes seker 'n baie sterk band gehad het."

Teen daardie tyd het hulle die kombuis bereik waar Chloe seker maak dat al die bykosse gereed is. Riley dink oor wat hulle gesê het. Sy is verbaas want sy het gedink al die mense doen dit maar dit is seker waar. "Ja, ons het 'n sterk band gehad. Ek het nie baie vriendinne gehad nie. Christopher was my beste vriend en vertroueling sedert ek veertien jaar oud was."

Riley sluk, "Lyk my nie veel het verander nie."

Jaylin beskou haar nadenkend voordat sy opmerk, "Ons het net 'n paar weke gelede ontmoet en ek hou baie van jou, Riley. Ek is seker Melissa, Chloe, Hannah en selfs Angie voel dieselfde. Ek hoop jy sal ons as jou vriendinne beskou."

Riley se blik wissel tussen die drie vrouens wat haar

afwagtend beskou. Sy glimlag dan deur die trane wat haar onverwags tref, "Baie dankie, Ek sal baie graag."

Christopher kies daardie oomblik om by die kombuis in te stap. Toe hy die trane oor Riley se wange sien rol, haas hy hom na haar terwyl hy die ander vrouens aangluur. Sonder huiwering neem hy haar in sy arms en trek haar tot teen sy bors. Sy hand vee gerusstellend oor haar hare. Sy stem is warm teen haar oor, "Wat is fout, Ri? Hoekom huil jy?"

Riley lig haar kop van sy bors alhoewel sy nie sou omgee as hy haar weer sou vashou nie. Sy glimlag bewerig en sê net, "Meisies."

Christopher moes ook Jon se opmerking van Vrydag onthou hou. Hy vee haar trane met sy vingers af en glimlag, "Dan is alles reg."

Hy vee sy lippe liggies oor haar voorkop en draai dan na die ander vrouens wat beide hom en Riley geamuseerd beskou. Skielik verleë sê hy kortaf, "Hulle het my gestuur om te hoor of julle nog iets soek om te drink."

Hulle almal hou hul nou leë glase na hom toe uit. Christopher vat dit, skud sy kop en stap uit.

"Dit is wat ons bedoel. Ek bedoel, jy sê net 'meisies', en hy weet wat jy bedoel. Julle twee het iets baie spesiaal. Ek hoop julle kan dinge uitwerk," sê Melissa die oomblik toe Christopher by die deur uit is.

Riley antwoord eerder nie. Haar hart por haar aan om ook daarvoor te hoop maar haar verstand waarsku haar om versigtig te wees.

Ten minste hoef sy nie nou daaraan te dink nie aangesien hulle die kombuis verlaat om by die ander gaste aan te sluit.

Riley kan nie onthou wanneer laas sy 'n middag so baie geniet het nie. Jon geniet al die aandag, veral van sy rugby helde. Riley is baie beïndruk oor hoe veral Daniel en Mark hom hanteer.

Na ete ontspan hul nog eers 'n ruk en dit is al byna vieruur toe Christopher op sy horlosie kyk en vir Riley vra of sy gereed is om te gaan. Riley stem dadelik in. Dit was 'n baie lang dag vir Jon en Riley vermoed hy gaan vanaand nog vroeër slaap. 'n Vroeë bad is nie so 'n slegte idee nie. Hy is lekker vuil want hy en die ander seuns het die enigste stuk rooi grond gevind waar hulle met hul karretjies gespeel het.

Die hele pad huistoe babbel Jon behoorlik oor die rugby-wedstryd wat hy saam met sy pa en sy rugbyhelde gespeel het. Riley kan haar net indink oor hoe hy daaroor gaan spog by die skool.

Dit is laatmiddag toe hulle voor haar meenthuis stop. Christopher lyk traag om te vertrek wat maak dat Riley hom innooi. Sy stel voor dat Jon dadelik gaan bad voor hy enigiets anders doen en Jon betrek dadelik vir Christopher om die bad vol water te tap en by hom te sit.

Jon het 'n groot maaltyd gehad en hulle het redelik laat geëet. Toe sy hom dus vra waarvoor hy lus is, kies hy Franse braaibrood, of eierbroodjie soos hy dit noem. Riley hou haarself besig om dit voor te berei. Sy glimlag as sy na die klanke luister wat uit die badkamer kom. Sy wonder wie van hulle twee geniet die bad die meeste.

Teen die tyd dat Riley Jon se ete voorberei het, was Jon reeds uit die bad en geklee in sy gunsteling slaapklere. Hy pleit by Riley om die vorige middag se wedstryd te kyk. Riley het dit vir hom opgeneem. Riley gee toe maar sy is baie seker dat hy nie die hele wedstryd gaan sien nie. Sy sal nie verbaas wees as hy slaap nog voor die halftyd-fluitjie blaas nie.

Jon vra soos gewoonlik baie vrae, veral oor die reëls. Christopher verduidelik rustig, en op so 'n manier dat Jon dit kan verstaan. Riley voel onwillig om hul alleen te los en gaan sit langs hulle op die bank om die wedstryd saam met hulle te kyk. Dit is verfrissend om na Christopher se kommentaar te luister. So nou en dan vang hy haar oog en glimlag vir haar voordat hy weer op Jon en die wedstryd konsentreer.

Jon spring skielik op en stop die opname. Hy wys na die skerm en sê, "Kyk, daar is Mamma en Pappa."

Dit is inderdaad Riley en Christopher. Riley was besig om gereed te maak vir die halftyd-onderhoude met die afrigters en Christopher staan by haar, sy blik op haar gevestig.

Riley draai haar kop na hom en hy glimlag vir haar met 'n enigmatiese uitdrukking op sy gesig. Riley kan weer eens nie die uitdrukking in sy oë lees nie. Sy kyk terug na die televisie waar Jon weer die opname begin speel het.

Soos Riley vermoed het, het Jon voor die einde van die wedstryd amper aan die slaap geraak. Sy is verbaas dat hy dit selfs tot halftyd gemaak het. Jon stry nie eens toe Riley vir hom sê dit is slapenstyd nie. Hy gee slegs vir Christopher 'n drukkie, en dan vir Riley voor hy na sy kamer verdwyn.

Riley voel eers bietjie ongemaklik om vir die eerste keer daardie dag alleen saam met Christopher te wees. Sy spring op om vir hulle te gaan koffie maak, maar Christopher volg kort op haar hakke. Sy kan nie sy nabyheid in die klein kombuisie ignoreer nie. Riley kon nog dit ignoreer terwyl sy die koffie voorberei, maar terwyl hulle vir die masjien wag om klaar te brou, is die stilte tussen hulle ongemaklik.

Riley draai om om met Christopher te praat maar sy kry

niks uit toe sy die uitdrukking op sy gesig sien nie. Voordat sy nog sin daaruit kon maak het hy die afstand tussen hulle verklein. Hy staan so na aan haar dat sy moet opkyk na hom.

Riley bewe toe sy hand om haar middel gly om hom tot teen hom te trek. Die rasionele deel van haar verstand wil hê dat sy moet weg beweeg en afstand kry maar die boodskap kom nie by haar bene uit nie. Christopher se ander hand woel in haar hare.

Riley kry dit nie reg om weg te beweeg of eens te protesteer nie. Sy moet, maar sy flous niemand nie, en allermins haarself. Sy het al die hele dag vir hierdie oomblik gewag.

Sy snork byna? Vir wie flous sy nou? Sy het al die laaste sewe jaar vir hierdie oomblik gewag.

Toe Christopher sy kop laat sak, ontmoet Riley hom halfpad.

Die soen het dalk tentatief begin, maar hy verdiep dit tot hul beide terugtrek en in mekaar se oë kyk. Toe Christopher Riley se kop teen sy bors trek, gly haar arms om sy lyf. Hulle staan vir 'n lang tyd so en hou net mekaar vas.

Was Christopher net so verward soos sy? Wat is besig om tussen hulle te gebeur? Hoekom voel dit so reg om in sy arms te wees en hoekom voel sy nog steeds dat sy hom kan vertrou na alles wat gebeur het?

Christopher haal diep asem en sy bors beweeg onder haar wang. Riley lig haar kop van sy bors en kyk na hom.

Hy fluister, "Ons het baie dinge om uit te sorteer, dan nie?"

Riley knik. Sy was reg. Hy is net so verward soos sy. Hy soen haar vinnig en toe hy sy kop oplig, vra hy, "Wanneer kan ek jou weer sien? Ek weet ons gaan mekaar môre by die prokureur sien en later in die week by die perskonferensie, maar ek wil jou ander tye ook sien."

Sy vraag maak dit makliker vir haar om die vergadering by die skool op te haal. Dit is 'n groot stap om Christopher te betrek, maar Riley voel aan dat dit die regte besluit is. Sy het nie die prokureur se toestemming nodig om dit te doen nie. Voordat haar moed haar begewe vra sy, "Ek wou jou iets vra. Daar is ... Dis te sê as jy belangstel. Daar is Dinsdagaand sesuur 'n ouer/onderwyser vergadering by die skool. Dit is die eerste een van die jaar. Wil jy saamkom?"

Christopher se vingers streel oor haar gesig. "Ek wil graag gaan. Dankie dat jy my insluit."

Die perkoleerder borrel agter hom en Christopher beweeg weg wat Riley keer om nog iets te sê. Christopher gooi die koffie in die bekers wat Riley saam met die melk en suiker uitgehaal het. Sonder om Riley eens te vra, berei hy Riley se koffie voor en oorhandig haar beker aan haar voordat hy dieselfde met syne doen. Toe hulle reg oorkant mekaar teen die toonbanke leun en hul koffie drink, maak nog 'n herinnering aan die verlede sy verskyning.

Riley dink aan iets om te sê terwyl hulle hul koffie in stilte drink. Voor sy egter aan iets kan dink, sit Christopher sy beker neer. Toe hy nader tree, sit Riley haar beker terug op die toonbank langs haar. Hy haal weer hul vorige gesprek op toe hy vra, "Het jy enige planne vir die naweek?"

Miskien moes sy dalk eers daaroor gedink het, maar sy nooi impulsief, "Ek het Jenna en haar vriend, Sam en Lucas Vrydagaand vir ete genooi om dankie te sê dat hulle na Jon kyk as ek werk. Wil jy dalk ...? Wil jy ook kom?"

"Is jy seker, Riley?"

Sy knik. Sy het nie nou regtig 'n keuse nie. Sy het gevra en dit sal ongeskik wees om haar uitnodiging terug te trek. Christopher glimlag en stem sonder huiwering in, "Dan aanvaar ek met graagte."

Vir etlike sekondes beskou hy aandagtig voordat hy vra, "Gaan Jon Saterdagaand by Jenna-hulle oorslaap?"

"Dit is die plan, ja. Hoekom?"

"Ek ... Wil jy dalk uitgaan na ons klaar is by die stadion. Ons kan Final Whistle toe gaan saam met die ander, of ons kan dalk gaan eet of enigiets anders wat jy wil doen?"

Riley se oë rek. "Vra jy my om op 'n afspraak te gaan?"

Christopher trek sy asem in en knik, "Ek doen. Asseblief?"

Hy lyk net so senuweeagtig as wat hy gelyk het toe hy haar die eerste keer uitgevra het en Riley se hart versag. Sy glimlag, "Ja, dankie. Ek sal daarvan hou."

Christopher glimlag verlig. "Dan is dit reg so. Maar ek moet ongelukkig nou gaan. Ek het môreaand 'n televisieonderhoud saam met Rick en moet nog voorberei. Ek sien jou môreoggend by die prokureur."

"Dis reg."

Christopher leun nader en soen haar vlugtig. Al duur dit nie lank nie is dit genoeg om haar bene lam te maak. Voordat Riley haar asem terugkry, laat sak hy sy hande en draai om. By die voordeur kyk hy vlugtig na haar. Dit lyk asof hy iets wil sê maar verander dan van plan. Hy glimlag vlugtig en maak dan vinnig die deur oop om uit te stap.

Toe die deur agter hom toegaan, staar Riley na dit, diep in gedagte.

Sy is nog steeds nie seker waarheen dinge lei nie, en sy moet dit bes moontlik nie eens oorweeg nie, maar Christopher se soene het al daardie drome van lank gelede weer na vore gebring.

13

J on kan nie wag om by Lucas te kom nie. Toe Riley hom die volgende oggend na Jenna toe neem, waarsku sy haar sommer by voorbaat dat Jon hulle koppe mal gaan praat oor sy rugby-helde. Jon bewys dit toe hy sommer dadelik grootoog vir Lucas begin vertel van die vorige dag se gebeure.

Riley vertel onderlangs vir Jenna vinnig haar kant van die storie. Voor sy vertrek herinner sy Jenna aan die ete Vrydagaand.

Dit was 'n besige oggend. Gelukkig is Dave reeds gereed toe Riley by die ateljee kom. Coach Brady bedank sommer vir Riley omdat sy die onderhoud so vroeg geskeduleer het.

Riley het al baie by Max en die ander joernaliste gehoor dat as jy 'n sukses wil maak van jou loopbaan, moet jy vroeg reeds in Tom Brady se goeie boekies kom en daar bly. Sy het Saterdagaand en gister ook gehoor hoe die spelers daaroor spot. Die afrigter hou blykbaar niks daarvan dat iets met sy oefen-skedule inmeng nie en kan lekker omgekrap raak.

Riley is bly dat sy, selfs nog voor sy van Tom Brady se vreemde gewoontes gehoor het, die onderhoud vroeg geskeduleer het, veral in ag genome haar gesprek met die prokureur Vrydagmiddag en hul afspraak later. Die vroeë opname beteken egter dat haar oggend nog besiger is as gewoonlik.

Maandagoggende het hulle ook gewoonlik hul beplanningsvergaderings vir die week. Vandag s'n vind plaas net na afloop van die onderhoud met Tom Brady.

Gelukkig beteken die feit dat sy so besig is dat Riley nie te veel kan tob oor wat besig is om te gebeur met Christopher nie. Sy sal dit egter net een of ander tyd moet doen. Sy is regtig bang hulle is besig om sommer in iets in te storm. Sy het nog nie eens 'n naam of beskrywing vir wat besig is om met hulle te gebeur nie en dit is buitendien so gou. Verlede week het Christopher nog gesê dat hy haar haat en nou hou hy nie op om aan haar te raak nie.

Die probleem is dat sy so baie daarvan hou. Te veel eintlik.

Haar vorige ervaring juis met Christopher maak haar skrikkerig om weer seer te kry. Die feit dat Christopher Jon se pa is maak haar ekstra skrikkerig. Jon moet hul eerste prioriteit wees – nie hierdie byna oorweldigende aantrekkingskrag wat hulle as tieners gehad het en nou weer ervaar nie.

Dit sou baie maklik wees om 'n verhouding met Christopher aan te knoop juis omdat hulle hul kind gelukkig wil hou en bes moontlik, net omdat dit gerieflik is.

Terwyl sy besig is, het sy gelukkig, of miskien ongelukkig, nie tyd om te veel aan Christopher en sy soene te dink nie. Sy moet dit egter baie vinnig doen.

Haar verligting om nie daaraan te dink nie, hou egter nie lank nie.

Riley hou haarself besig deur notas op haar kameraman se kopie van die week se onderhoudskedules te maak. Sy gaan nie veel kans kry om dit met Dave te bespreek voordat sy gaan vertrek vir haar afspraak met die prokureur nie. Terwyl sy vir Dave wag, gaan sy vir oulaas deur haar notas. Riley is net besig om haar laaste opmerking op 'n spesifieke onderhoudskedule aan te bring, toe Dave teen haar lessenaar kom leun. Dave weet al om haar nie te pla terwyl sy besig is nie en hy wag rustig vir haar om klaar te maak.

Riley kyk eers op toe sy klaar is. Nog voordat sy sy kopie aan hom kan oorhandig, merk sy op dat hy Jon se foto van haar lessenaar opgetel het en dit aandagtig bestudeer. Hy glimlag skalks vir Riley voordat hy weer na die foto kyk en vra, "Hoe het Saterdagaand toe afgeloop?"

Riley bloos, en weet sommer toe sy sy spekulatiewe blik ontmoet, dat Dave iets vermoed. "Jy het twee en twee bymekaar gesit, het jy nie?" vra sy uiteindelik.

Dave glimlag en sit die foto neer. "Ja, ek het dit Saterdagaand reeds uitgewerk vir myself. Ek het voorheen al vermoed dat julle twee 'n geskiedenis het, maar dit lyk darem of julle dinge uitgesorteer het."

Dit was meer 'n vraag as verklaring. Riley sal nou nie dat hulle deur hulle probleme gewerk het nie, maar Dave hoef dit nie te weet nie. Sy sug voordat sy verduidelik, "Jy kan net sowel weet. Ek het kontak verloor met Christopher voor ek uitgevind het ek is swanger, en hy het dus niks van Jon geweet nie. Sedert ek hom die eerste keer by die stadion gesien het, het ek hom probeer vertel maar jy het gesien hoe hy my behandel het. Ek het toe maar 'n prokureur gaan spreek om 'n vaderskaptoets aan te vra. Dit was egter nie eens nodig nie. Christopher het nou wel die toets laat doen, maar hy wou Donderdagmiddag met my praat en hy het Jon toe gesien. Hy het Vrydag uiteindelik met my gepraat. Alhoewel dit seker vir hom 'n skok was, het hy dit aanvaar en hy en Jon het Vrydagmiddag ontmoet."

Riley staan op en maak haar dokumente en skootreke-naar bymekaar. "Ek is jammer, Dave maar is daar iets anders wat jy wou bespreek? Ons het 'n afspraak met die prokureur elfuur om die uitslag van die toets te bespreek."

Dave skud sy kop en staan orent. "Gaan julle probeer om oor die weg te kom?"

Riley knik, "Ja, ons gaan vir Jon se onthalwe."

Dave lyk baie geamuseerd met Riley se antwoord. Sy wil nie eens vra wat so snaaks is nie want sy het 'n vae suspisie dat Dave baie moontlik daardie amper-soen in die middel van die oefenveld gesien het.

Dis miskien waar dat hulle vir Jon se onthalwe probeer om 'n front voor te hou maar daardie soene het absoluut niks met Jon te doen nie.

Dit is Riley se grootste bekommernis op hierdie oomblik.

Soos Riley vermoed het is die afspraak met die prokureur eintlik onnodig. Mevrou Lowe het die uitslag van die toets met hulle bespreek maar beide Christopher en Riley het geweet dat dit net bevestig wat hulle alreeds weet.

Riley het geen probleem daarmee om besoekregte aan Christopher toe te staan nie, maar die prokureur het hulle aangeraai om dit eers tussen hulle self uit te werk voordat hulle die hof nader vir 'n bevel. Riley het ook geen probleem daarmee om met die prokureur se hulp Jon se van te verander na Brooks nie. Die enigste meningsverskil tydens die vergadering is die feit dat Christopher wil onderhoud betaal en Riley weier om dit te aanvaar. Daardie deel van die gesprek is nog op 'n dooie punt toe hulle eindelik halt roep.

Die prokureur adviseer hulle weer eens om daardie aspek tussen hulle op te los. Sy stel voor dat hulle twee weke later weer bymekaar kom na Christopher en Riley alles bespreek het en besluit hoe hulle wil voortgaan. Toe sy opmerk dat hulle goed kommunikeer sonder haar hulp, besef Riley dat hul omstandighede en die manier wat hulle met mekaar omgaan, dalk vreemd is. Mevrou Lowe is vol vertroue dat Christopher en Riley dinge tussen hulself kan uitwerk. Riley hoop sy is reg.

Alhoewel hulle vriendelik genoeg groet, is die atmosfeer tog effe stram. Riley het nie tyd om daaroor te dink nie want sy moet haar haas na haar volgende onderhoud by die Magnolia Tennisbane.

Sy het 'n onderhoud geskeduleer met een van die top junior tennisspelers. Sy pa en sy afrigter sal ook teenwoordig wees. Die seun het onlangs verskeie junior toernooie in die VSA gewen. Riley is verras deur die volwassenheid wat die dertienjarige openbaar en sy duidelike visie vir sy toekoms.

Terug in haar motor, leun sy met 'n sug terug in haar sitplek. Sy hoop regtig nie alle Maandae gaan so besig wees soos vandag nie.

Sy ry reguit vanaf die tennisbane na die skool om die seuns op te laai. Sy het egter 'n paar minute wat sy moet wag voor die skoolklok lui. Sy haal solank haar foon uit. Sy het dit afgesit tydens haar onderhoud en merk op dat sy 'n oproep van Christopher gemis het.

Sy hoop regtig nie iets is verkeerd nie en skakel hom dadelik terug.

Toe hy antwoord, begin haar hart sommer vinniger klop. Gaan sy dit nooit ontgroei nie?

Sy sluk en mompel, "Jy het na my gesoek. Is alles reg?"

"Ja, ek is jammer. Is jy besig of kan ons gesels?"

Riley loer na haar horlosie voordat sy antwoord, "Ek was besig met 'n onderhoud toe jy gebel het maar ek wag nou by die skool vir die seuns om uit te kom. Ek het nog so paar minute. Wat is dit?"

Christopher maak sy keel skoon. "Dankie. Ek het tyd gehad om te dink. Dit is nie maklik om toe te gee nie, maar ek dink ek verstaan hoe jy voel oor die hele onderhoud-kwessie. Ek sal dit nou laat vaar maar ons moet binnekort daaroor gesels. Is dit reg so?"

Riley wens hy kan verstaan dat sy hom nie van Jon vertel het omdat sy 'n bydrae van hom verwag nie. Al wat sy wil hê is dat hy sy seun leer ken. Sy ken egter ook vir Christopher. Hy gaan homself die hele tyd daaroor bekommer. Dit is net hoe hy is. Sy het egter nie die energie om nou met hom te stry nie en gee toe, "Goed. Ons kan daaroor praat maar net nie nou nie."

"Dis dan reg. Oor môreaand... Gaan jy kans kry om te eet? Wat van aandete?"

Riley lag, "Christopher, die vergadering gaan minder as 'n uur duur. Ons sal lank voor sewe weer terug wees by die huis. Ek het gedink om iets in die prutpot te maak en Jon te laat eet voordat ons gaan. Ek het beplan om eers te eet na ons terug gekom het. Jy is welkom om saam te eet."

"O, nou goed dan. En ja, dit sal lekker wees. Ek het net gewonder anders kon ek vir ons 'n wegneemete gekry het."

"Nee, dis onnodig. Ek het nie enige onderhoude na werk nie en gaan by die huis werk. Ek het genoeg tyd om iets te maak."

"As jy seker is, aanvaar ek met graagte. Omdat ek alleen bly leef ek meestal van wegneem-etes. Moet net nie vir Chloe vertel nie. Sy word lekker vies daaroor. Dit sal egter lekker wees om 'n tuisgekookte ete vir 'n verandering te eet. Ek is ongelukkig nog steeds nie die beste kok nie."

Riley lag, "Ek het al Chloe se opinie oor kitskos gehoor,

so jy hoef niks verder te sê nie. Maar jammer, ek moet nou gaan. Ek hoor die seuns al aankom."

"Goed, ons praat dan later."

Op pad huistoe luister Riley met 'n halwe oor na die seuns se gebabbel. Haar aandag is gevestig op Christopher en die vergadering die volgende aand. Wel, meer op Christopher en die feit dat hy gans en al te veel plek in haar gedagtes opneem.

Sy aanvaar dit. Dit is te laat om haar hart te probeer beskerm. Dit was van die begin af te laat.

LATER DIE MIDDAG KERM JON OM BY LUCAS TE GAAN SPEEL. Riley bel naderhand vir Jenna om te hoor of dit reg is. Jenna lag, "Ek het dieselfde probleem met Lucas. Bring Jon dan kan ons siele rus. Ek het in elk geval al aan 'n plan gedink om Lucas besig te hou en dis dalk makliker as hulle twee is."

'n Paar minute later is Riley terug by die huis, vasbeslote om van die geleentheid gebruik te maak om werk af te handel. Dit gebeur nie baie dat sy die kans kry om so laat in die middag nog te werk nie, omdat sy daarvan hou om hul vrye tyd met Jon te spandeer.

Sy het nou wel beplan om te werk, maar haar gedagtes bly afdwaal na daardie gesprek wat sy en Christopher nog moet hê. Toe haar foon lui, antwoord sy sonder om eers na die identiteit van die oproeper te kyk. Sekondes later wens sy sy het toe die vrou haarself voorstel as Layla Simons – en Christopher se verloofde.

Riley maak haar oë toe. Haar hande klem die foon so styf was dat haar kneukels skoon spierwit is. Die vrou gee Riley nie eens 'n kans om haar te antwoord nie, want sy vertel dat sy oorsee was en dat dit is hoekom hulle nog nie ontmoet het nie.

Riley se hartklop versnel toe die vrou se stem skielik verander. In plaas van die bykans te vrolike stemtoon van vroeër is dit nou toonloos, so amper asof sy 'n rympie opsê. "Ek weet jy en Chris het 'n seun. Ons het nog nie ontmoet nie maar ek het hom gesien. Hy is pragtig. Soos sy pa. Hy gaan myne wees, weet jy? Net soos Christopher. Net myne. Jy kan hom nie wegvat van my nie. Chris behoort aan my. Bly weg van hom of jy gaan spyt wees."

Rillings gly langs Riley se ruggraat af. Haar emosies wissel van woede tot vrees. Sy is kwaad vir Christopher omdat hy nooit vir haar of die prokureur vertel het van sy verloofde nie. Die vrees het egter alles te doen met die vrou en haar amper dreigende woorde. Sy maak Riley bang.

Die vrou het al lankal die oproep beëindig toe Riley nog steeds met haar foon in haar hand sit en dit wantrouig beskou, so asof dit vir haar antwoorde gaan gee.

Gelukkig is Jon nie daar nie en het sy tyd om haar reg te ruk. Sy het tyd om te dink en hoe meer sy oor die hele situasie dink, hoe kwater word sy. Sy is kwaad vir Christopher en vir haarself. Sy het geval vir Christopher se soene en sy houding teenoor Jon. Wat weet sy in elk geval van Christopher en sy huidige leefstyl?

Sewe jaar is 'n lank tyd en hy kon verander het. Hy is anders as toe. Riley weet dit. Hy is nie daardie vriendelike, sosiale man wat hy eers was nie. Selfs sy vriende spot daaroor dat hy glimlag. Of...

Nee, sy wil nie eens dink hoe anders hy opgetree het sedert Saterdag nie. Sy moet fokus op wat belangrik is. Wat het Christopher nog vir haar weggesteek? As hy haar nie vertel het van sy verloofde nie, kan daar dalk ander geheime wees wat hy vir haar kan wegsteek.

Toe Christopher sewe, amper agt jaar gelede weg is het Riley nie die kennis gehad oor waar om na iemand te soek behalwe in die gewone plekke nie. Sy het ook nie die fasiliteite gehad nie. Nou het sy.

Riley maak haar internetsoekblad oop en tik Christopher se naam in. Sy hoef nie ver te soek voor die eerste inligting op haar skerm verskyn nie. Christopher het twee sosiale media profiele. Die een is 'n besigheidsprofiel en gekoppel aan die Buffels. Daar is nie veel inligting beskikbaar nie en bevat net foto's van Christopher, sy vriende en kollegas by die Buffels en ander liefdadigheidsfunksies wat hy bygewoon het.

Die ander profiel is baie meer interessant en baie meer gewaagd as sy net na die eerste paar foto's kyk. Dit is 'n persoonlike profiel en daar is etlike foto's van Christopher en Layla. Layla het die meeste van die foto's op haar profiel geplaas en dan met Christopher s'n gekoppel en dit strek oor 'n tydperk van agt maande.

As die foto's en inskrywings wat Layla met Christopher s'n gekoppel het, so gewaagd is, hoe lyk haar eie profiel?

Riley huiwer met die muis oor Layla se naam. Sy wil nie regtig meer weet nie maar sy argumenteer tog met haarself. Moet sy nie meer uitvind oor die tipe vrou wat Christopher mee uitgaan nie, ter wille van Jon? Dit wen die argument en sy kliek op Layla se naam. Soos sy vermoed het, is die foto's op Layla se blad nog meer gewaagd as die wat sy met Christopher gedeel het.

Layla het verskeie foto's van haar verloofring geplaas en dan een van Christopher met die inskrywing – "nie lank meer voordat ons weer bymekaar is nie".

Riley frons as sy die foto beskou. Dit is beslis Christopher. Sy weet nie wie die foto geneem het nie, maar wie dit ookal is, was Saterdagaand by die stadion. Riley is so seker daarvan want sy kan duidelik Dave in die agtergrond uitmaak.

Riley keer terug na Christopher se privaatprofiel en maak 'n nota oor die twee profiele. Sy gaan verder af op die blad. Layla het eers so agt maande gelede op Christopher se blad inskrywings begin maak. Daar is egter geen aanduiding hoe lank die verhouding al aan die gang is nie.

Voor Layla se inskrywings was Christopher se profiel vir etlike jare onaktief. Byna sewe jaar as Riley moet oordeel volgens die datum wat Christopher die laaste keer 'n inskrywing gemaak het op Nuwejaarsdag sewe jaar gelede. Dit was slegs 'n paar weke na hy haar gelos het. Dit lyk asof hy nogal heelwat pret gehad het – wel hy en verskeie ander vrouens.

Hoekom het sy nooit vir Christopher op sosiale media gesoek nie? Sy skud haar kop. Sy hoef nie te wonder nie. Sy weet presies hoekom. Eers het sy te siek en goor gevoel as gevolg van die swangerskap. Sy het ook nie tydens haar swangerskap toegang tot die internet of sosiale media gehad nie.

Na Jon se geboorte het sy hom groot gemaak en nooit weer daaraan gedink nie.

Riley wil sommer weer huil as sy onthou hoe sy daardie tyd gevoel het. Siek. Alleen. Gebroke.

Miskien was haar pa tog reg. Miskien het Christopher iemand anders in sy lewe gehad. Dis waarom hy hulle verhouding beëindig het. Hy wou nie meer 'n jong, onvolwasse agtienjarige meisie in sy lewe gehad het nie. As sy volgens daardie vrouens in die foto's moet oordeel, is dit 'n sterk moontlikheid.

Riley kyk nie eens verder nie en maak sommer die soekenjin toe. Peinsend knibbel sy aan haar onderlip. Wat moet sy doen? As sy na Layla se profiel moet kyk het sy nie veel van 'n opsie nie. Sy sal net weer met mevrou Lowe moet praat. Daar is geen manier wat sy Jon kan blootstel aan 'n vrou soos Layla nie. Beslis nie as sy dit kan help nie.

Wat van Christopher? Dit is 'n ander saak. Hy kan nog steeds besoekregte kry, solank daardie vrou niks met Jon te doen het nie. Na sy daardie besluit geneem het, leun Riley terug in haar stoel. Herinneringe aan daardie jaar na Christopher weg is, kom sterk na vore.

Dit maak nie saak hoeveel sy probeer het om Christopher te haat nie, kon sy dit nie regkry nie. Nie tydens die tyd toe sy swanger was of selfs toe sy stoksiel-alleen 'n noodkeisersnee moes ondergaan nie. Haar tannie was teen daardie tyd reeds siek en Riley het niemand anders gehad om haar by te staan nie. Sy kon hom selfs nie eens haat na Jon se geboorte nie. Jon was so 'n soet baba en Riley kon nie anders as om hom lief te hê nie.

Oor die jare het sy baie daaroor gedink. Sy het so seer gekry maar sy kon net nie vir Christopher haat nie. Hy het Jon vir haar gegee en net om daardie rede kon sy dit nie regkry nie.

Sy het wel haar familie verloor maar Riley was nooit na aan enige van haar ouers nie. Om Christopher en sy ouers te verloor was erger as die manier wat haar eie ouers haar behandel het.

Hierdie laaste drie dae wat sy weer soveel tyd met Christopher bestee het, het haar laat besef dat haar gevoelens vir hom niks verander het nie. Dit sal ook seker nooit nie maar sy kan nie dat Christopher uitvind nie.

Hy is slegs hier vir Jon, nie vir haar nie. Sy moet haarself daaraan herinner, aan hoe hy haar vertel het hy haar haat en sy gedrag die afgelope paar weke.

Wat het dan nou verander? Hoekom hou hy aan om aan haar te raak en haar te soen? Hoekom laat sy dit enigsins nog toe? Sy moet dit stop want sy weet sy gaan net weer seerkry en hierdie keer sal dit nog meer seer veroorsaak as tevore.

Sy sal 'n afstand tussen hulle moet plaas, maar op so 'n manier dat Jon nie sal agterkom nie. Môreaand gaan die laaste keer wees wat sy tyd met Christopher gaan spandeer. Vrydagaand se ete is ook van die baan. Sy is nou spyt oor haar impulsiewe uitnodiging. Christopher sal moontlik self 'n verskoning uitdink aangesien sy verloofde nou terug is. Solank hy net nie verwag dat die vroumens ook genooi is nie.

Hoe gaan sy haar gevoelens geheim hou? Net een kyk van hom, een aanraking en sy is soos klei in sy hande. Dit gaan nie maklik wees nie. Sy het egter nie 'n keuse nie.

Riley se besluit word sommer reeds daardie aand getoets toe Christopher se oproep deurkom. Sy wou eers nie antwoord nie maar hy wil moontlik met Jon praat. Sy maak haar oë vlugtig toe voor sy die knoppie druk om sy oproep te beantwoord.

Wees sterk, Riley.

"Hallo daar. Ek het nog so vyftien minute voor die onderhoud. Ek wil gou goeie nag sê. Is dit geleë?"

Riley mompel, "Hier is Jon," en sy druk summier haar telefoon in Jon se hand. Sy gaan sluit haar in die badkamer toe maar Jon se gebabbel dring deur die dun mure. Sy ignoreer Jon se geroep en maak die stortkraan vol oop. Slegs toe sy hoor dit is stil, kom sy weer uit die badkamer uit.

Miskien moet sy môre vir Jon sy eie foon kry sodat Christopher hom kan kontak. Sy sal dan nie elke keer Christopher se stem hoef te hoor nie.

CHRISTOPHER STAAR VERWARD NA DIE FOON. Wat het nou gebeur? Riley was sommer kortaf. Sy het hom nie eens kans gegee om iets te sê voordat sy die foon vir Jon gegee het nie. Hy sou graag vir haar ook nag wou sê, nie net vir

Jon nie. Wat het gebeur vandat hulle vanmiddag gesels het?

Hy kry nie verder kans om daaroor te tob nie, aangesien hulle hom roep vir die onderhoud.

Dit is 'n kenners-bespreking oor die tweede-ronde wedstryde, maar anders as die meeste programme van hierdie aard, is hierdie lig en komies en Rick se deelname is 'n treffer. Christopher is egter verlig toe die program tot 'n einde kom.

Hy groet Rick sommer in die parkeerarea voordat hulle elkeen in hul motors klim. Op pad terug Pretoria toe bly Christopher se gedagtes na Riley dwaal. Hy hoop dit is net sy verbeelding en dat daar niks verkeerd is nie. Dinge het dan so goed gegaan tussen hulle.

Teen die volgende middag is Christopher gespanne en bekommerd. Hy het Riley telkens deur die dag probeer bel maar sy het nie sy oproepe beantwoord nie. Sy het net later die middag 'n kort boodskap gestuur wat slegs lees, "Kan nie praat. Sien half-ses."

Toe Jon die deur net voor half ses vir hom oopmaak, groet hy Christopher met dieselfde uitbundigheid as die naweek. Christopher kan egter nie Riley se houding peil nie. Sy is nie ongeskik nie maar sy is ook nie openlik vriendelik nie.

Volgens die manier wat hulle Sondagaand gegroet het, het Christopher gedink dit sal in die haak wees as hy haar ook 'n drukkie gee en dalk soengroet. Sy laat hom egter nie na aan haar toe nie. Sy maak nie eens oogkontak met hom nie en op pad na die skool is die gesprek ongemaklik en styf.

By die skool klim Riley uit sonder om te wag dat hy die deur vir haar oopmaak. Iets is beslis verkeerd. Sy weet hy hou daarvan om die deur vir haar oop te maak. Hy het dit gedoen sedert hulle begin uitgaan het.

In die klaskamer hardloop Jon na sy onderwyseres en gee haar 'n drukkie voordat die onderwyseres na hulle draai. Christopher steek sy hand uit en groet, "Goeienaand, ek is Christopher Brooks, Jon se pa."

Die vrou glimlag breed, "Goeienaand, meneer Brooks, mevrou Brooks. Ek is bly om u te ontmoet."

Voor Christopher kon reageer, skud Riley die onderwyseres se hand en sê kortaf, Ek is nie mevrou Brooks nie. My naam is Riley Adams, Jon se ma."

Die vrou lyk skoon ongemaklik toe sy om verskoning maak, "Ek is jammer. Dit gebeur maar min dat geskeide ouers saam by die vergaderings opdaag."

Riley skud haar kop. Haar glimlag is stram en Christopher weet dit is vals toe sy verduidelik, "Dis in die haak. Ons was nog nooit getroud nie."

Christopher frons. Iets is duidelik aan die gang met Riley. Toe hulle gaan sit, maak sy seker dat Jon tussen hulle is en sy ignoreer Christopher die res van die tyd.

Hoekom het dit seer gemaak toe sy haarself voorgestel het? Dit was immers die waarheid maar tog hou Christopher nie daarvan nie.

Na die vergadering stap hul in stilte terug na sy motor. Hy het skaars die motor oopgesluit en die deur vir Jon oopgemaak, toe het Riley alreeds haar sitplek ingeneem. Teen die tyd dat hy self inklim het sy haar sitplekgordel vasgemaak en sy kyk by die venster uit. Riley neem glad nie deel aan die gesprek tussen Christopher en Jon nie. By die huis klim sy sommer dadelik uit en stap na die voordeur. Toe Christopher en Jon in die huis kom, was sy alreeds doenig in die kombuis.

Sy roep slegs na Jon en gee hom instruksies om solank sy nagklere aan te trek. Jon sleep Christopher saam na sy kamer en Christopher moet maar geduldig wag totdat hy aangetrek het.

Riley het intussen 'n glas melk vir Jon warm gemaak en dit op die eetkamertafel neergesit waar sy vir hulle plekke gedek het. Sy stap verby hom en Jon terug kombuis toe om die kerrie en rys te gaan haal maar sy kyk nie eens na hom nie. Al wat sy wel vir Christopher sê is 'n kortaf, "Help jouself," voordat sy weer kombuis toe gaan om die blatjang te gaan haal.

Die ete sou nog baie meer ongemaklik gewees het as Jon nie daar was nie. Hy het skaars sy mes en vurk terug gesit in sy bord, toe Riley die eetgerei en borde optel en daarmee kombuis toe stap na sy vir Jon gesê het dis tyd om te gaan slaap.

Christopher stap saam met Jon na sy kamer waar die seun eers sy ma roep om te kom nagsê. Sy gee Jon 'n drukkie en 'n soentjie en stap dan dadelik weer uit. Toe Christopher self die seun nagsê, hoor hy haar alreeds in die kombuis die skottelgoed was. Christopher wag tot Jon slaap voordat hy ook kombuis toe loop.

By die deur hou hy haar dop maar hy kan nie haar gesig sien nie aangesien sy met haar rug na hom toe staan.

"Wat is fout, Riley?"

Riley draai na hom maar haar gesig is uitdrukkingloos. "Daar's niks fout nie."

Christopher stap nader maar sy vermy om na hom te kyk, "Ek het gedink dinge het goed gegaan Sondag. Wat het verander?"

"Niks het verander nie. Dit was 'n fout om jou te sien. Jy is net hier vir Jon en niks meer nie. En oor Vrydagaand? Ek het 'n fout gemaak om jou te nooi. Jy kan gerus ander planne maak."

"Riley, praat asseblief met my. Iets het verander."

Christopher kan nie die uitdrukking in haar oë lees nie. Dit is egter duidelik dat sy ongemaklik is want sy vryf aanhoudend haar hande teen mekaar.

Christopher frons. Hy moet weet wat aangaan maar hy ken vir Riley. Sy gaan nie vanaand met hom praat nie. Sy maak asof sy nie sy frons raaksien nie en sê kortaf, "Ons hoef nie vriende te wees nie. Jy het mos duidelik gemaak hoe jy voel."

Sy haal 'n papier uit haar sak en oorhandig dit aan Christopher. Ek het vir Jon 'n selfoon gekry. Jy kan hom op hierdie nommer kontak as jy wil nog sê, solank dit nie later is as half agt nie want ek gaan dit dan afsit. Jy hoef my nie te kontak nie. Ek het 'n afspraak met mevrou Lowe gemaak vir Donderdag om die besoekregte uit te klaar. Ek sal die besonderhede vir jou stuur sodra ek met haar gepraat het en dan kan jy deur haar werk. As daar niks anders is nie ... Ek het werk om te doen."

"Riley? Ek ..."

Riley ignoreer hom en stap tot by die voordeur. Sy maak die deur oop en gluur na hom, "Goeienag, Christopher."

Christopher stap uit maar toe hy omdraai om nog een keer te probeer, maak sy alreeds die deur toe. Christopher sug. Wat het gebeur? Hoekom tree sy nou so op?

Hy weet sommer dat hy nie gaan slaap nie en stuur vir Rick 'n teksboodskap. Hy moet met iemand praat en Rick is een van sy naaste vriende. Party sal dink dat Rick nie die aangewese persoon is vir hierdie gesprek nie, maar Christopher ken hom beter as ander. Daniel sou bes moontlik 'n beter opsie gewees het, maar hy weet dat Daniel 'n ander afspraak het.

. . .

RICK MAAK DIE DEUR OOP EN SONDER 'N WOORD STAP HY VOORUIT NA SY ONTSPANNINGSKAMER. Rick weet goed genoeg dat daar iets is wat Christopher pla en kom sommer reguit tot die punt, "Wat's fout, my vriend. Wat pla jou? Is dit Jon?"

Christopher skud sy kop, "Nee, dis nie Jon nie. Hy is 'n pragtige kind."

"Dan is dit seker sy ma. Wat gaan aan tussen jou en Riley?"

Christopher frons, "Dis juis die probleem. Ek weet nie. Ek is heeltemal verward. Ek het gedink dat dinge goed gaan tot gistermiddag. Ek weet egter nie wat daarna gebeur het nie."

Christopher kan nie langer stilsit nie en staan weer op om op en af te loop asof dit hom gaan help om beter te dink. Hy vertel Rick van hul afspraak met die prokureur en sy meningsverskil met Riley oor onderhoud asook Riley se uitnodiging na vanaand se vergadering en ete daarna. "Ek weet nie hoekom ek so dink nie, maar ek is seker daar het iets gebeur tussen ons gesprek gistermiddag en gisteraand."

"Hoekom sê jy so?"

Weereens herlei Christopher die gebeure van die vorige aand toe hy Riley vanaf die ateljee geskakel het. "Ek het die hele dag probeer om met haar te praat maar sy is of besig of sy weier om met my te praat. En vanaand? Sy praat nie met my nie. Sy kyk nie eens na my nie. Sy het selfs vir Jon 'n selfoon gekoop sodat ek hom direk kan skakel as ek met hom wil praat en boonop 'n afspraak by die prokureur gemaak om besoekregte te bespreek. Gits, ons het dan gister daaroor gepraat en sy het selfs oorweeg dat ons toesig deel. Wat het dan verander?

"Is jy seker jy het nie iets gedoen nie? Ons mans kan partymaal maar dom wees."

"Ek is dalk oningelig, maar ek is nie onnosel nie. Iets is

nie reg nie. Ek bedoel ... Riley het my Vrydagaand genooi vir ete saam met vriende, en toe kanselleer sy dit vanaand met die woorde dat dit 'n fout was om my te nooi! Sy het ook tot 'n afspraak ingestem Saterdagaand maar dit ook skielik vanaand gekanselleer. Hoekom sal sy dit doen en nou van plan verander?"

"Jy het haar vanaand gesien en ete saam met haar geniet. Is jy seker daar is niks wat haar skielik van plan laat verander het nie? Jy het nie dalk iets simpels probeer nie?"

Rick klink skoon verbaas en Christopher verstaan dit maar hy is vas oortuig dat hy niks gedoen het nie. Hy skud sy kop, "Nee, hierdie verandering het al gister begin. Na die naweek ... Ek het gedink ons het 'n kans. Sy het my terug gesoen Sondagaand en ingestem om op 'n afspraak te gaan."

"Het jy gedink julle kan net optel waar julle dinge laat val het en alles gaan net maanskyn en rose wees?"

Christopher frons, "Ja, seker."

Rick skud sy kop, "Ek dink jy het iets sterker as koffie nodig. Jy hoef nie te bestuur nie. As jy wil, slaap sommer hier. Jy kan môreoggend huistoe gaan."

Christopher wil nie eens daaraan dink om vanaand alleen te wees nie. Hy weet ook dat hy na een whisky nog sal kan bestuur want dit is net twee minute van hier af na sy huis toe maar hy weet nie of dit net by een gaan bly nie. In elk geval nie soos hy nou voel nie.

'n Kort rukkie later sit hulle op die veranda met 'n stewige sopie whisky elk.

Rick neem eers 'n slukkie van sy drankie voordat hy sy kop skud, "Jy is 'n dwaas, Chris. Jy kan tog nie verwag om 'n verhouding net so te hervat nie! Jy moet tog eers uitvind wat fout gegaan het in die verlede. Jy dink dat julle so 'n wonderlike verhouding gehad het en omdat sy die ma is van jou kind, julle sommer dadelik een gelukkige familie gaan wees?"

Christopher protesteer, "Jislaaik, ek dog jy is my vriend?"

Rick snork, "Dis juis omdat ek jou vriend is dat ek so met jou kan praat. Chris, jy vergeet dat ek jou die langste van almal hier rond ken. Ek onthou die tye toe ons vir die Nyalas gespeel het en op toer 'n kamer gedeel het. Jy kon oor niks anders as Riley praat daardie drie jaar nie. Ek weet Riley is jou hoërskool liefde. Ek weet jy het in die laaste jare nie baie uit gegaan nie. Dit gaan alles oor Riley, nie waar nie?"

Christopher haal diep asem en knik, "Ja, jy is reg. Na wat met Riley gebeur het, het ek gesweer geen vrou gaan weer die mag hê om my so seer te maak as wat sy gedoen het nie. Ek het gedink ek haat haar, Rick."

"Wat bedoel jy? Haat jy haar dan nie meer nie?"

Christopher bly vir 'n lang ruk stil. Toe hy antwoord, praat hy amper meer met homself as met Rick. "Ek dink nie ek haat Riley nie. Ek glo nie ek het haar ooit gehaat nie. Miskien was dit net 'n front om my seer weg te steek. Ek is nie seker nie maar hulle sê mos: daar is slegs 'n fyn skeidslyn tussen liefde en haat. Sedert daardie oomblik toe ek haar weer gesien het, was my gedagtes en emosies in 'n warboel. Ek het gedink ek het haar vergeet, maar ek kan nie ophou aan haar dink nie."

"Wanneer laas het jy haar gesien, behalwe nou vroeër die jaar?"

"In Oktober sou dit sewe jaar wees. Dit was die September/Oktober-universiteitsvakansie net voor die eksamens."

"Ek kon nie Saterdagaand alles hoor nie maar ek het afgelei dat jy nie van Jon geweet het nie. Hoekom het sy so lank gewag om vir jou te vertel van Jon? Hoekom sewe jaar wag?"

Christopher druk sy hande in sy hare. Hy sit vooroor

met sy oë vasgenael op sy drankie wanneer hy vir Rick vertel wat sewe jaar gelede gebeur het tot daardie oomblik toe hy met Riley gepraat het oor Jon. Tot Rick se krediet bly hy stil en laat Christopher klaar praat voordat hy omgekrap uitroep, "Goeie genade, Christopher. Jy kan gelukkig wees Riley praat nog met jou."

"Jy hoef my dit nie te vertel nie. En toe kon sy my met 'n veertjie omtik toe sy daardie foto-album aan my oorhandig het waarin sy elke deeltjie van Jon se lewe tot dusver gedokumenteer het. Ek kan nie anders as om haar te glo as sy sê sy het nog altyd gehoop dat Jon my kon ontmoet nie. Daardie album is 'n bewys daarvan. Selfs Jon se name is 'n bewys. Dit het ... Dit het my gewys dat die Riley wat ek geken het, en vir wie ek lief geword het, die liefdevolle, vrygewige vrou wat ander in ag neem, is daar. Sy is nie weg soos ek gedink het nie."

"Hoe voel jy nou oor haar? Moenie Jon in berekening bring nie. Hoe voel jy oor Riley?"

"Ek is so bang en onseker maar ... Ek het my al suf gedink hieroor die laaste paar weke. Daardie aand van die dinee, toe ek haar gesoen het ... Dit het gevoel of ek uiteindelik by die huis is. Riley is waar ek hoort."

Rick bestudeer hom stilweg, "Het jy dit vir haar gesê?"

Christopher skud sy kop moedeloos. "Wat moet ek haar vertel? Dat ek bang is sy gaan my weer seermaak? Dat sy daardie mag oor my het? Nee, ek het nie. Ek is nie so onnosel nie. Ek het egter gehoop ... Ek het gehoop ons kan vriende wees en van daar af vorentoe beweeg na ... Gits, ek weet nie eens wat nie."

Rick sug, "Chris, ek het nie gedink ek gaan dit ooit vir jou sê nie, maar jy is onnosel as jy dink jy gaan net die drade weer kan optel waar dit geval het sewe jaar gelede. Jy het my nou net vertel hoe jy Riley behandel het die laaste paar weke en wat jy alles vir haar gesê het. Neem jy haar kwalik dat sy vir jou gesê het dat jy haar net hoef te verdra vir Jon nie? Jinne, sy het jou gesê hoe het haar ouers haar behandel. Dink jy 'n paar soentjies en hande vashou gaan maak dat sy jou sommer net so gaan vertrou? Dink jy nie Riley het ook seergekry nie?"

"Maar hoekom het sy my dan ook gesoen Saterdag en Sondag? Hoekom het sy my uitnodiging aanvaar om Saterdagaand uit te gaan as sy niks voel nie?"

"Ek het nie gesê sy voel niks nie. Almal kon dit Saterdagaand en Sondag sien. Julle het 'n sterk band, en julle kan 'n pragtige paartjie en 'n wonderlike familie wees. Jy moet egter besef dat Riley tien teen een net so muur om haar gebou het om haar te beskerm teen seerkry soos jy. Dit gaan nie maklik wees om dit af te breek nie."

Rick lag skielik, "Jy weet dat ek van vroumense hou en baie ondervinding het en een ding wat ek geleer het is dat jy nooit 'n vrou en haar gevoelens as vanselfsprekend aanvaar nie. 'n Vrou kort daagliks romanse en verklarings en 'n bewys van jou gevoelens. Soen en drukkies uitdeel kan enige man vir enige vrou gee, maar as jy regtig vir 'n vrou omgee, moet jy dit vir haar wys. Die belangrikste is kommunikasie. Vertel haar hoe jy voel, selfs jou vrese. Moenie verwag dat sy gedagtes moet lees om te weet wat in jou kop en hart aangaan nie. Jy moet egter goed dink wat jy hierdeur wil bereik, Chris. Jy is nog nie seker hoe jy nou oor haar voel nie en Riley voel dalk dieselfde. Maak eers seker oor jou eie gevoelens. En selfs dan gaan julle nie 'n toekoms kan bou as julle nie julle verlede uitgesorteer het nie. Daar is baie seerkry en wantroue wat nog tussen julle staan."

Christopher oordink Rick se woorde. Is dit wat hy gedoen het? Dit het so reg gevoel om Riley te soen en vas te hou. Het hy gedink hulle kan maar net aangaan waar hulle opgehou het? Rick is reg. Hy moet hierdie saak vir homself uitmaak en dit baie vinnig doen en om dit te doen moet hy met Riley praat. Hoe gouer hy dit kan doen, hoe beter.

Christopher sug en sit sy nog half-vol glas op die tafeltjie neer en maak gereed om op te staan. Rick keer hom egter. "Ek is jammer dat ek die draer is van nog slegte nuus. Die oefensessies was kwaai vandag en ek kon nie met jou praat nie. Ek weet nie of Janey vir jou gesê het dat ek jou probeer kontak het nie. Ek was vroeër by jou huis om jou te waarsku ..."

Christopher voel skielik ongemaklik. Rick sou nie al hierdie moeite gedoen het as hy nie bekommerd oor iets is nie. Hy vra huiwerig, "Wat is dit? Jy maak my senuweeagtig."

Rick frons, "Toe ons gisteraand uit Johannesburg is, het ek by Terry's gestop. Ek weet, jy hoef niks te sê nie. Ek weet ek moes nie maar miskien sal jy bly wees dat ek het. Ek moet jou waarsku. Layla is terug en sy is weer besig met haar speletjies. Ek het gehoor dat sy vir haar vriende vertel dat sy Saterdag by die wedstryd was en by die Final Whistle dus volg sy jou bes moontlik weer. Sy praat ook nog steeds asof jy haar kêrel is. Jy moet in aanraking kom met die polisiebeampte wat voorheen jou saak hanteer het. Ek het 'n slegte voorgevoel, Chris. En hierdie keer is dit nie net aan jou eie veiligheid wat jy moet dink nie. Jy het Jon en Riley ook."

Christopher vloek sommer. Dit kon nou nie op 'n slegter tyd gebeur het nie. Twee jaar gelede het die vroumens hom bekruip. Hy sien nie daarna uit om weer met haar te moet sukkel nie. Hy tel sy sleutels op en mor, "Dis nou al wat ek nodig het maar jy is reg. Ek sal môre die polisie kontak. Ek hoop net nie Layla het al uitgevind van Riley en Jon nie. Gelukkig bly ons albei in komplekse met voldoende sekuriteit maar ek sal net om seker te maak sekuriteit kontak en hulle waarsku. Lyk Layla nog dieselfde of het sy haar haarkleur of iets verander?"

"Nee, nog dieselfde."

"Ek moet met Riley praat en haar waarsku. Ek is egter nie seker dat sy my sal glo in ag genome die manier wat sy nou teenoor my optree nie."

14

R iley sien op na Donderdag se perskonferensie. Sy het gister en vanoggend Christopher se oproepe geïgnoreer, maar sy weet hy het gisteraand met Jon gepraat. Sy het Dinsdagaand gesien dat hy heeltemal verward is omdat sy nou so koel is teenoor hom, maar sy moet net sterk wees, veral noudat sy weet van Layla.

Riley probeer so na aan die deur staan is moontlik. Sy het vir Dave gevra om sy kamera voor op te stel, maar genoem dat sy 'n afspraak het na die perskonferensie en so vinnig moontlik daar wil uitkom.

Sy voel Christopher se oë op haar die hele tyd maar sy probeer om nie na hom te kyk nie. Hy het skaars aangekondig dat die konferensie tot 'n einde kom, voor sy omdraai en haar na die deur haas. Daar is 'n paar ander joernaliste voor haar daar en sy sukkel om haar weg tussen hulle oop te beur. Sy slaak 'n sug van verligting toe sy uiteindelik die deur bereik, maar dit blyk dat sy oorhaastig was.

Christopher moes vinniger gereageer het want sy voel die elektrisiteit in haar arm opskiet toe hy haar arm neem en sy stem agter haar opklink, "Riley, kan jy asseblief wag? Ek moet met jou praat."

Riley kreun onderlangs en draai traag om. Sy oë hou hare gevange, so asof hy haar uitdaag om die aandag op hulle te vestig. Beide Matthew en Daniel loer bekommerd na hulle en as sy nie ander suspisieus wil maak nie, het sy geen ander keuse om maar net te wag nie. Sy brom net, "Solank dit nie lank vat nie. Ek het oor vyftien minute 'n afspraak."

Christopher se gesig verstrak maar hy wag tot almal weg is voor hy haar weer teruglei in die vertrek en die deur toemaak. Dit lyk amper asof hy haar hand wil vat maar Riley sien betyds die beweging en vou haar arms. Haar gebaar was so duidelik dat hy dit nie kon mis nie, "Riley, vertel my asseblief wat aangaan. Jy sluit my uit."

"Ek is jammer dat ek gemengde seine gestuur het maar jy moes my gesê het. Al wat tel is jou verhouding met Jon. Konsentreer daarop. Ek is oppad na mevrou Lowe toe om reëlings te tref. Ek sal nie in jou pad staan om Jon te sien nie, maar dit sal onder my voorwaardes wees. Ek het gedink aan gedeelde toesig maar ek kan dit nie nou doen nie. Nie nou dat ek weet ... Ek wou nooit gehad het dat hy iemand se stiefkind moet wees nie en veral nie ... Mevrou Lowe sal jou kontak."

Waarvan praat jy? Wat van ons?"

"Ons? Daar is nie 'n ons nie, Christopher. Ek weier om 'n plaasvervanger te wees wanneer jy so voel. Nie weer nie. Dit het die vorige keer toe jy my gelos het te seer gemaak."

Riley swaai om en is uit by die deur voordat Christopher nog 'n woord kan uitkry.

. . .

Waarvan praat sy? Hy het niks gedoen om haar seer te maak nie. Sy is die een wat al die seerkry veroorsaak het? En wat bedoel sy met 'n plaasvervanger?

Christopher sak terug in sy stoel met sy hande in sy hare. Hy hoor nie eens iemand inkom nie tot Daniel vra, "Chris, is alles reg? Ek het gesien Riley is so vinnig hier uit."

Toe Christopher opkyk na Daniel skud hy sy kop, onbewus van die angs wat duidelik oor sy gesig geskryf staan. Hy moet sluk voordat hy kon praat, "Alles is nie reg nie en die ergste is dat ek nie eens weet wat aangaan nie."

"Kom aan, vertel my. Toe ek julle Sondag gesien het, het dit gelyk of alles voor die wind gaan. Ek het nogal gedink julle twee lyk gelukkig saam."

Christopher snork, "Ja, ek ook. Dit wys jou nou net. Ek kan nie glo dat dieselfde vrou my twee keer vir 'n gek gehou het nie. Dis onnosel. Die laaste keer het net ek seergekry maar hierdie keer moet ons Jon in ag neem. Ek wil hom sien en hom leer ken maar ek gaan elke keer vir Riley moet sien. Dit gaan nie maklik wees as sy nie met my wil praat nie."

"Nou wat het verkeerd geloop?" vra Daniel met 'n frons.

"As ek geweet het, sou ek nie nou so verward gewees het nie. Van Maandagmiddag af praat Riley nie meer met my nie. Sy het handomkeer verander. Sy gee my nie eens 'n kans om met haar te praat nie. Sy is nou op pad prokureur toe om my besoekregte te bespreek na ons daaroor ooreengekom het. Gits, ek het nie eens die helfte ingeneem van wat sy nou gesê het nie. Ek weet dis iets van dat sy weier om 'n plaasvervanger te wees, en sy my nie meer gedeelde toesig wil gee nie en dat sy nie wil hê Jon moet iemand se stiefkind wees nie. Gits, ek wil nie hê hy moet iemand se stiefkind wees nie!"

"Nou wat het gebeur?"

"Hel, hoe moet ek nou weet?"

Christopher vertel vir Daniel alles net soos hy dit Dinsdagaand vir Rick vertel het. Hy twyfel egter of dit sal help. Sy vriende is net so hulpeloos met vroumense soos hy. Dis nou almal behalwe Rick, maar Rick se ervaring met vrouens gaan hom nie nou met sy probleem help nie. Rick het 'n verbindingsfobie en dis beslis nie iets waarin hy nou ly nie.

Toe hy klaar vertel het, wys Daniel hom daarop, "Ek dink Riley is net so verward soos jy. Toe sy hier uit is, het sy gehuil."

"Nou hoekom sluit sy my dan uit? Ek wil haar nie seermaak nie. Ek wil haar beskerm ..."

Christopher vloek en spring op, "Ek het nie eens tyd gehad om haar te vertel van Layla nie. Ek moet haar waarsku."

"Layla is weg, Chris. Is dit nodig?" frons Daniel.

Christopher skud sy kop terwyl hy oorhaastig sy skootrekenaar en sleutels gryp, "Nee, Layla is terug. Rick het my Dinsdagaand ingelig. Ek was gister die hele dag besig met die polisie. Hulle soek nog na haar maar dit lyk asof sy onder die radar beweeg. Ek is bekommerd, Daniel. Dis nie nou net ek wat hierdeur geraak word nie. Ek is bang Layla gaan uitvind van Riley en Jon. Jy onthou wat met Rick se vriendin gebeur het. Layla is tot enigiets in staat. Sy was blykbaar alreeds Saterdag by die stadion en by die Final Whistle Saterdagaand."

Christopher stop skielik. Dit voel asof hy nie kan asemhaal toe die besef tot hom deurdring nie. "Sy het my dalk saam met Riley gesien. Ek en Riley het saam gearriveer en ons is saam daar weg. Terwyl Riley onderhoude gevoer het, het ek die hele tyd naby gestaan. Ek moet gaan, Daniel. Ek moet by Riley uitkom."

Daniel probeer hom nog stop, "Chris, kalmeer. Jy kan Riley nie sommer op hol jaag nie."

Christopher skud sy kop. Hy sal eers weer kalm wees as hy self gesien het dat Riley en Jon veilig is. "Ek sal nie, maar ek moet Riley inlig. Sy is by die prokureurs. Ek sal haar daar gaan spreek. Sy moet net na my luister. Die polisie sê dat hulle Layla sal soek, maar ek wil nie enige kanse waag nie."

Christopher hardloop na sy motor. Hy swets toe hy nie uit die parkeerarea kan kom nie aangesien een van die konstruksievragmotors wat aan die nuwe ontwikkelings by die stadion werk, die pad blokkeer. Hy oorweeg vlugtig om na die ander uitgang te ry, maar dit kan dalk nog langer neem.

Sy vinger trommel op die stuurwiel terwyl hy wag en sy gedagtes gaan terug na sy nagmerrie-ondervinding wat hy twee jaar gelede gehad het as gevolg van Layla.

Layla was 'n model vir een van die Buffels se borge en het dadelik haar visier op Christopher ingestel. Hy het nooit eens met haar uitgegaan nie maar hulle was wel een aand, na die advertensie klaar geskiet is, by dieselfde funksie toe almal betrokke gaan eet het en 'n paar drankies gedrink het. Hy het haar so 'n paar keer daarna weer gesien aangesien sy na dieselfde plekke toe gegaan het as Rick en hy Christopher soms saamgesleep het. Dit was wat hy in elk geval gedink het. Juis een so 'n aand in een van Johannesburg se nagklubs, het Christopher op haar afgekom terwyl sy dwelms gesnuif het. Christopher het haar daarna vermy en nie eens met haar gepraat nie. Dis toe dat hy egter agtergekom het dat sy hom agtervolg. Christopher het haar sonder omhaal van woorde vertel dat hy nie in haar belangstel nie, maar Layla het nie die boodskap gekry nie.

Sy het hom vir etlike weke agtervolg maar Christopher het eers polisie toe gegaan toe sy een aand in sy woonstel ingebreek het en hy haar kaal in sy bed gekry het. Die ouens het hom lekker daaroor gespot, veral omdat hy nie die kans van 'n kaal vrou in sy bed benut het nie. Dit was egter nie die ergste nie. Layla het aggressief begin raak. Die polisie het dit ernstiger opgeneem toe sy sy motor se bande stukkend gesny het en sy motor gekrap het. Die laaste strooi was egter toe hy een aand saam met sy vriende, wat Daniel en Rick ingesluit het, uit was. Layla het uit die bloute daar opgedaag en Rick se vriendin aangeval want sy het gedink die meisie was saam met Christopher.

Christopher kon toe 'n hofbevel teen haar kry en Layla moes vir terapie gaan. Christopher het sedertdien nie weer van haar gehoor nie.

Sy kon nie op 'n slegter tyd teruggekom het nie. Nie nou dat Riley en Jon in sy lewe gekom het nie. Hy sal enigiets doen om hulle te beskerm.

Riley voel nog bewerig toe sy by die prokureurs se kantore aankom. Hoe gaan sy dinge met Christopher hanteer? As dit elke keer so gaan wees, weet sy nie of sy langer by Sport100 sal kan werk, of die rugby kan dek nie. Sy kan nie bekostig om regtig weg te gaan nie want sy het die inkomste nodig. Sy weier om enigiets van Christopher te aanvaar, veral nou. Daar sal geen beraadslaging daaroor wees nie.

Riley verwag ook nie iets wanneer hy met daardie vrou trou nie. Wat gaan gebeur as hulle ander kinders het? Net die gedagte daaraan veroorsaak dat haar oë weer brand van die ongestorte trane.

Haar moed sak in haar skoene toe die ontvangsdame verskoning maak dat mevrou Lowe laat is. Riley wag nog so halfuur maar al kom mevrou Lowe nou, gaan sy bes moontlik te laat wees om Jon en Lucas op te laai. Sy wil nie vir Jenna of Christopher onnodiglik daarmee belas nie. Sy sal maar net die afspraak moet skuif.

Sy staan onwillig op en gesels met die ontvangsdame, en maak 'n afspraak vir die volgende week. Sy is diep in gedagte toe sy na haar motor stap, teleurgesteld dat sy dinge nie kon afhandel nie.

Riley sien nie die vrou wat na haar aangestap kom nie. Die volgende oomblik skiet 'n verblindende pyn deur haar kop. Sy sien vaagweg die beweging maar dan word alles voor haar swart.

Riley knip-knip haar oë en maak hulle huiwerig oop. Sy maak hulle vlugtig weer toe wanneer die skerp lig haar naar maak maar dan maak sy hulle weer stadig oop. Die eerste wat sy sien wanneer sy kan fokus is Christopher se spierwit gesig. Sy oë is angstig op haar vasgenael. Sy knip weer haar oë. Huil hy?

Sy raak bewus van sy een arm wat haar styf teen sy lyf vashou. Sy ander hand druk teen haar kop reg op die plek waar dit die seerste is. Sy lig haar hand om syne weg te stoot, maar sy hand bly ferm teen haar kop druk en hare val weer op haar bors. Dis asof sy geen krag het nie.

Dis egter nie 'n goeie idee om so na aan hom te wees nie. Riley weet mos wat dit aan haar doen. Nee, sy moet wegkom. Sy beur vorentoe en moet veg teen die naarheid en duiseligheid. Christopher hou haar egter net stywer vas. Sy stem klink gerusstellend wanneer hy fluister, "Nee, my lief, lê stil. Die ambulans sal binnekort hier wees."

My lief? Ambulans?

Riley knip haar oë weer verward, skielik bewus van die pyn wat in haar kop klop. "Wat het gebeur?"

Christopher se gesig verstrak. "Jy is met 'n klip geslaan."

"Die vrou ... Ek onthou nou. Hoekom het sy dit gedoen?"

Christopher kry egter nie kans om te antwoord nie, want twee polisiebeamptes sluit by hulle aan. Riley word bewus van die feit dat sy buite die prokureur se kantoor op die grond lê. Christopher se hemp is vol bloed.

Riley verstaan nou hoekom haar kop so seer is en hoekom hy dit so vashou. Hy probeer seker die bloed stop wat nog deur die wond net onder haar haarlyn vloei. 'n Paar ander mense staan in 'n sirkel rondom hulle, onder andere die ontvangsdame en 'n sekuriteitsbeampte.

Een van die polisiebeamptes hurk langs haar en glimlag in 'n poging om Riley gerus te stel. "Die sekuriteitsbeampte het ons vertel wat gebeur het. Nou wat het jy gedoen om die vrou so kwaad te maak? Het jy haar kêrel gesteel?"

Riley probeer haar kop skud maar besef dat dit nie 'n goeie idee is nie toe nog 'n vlaag naarheid oor haar spoel en sy byna oorgee aan die duiseligheid. "Ek het haar nog nooit gesien nie maar ..."

Christopher maak sy keel skoon, "Ek dink ek kan help."

Sy een hand hou nog steeds iets teen haar kop. Hy maak sy ander arm los van Riley om sy foon uit te haal. Dit sou haar kans wees om weg te beweeg van hom af, maar sy voel te swak en laat toe dat sy ferm bors haar regop hou. Christopher is redelik bedrewe met sy foon want hy druk 'n paar knoppies en hou dit dan uit na die polisiebeampte, "Is dit sy?"

Die sekuriteitsbeampte en die ontvangsdame leun nader en bestudeer die foto. Toe hulle beide bevestigend knik, sê Christopher vir die polisiebeampte, "Haar naam is Layla Simons."

Riley verstyf eers en probeer weg kom, maar Christopher se arm gly weer om haar lyf en hou haar net stywer vas. Hy hou aan praat, "Ek het 'n beskermingsbevel teen haar laat uitreik ingevolge die Teen Teistering Wet. Ek kan my saaknommer vir jou gee asook die kontakbesonderhede van die offisier wat met die saak gehandel het. Ek het eers Dinsdagaand gehoor dat sy terug in die land is en het reeds die offisier gekontak."

Riley frons. Sy woorde wil nie sin maak nie.

Christopher kyk af na Riley, die angs duidelik sigbaar in sy oë. "Ek het jou gister die hele dag probeer kontak. Rick het haar Maandagaand gesien en gehoor dat sy Saterdag by die wedstryd was en daarna by die Final Whistle. Van wat Rick kon aflei was sy weer besig met haar streke en het my toe al moontlik agtervolg. Ek was so bang dat sy iets aan jou of Jon sou doen. Ek het jou probeer waarsku ... Ek het gedink dat ek dit deur die prokureur sou moes doen omdat jy nie met my wil praat nie. Ek het hiernatoe gejaag. Toe ek hier kom, en jy lê hier op die grond en ek sien die bloed. Ek ..."

Christopher maak sy oë toe en sluk hard. Hy lyk skoon emosioneel. Riley is verward. Miskien is dit omdat haar kop so seer is maar ...

Die geloei van die ambulans se sirene skril skielik naby wat enige verdere gesprekke onmoontlik maak. Die polisie-beampte sê vir Christopher, "Ons sal solank die verklarings van die ander ooggetuies neem. Sodra u gereed voel, juffrou Adams, is dit moontlik dat u na die Hillcrest Polisiestasie kan kom sodat ons u verklaring kan afneem? U hoef bes moontlik nie eens te getuig nie aangesien die sekuriteitskameras alles opgeneem het en die sekuriteitsbeamptes ook verklarings afgelê het."

Riley probeer knik maar besluit dis nie 'n goeie idee nie. Christopher neem sy hand weg van haar kop toe die nood-diensbeampte by hulle buk. Terwyl die man haar kop deeglik ondersoek, hou Christopher haar nog stewig vas.

Toe die man terugsit, glimlag hy vir Riley, "Jy het 'n paar steke nodig en ek dink jy gaan dalk 'n dag of wat bietjie sukkel met 'n hoofpyn. Ons gaan jou nou in ons koets laai en ..."

Riley protesteer flou, "Ek kan nie. Ek moet huistoe gaan."

Christopher frons, "Jy gaan hospitaal toe, Riley. Gee my jou foon. Ek sal vir Jenna vra om die seuns solank te kry. Ek sal later vir Jon kry en by hom bly tot jy beter is."

Riley maak haar oë toe en sug. Sy wil argumenteer maar sy het nie die krag daarvoor nie. Sy mompel net, "My foon is in my sak. Die kode is Jon se verjaarsdagmaand en -dag."

Sy lippe streel liggies oor haar voorkop en sy vingers oor haar wang. Sy is nie seker nie maar sy dink hy fluister, "Ek is so jammer, my lief. Moet jou nie oor ons seun bekommer nie. Ek sal na hom kyk. Jy moet net gesond word."

Dit is seker haar verbeelding.

Sy voel sy arms wegval en dan word alles weer donker.

Christopher se oë volg die ambulans toe dit met loeiende sirenes uit die parkeerarea in die straat in draai.

Christopher besef skielik wat kon gebeur het. Hy voel naar en gaan sit sommer op die grond met sy kop tussen sy knieë en haal diep asem.

Hy sal seker nooit vir iemand kan beskryf wat deur sy kop gegaan het toe hy Riley daar op die grond sien lê het met die poel bloed wat onder haar kop vorm nie. Haar gesig was so bleek. Hy het gedink sy is dood.

Dis toe hy besef: hy het haar lief. Hy wil haar nooit weer verloor nie. As sy dood was ...

Die ontvangsdame, wat toe net uitgekom het met 'n skoon verband in haar hand, het hom dadelik verseker dat

Riley nog leef en dat die ambulans reeds op pad is. Sy het seker besef dat Christopher die versekering nodig het en het voorgestel dat hy die bloed keer. Sy het summier die verband in sy hand gedruk sodat hy Riley kon versorg.

Christopher voel iets druk teen sy arm. Toe hy opkyk is dit die einste ontvangsdame wat 'n glas na hom uithou en beveel, "Drink dié. Dis suikerwater en dis goed vir die skok."

Christopher glimlag flou, "Dankie," en sluk die water dankbaar af. Hy kom bewerig regop en oorhandig die glas aan haar. Hy sien nou eers dat sy Riley se sak in haar hand het wat sy woordeloos aan hom oorhandig.

Christopher neem die sak en soek dadelik vir Riley se foon. Voor hy Jenna se nommer egter skakel vra hy die vrou, "Wat van juffrou Adams se motor? Ek kan later reël dat iemand dit kom haal."

"Moet jou nie daaroor bekommer nie. Dis veilig hier tot môre. Die hekke word deur die nag gesluit en daar is die hele tyd 'n sekuriteitsbeampte aan diens. Jy kan jou môre daaroor bekommer. Juffrou Adams het jou nou nodig."

Christopher knik dankbaar. Hy mompel 'n groet en stap terug na sy motor terwyl hy wag vir Jenna om te antwoord. Die arme vrou is net so geskok maar sy ruk haar gou reg en belowe om die seuns te gaan haal. Sy weet hoe om kinders te hanteer en sal die nuus aan Jon oordra. Meer gerus, beëindig Christopher die oproep en dan registreer iets.

Hoekom sal Riley 'n foto van hom en Jon as haar muurpapier gebruik? Hy kan verstaan as dit 'n foto van Jon sou wees maar hierdie een is van hul albei en een van die wat sy Vrydag geneem het.

Kan dit wees? Het hy dalk nog 'n kans?

Skielik angstig om by Riley te kom, klim hy in sy motor en ry dadelik na die Katolieke hospitaal 'n paar blokke verder. Christopher is onbewus van die vreemde kyke wat hy kry toe hy by die noodafdeling instorm en vir Riley vra. Toe die suster hom beduie waar Riley is, haas hy af in die gang. Die dokter kyk net vlugtig op van haar taak toe Christopher instorm. Sy is reeds besig om die wond aan Riley se kop skoon te maak. "Ek's jammer om te pla. Ek is Christopher Brooks, Riley ..."

Sy glimlag vlugtig vir hom, "Ek weet wie jy is. Ek is Margaret Blake, Hannah se suster."

Christopher onthou toe, "O ja, Hannah het genoem dat jy hier werk. Ek sou graag onder beter omstandighede wou ontmoet," probeer hy nog 'n flou grappie maak, onbewus dat sy oë nog die hele tyd vasgenael is op Riley se bleek gesiggie.

Margaret stel hom saggies gerus, "Sy gaan okei wees. Sy het 'n paar keer wakker geword maar ek het so kort rukkie terug vir haar 'n pynstiller gegee. Ek maak net die wond skoon en sit 'n paar stekies in. Ek dink nie sy het harsingskudding nie, maar ek gaan haar in elk geval vir 'n skandering stuur, net om seker te maak. Ek wil haar graag ook oornag hier hou sodat ons haar kan monitor."

"Dankie. As jy nie omgee nie, sal ek graag wil wag tot ek seker alles is in die haak en Riley is wakker. Ek weet sy gaan haar dood bekommer oor ons seun en ek wil haar net gerusstel."

Margaret reageer nie eens op Christopher se opmerking nie. Sy is dalk gewoond aan alles maar sy het moontlik alreeds die nuus van Hannah of Peter Sinclair gehoor.

Terwyl Margaret haar taak voltooi, sit Christopher langs die bed en hou Riley se hand vas. Hy is onbewus dat Margaret die vertrek verlaat het totdat die portier Riley kom haal vir die skandering. Christopher volg die gurney. Eers toe raak hy bewus van die vreemde kyke wat hy kry.

Toe hy in die ontvangskamer wag, kyk hy af en sien dan die bloed op sy hemp wat gewoonlik spierwit is.

Riley se bloed.

Hy voel skielik weer naar as hy dink aan wat kon gebeur het maar hy sluk dit vinnig af. Hy kan nie nou flou word nie. Hy moet sterk wees vir Riley en Jon.

Om dit te doen het hy 'n nuwe hemp nodig. Hy moet Janey ook laat weet dat hy nie terugkom kantoor toe nie.

Hy stap uit die wagkamer tot in die gang voor hy sy kantoornommer skakel. Hy kan nie presies verduidelik wat gebeur het nie aangesien hy nog nie vir sy personeel ingelig het oor Jon en Riley nie. Hy moet dit binnekort doen. Toe Janey bevestig dat daar nog 'n skoon hemp in sy kantoor hang, versoek hy dat sy die hemp aan Daniel of Rick gee indien hulle daarvoor kom vra.

Christopher kyk vlugtig op sy horlosie. Hy hoop die span het klaar geoefen vir die middag. Nathan beantwoord Daniel se foon en roep Daniel dadelik. Dit blyk dat sy vriend die oproep verwag het want hy vra bekommerd, "Chris, waar is jy? Ek het jou vroeër probeer bel."

"Ek is jammer, Daniel. Ek is by die hospitaal. Ek was te laat."

Daniel bly baie lank stil. Christopher besef eers toe hoe dit dalk mag geklink het en stel Daniel vinnig gerus, "Nee, nee, ek's jammer. Ek bedoel ek was te laat om te keer dat Layla Riley seermaak maar Riley gaan okei wees. Sy het ses of sewe steke in haar kop waar Layla haar met 'n klip geslaan het maar sy is okei. Sy is okei ..."

Hy herhaal die woorde asof hy homself daarvan wil vergewis. Duidelik is hy nog nie oor die skok nie.

Daniel blaas sy asem verlig uit en onderbreek daarmee Christopher se gedagtes, "Jislaaik, Chris. Ek het gedink ... In elk geval, het jy iets nodig? Waarmee kan ek help? Wat van Jon?"

"Ja, jammer. Is dit moontlik dat jy dalk vir my 'n skoon hemp kan bring? Myne is vol bloed en ek wil nie hê Jon moet dit sien nie. Ek het 'n skoon hemp in die kantoor. Jy kan dit by Janey gaan haal. In elk geval, Jon is by Jenna. Ek sal hom later gaan haal sodat hy Riley kan kom sien en dan sal ek vanaand by hom bly."

"Dis geen probleem nie. Het jy enigiets anders nodig?"

Christopher probeer vinnig dink aan wat nog gedoen moet word. "Ja, asseblief. Kan jy asseblief vir Melissa laat weet? Ek is seker sy sal wil weet en dan kan sy hul ander vriendinne laat weet. Ek het net nie die energie om als weer te verduidelik nie. En sal jy asseblief ook vir Rick laat weet?"

Daniel bly 'n rukkie stil dan mompel hy, "Moet ek? Jy weet hoe Melissa oor my voel. Ek is seker die laaste persoon met wie sy wil praat."

"Asseblief? Ek moet nog Riley se baas laat weet dat sy nie môre sal kan gaan werk nie en my foon se battery is amper pap."

Daniel mompel onderlangs iets, en dan stem hy half-hartig in, "Nou goed, ek sal dit doen. Ek sal vir jou 'n boodskap stuur sodra ek by die hospitaal kom om uit te vind waar jy is."

"Dankie Daniel. Sien jou later," is al waarvoor Christopher tyd het voor hulle Riley weer in die gang uitstoot.

15

R iley maak huiwerig haar oë oop. Die vorige keer toe sy probeer het, het die skerp lig haar byna verblind. Sy is nie lus om weer daardie pyn en naarheid te ervaar nie. 'n Beweging teen haar arm trek haar aandag en sy maak eers die een oog stadig oop en toe dit nie te erg is nie, die ander een ook. Die eerste wat sy sien is Jon se bekommerde gesig baie naby aan haar. Hy is besig om haar intensief te bestudeer. Toe hy agterkom Riley se oë is oop, glimlag hy breed en fluister, "Mamma is wakker. Ek het Mamma nie wakker gemaak nie, het ek? Pappa het gesê ek moenie Mamma wakker maak nie."

Riley glimlag flou, "Nee, jy het nie."

"Pappa het gesê ek moet saggies praat want hy is seker Mamma gaan 'n helse hoofpyn hê as Mamma wakker word," fluister Jon weer sameswerend.

Hy kon daardie frase net by Christopher gehoor het want Riley het dit beslis nog nooit voor Jon gebruik nie. Riley trek haar oë weg van Jon wat op haar bed kniel. Christopher staan reg agter hom en hou hom vas. Hy mompel verleë, "Jammer, dit het uitgekom voor ek kon keer."

Riley durf nie haar kop skud nie. Sy mompel flou, "Dis in die haak. Onthou net in die toekoms."

Christopher lig onverwags sy hand en streel dit oor haar hare. Hy fluister ook soos Jon, "Ek is jammer. Ek sal probeer."

Riley se oë gly oor hom. In plaas van die bloedbevlekte hemp van vroeër dra hy nou 'n swart gholfhemp met die Buffels se wapen op sy bors. Hy moes gesien het dat sy die hemp opgemerk het aangesien hy haar gou verseker, "Daniel het vir my 'n skoon hemp gebring voor ek Jon gaan haal het."

Jon druk sy koppie skoon agteroor om vir sy pa te glimlag voor hy weer vir Riley kyk. "Ek het by tannie Jenna gebly tot Pappa gekom het. Ons het toe na sy huis gegaan sodat hy skoon klere kan kry want hy gaan vanaand oorslaap. En toe kom ons hospitaal toe. Ek het 'n hamburger en skyfies gehad en toe kom ons na jou toe. Pappa het gesê ons sal hier wag tot Mamma wakker word. Weet Mamma dat Pappa 'n groot huis het?"

Christopher keer hom vinnig, "Jon, nie nou nie. Jy kan Mamma alles vertel wanneer Mamma by die huis kom. Onthou, ek het vir jou gesê dat Mamma se kop seer gaan wees."

Sy hand wat nog op haar kop gerus het, gly af om haar hand te neem, "Ek hoop ek het reg opgetree. Ek het gedink hy gaan te bekommerd wees as hy jou nie sien nie en jy gaan jou dood bekommer."

Riley glimlag om hom te verseker, "Dankie, Chris. Jy is reg. Dankie dat jy daaraan gedink het."

Hy gee haar hand 'n drukkie. "Ons sal nie lank bly nie. Dis amper slapenstyd vir hierdie een. Die dokter sê jy kan môre huistoe gaan. Ek sal jou kom haal."

"Wat van my motor?"

"Ek hoop nie jy gee om nie. Dit is nog by die prokureur se kantoor maar hulle het my verseker dit sal veilig wees daar. Daniel en Mark het aangebied om dit môremiddag na oefening na jou huis toe te bring. Melissa en Daniel was hier. Die ander het almal boodskappe gestuur, insluitende Jenna en jou baas. Ek het jou foon se battery herlaai en dis hier in die laai as jy dit nodig het."

Dit is laat-oggend toe Christopher Riley huistoe neem. Hy weier egter om haar alleen te los, al protesteer sy. Hy verseker haar dat hy werk saamgebring het en by haar gaan bly. Hy is so vasbeslote dat Riley nie eens verder argumenteer nie. Sy het nie die energie daarvoor nie, maar dis eintlik lekker dat daar iemand anders is wat beheer oorneem.

Sy raak aan die slaap bewus daarvan dat Christopher haar lessenaar in die hoek van die kamer oorgeneem het. Die oomblik wat sy wakker word en beweeg, is hy egter langs haar bed om seker te maak alles is reg. Sonder 'n woord verdwyn hy en kort daarna kom hy terug met 'n skinkbord en twee koppies tee. Hy help Riley om regop te sit voor hy haar tee oorhandig en dan gaan haal hy sy stoel om dit langs die bed te sit. Hulle praat nie terwyl hulle hul tee drink nie. Toe Christopher haar leë koppie neem en dit saam met syne op die skinkbord sit, vra Riley, "Haar naam is Layla?"

Christopher knik, "Ja, Layla Simons."

Riley lek haar lippe wat skielik droog voel voor sy verduidelik, "Layla het my Maandag gebel. Sy het gesê sy is jou verloofde en wou haarself net voorstel aangesien sy binnekort Jon se stiefma sou wees. Sy het gesê sy was oorsee vir modelwerk en dis hoekom ons nog nie ontmoet het nie. Dit was vreemd. Sy het gesê jy en Jon gaan binnekort hare wees en ... Sy het my gewaarsku om weg te bly van jou af. Ek het haar toe op sosiale media gaan opsoek. Daar is heelwat foto's van julle."

"Riley, dis onmoontlik. Ek het Layla twee jaar laas gesien en toe was dit in die hof. Volgens die polisie het sy eers verlede Donderdag weer die land binnegekom. Rick het haar Maandagaand in 'n klub in Johannesburg gesien na ons by die televisie ateljees was en het my Dinsdagaand gewaarsku. Volgens wat hy toe kon aflei was Riley Saterdag by die stadion en ook Saterdagaand by die Final Whistle. Ek het jou probeer kontak om jou te waarsku maar ... In elk geval, toe jy gisteroggend weg is by die stadion het ek nog probeer uitwerk wat verander het tussen Sondag en Dinsdag dat jy my so vreemd behandel toe Daniel met my kom praat het. Ek het toe besef dat Layla ons moontlik Saterdag saam gesien het. Sy kon my moontlik al van Donderdag af agtervolg het en dan sou sy geweet het waar jy bly en waar Jon skool gaan. Ek het prokureur toe gejaag in die hoop dat jy na my sal luister as die prokureur by is. Ek was so bang dat Layla iets aan jou en Jon kan doen en toe word my ergste vrese bewaarheid. Toe ek daar kom en ek die bloed sien ... Ek was nog nooit so bang in my lewe nie. Ek het byna van my kop af geraak. Ek wil nooit weer so iets deurmaak nie, Riley. Ek het gedink ... As jy dood gegaan het ..."

Hy staan skielik op en stap heen en weer. Hy draai skielik na haar. Sy gesigsuitdrukking weerspieël sy angs, "Riley, ek verstaan dat na hierdie ... As jy nie wil hê ek moet Jon sien nie ..."

Riley maak haar oë vlugtig toe voor sy antwoord, "Nee, dit sal nie regverdig wees teenoor een van julle twee nie. Ons kan oor die besoekregte ooreenkom."

Christopher neem weer sy sitplek in en skielik vou sy hande oor hare, "En ons, Riley?"

Riley draai haar gesig weg, "Wat van ons, Chris? Jy het dit tog duidelik gemaak hoe jy voel. Moenie nou dinge onnodig kompliseer nie, asseblief? Vir Jon se onthalwe ..."

Christopher eis dringend, "Is jy gereed om oor die verlede te praat?"

Riley skud haar kop, "Nee, dis onnodig. Ek het die laaste paar dae daaroor gedink. Ek verstaan dinge nou beter. Ek moes geweet het."

Hy roep gefrustreerd uit, "Wat, Riley? Want ek doen wragtig nie."

Riley trek haar hande uit syne en draai haar rug op hom. "Ek wil nie nou praat nie."

Christopher waarsku, "Een van die dae gaan ons moet praat. Ek gooi nie nou al tou op met ons nie."

Riley antwoord nie. Haar skouers trek styf van die spanning. Gelukkig besef Christopher dat hy nie nou vordering met haar gaan maak nie. Hy tel die skinkbord op en vra, "Het jy enigiets anders nodig? Ek gaan net 'n paar oproepe maak en dan gaan ek die seuns oplaai."

"Nee dankie. Jy hoef nie te bly nie, Christopher."

"Ek bly. Ek sal vanaand op die bank slaap."

RILEY ANTWOORD NIE. Haar keel voel dik van ingehoue trane. Sy luister toe Christopher se voetstappe in die gang wegsterf. Sy hoor hom doenig raak in die kombuis en dan vaagweg sy stem toe hy seker sy oproepe maak. 'n Rukkie later hoor sy die voordeur toegaan. Uiteindelik is sy alleen. Dis toe dat Riley die trane wat sy al die hele oggend opge-krop het, laat vloei.

Sy huil oor die feit dat haar vrees dat Jon alleen agter

gelaat sou word, so byna bewaarheid is. Dinge kon soveel erger gewees het. Sy huil sommer oor al die pyn en seerkry van sewe jaar gelede wat nou weer opgediep is met Christopher se terugkeer in haar lewe. Sy huil oor die verliese van daardie tyd: Christopher, sy familie en selfs haar familie. Sy huil oor die man wat sy liefhet al is sy bang om hom na aan haar toe te laat.

Riley weet nie eens hoe lank sy gehuil het nie maar die volgende oomblik voel sy die bed sak wanneer nog 'n gewig daarop neersak. Sy is bewus van Christopher se deodorant wanneer sy arms om haar gly. Selfs toe kan Riley nie ophou huil nie. Christopher draai haar om sodat sy met haar kop teen sy bors leun. Hy streel haar hare en laat haar toe om uit te huil. Toe haar snikke uiteindelik bedaar, voel sy die soentjie op haar hare voordat sy hand teen haar wang streel en hy met sy vingers haar kop lig sodat hy haar gesig kan sien.

"Voel jy nou beter?" vra hy met 'n klein glimlaggie. Slegs daardie teer gebaar maak dat die trane sommer weer vlak sit. Sy mompel verleë, "Ek dog jy het die seuns gaan haal."

"Nee, Jenna het gebel. Sy sal hulle bring. Ek het net my battery-herlaaier in die motor gaan haal."

Sy oë bly bekommerd op haar gevestig en sy vingers streel die trane weg van haar wange, "Wil jy my vertel wat die tranedal veroorsaak het?"

Riley skud haar kop. "Ek weet nie. Miskien is dit vertraagde skok. Ek het gedink aan hoeveel erger dit kon gewees het en wat van Jon sou geword het as iets met my gebeur het en ek jou nie gekry het nie en ..."

Christopher maak gerusstellende geluide om Riley te kalmeer. Dit is egter die woorde wat hy teen haar oor fluister wat dit regkry, "Dit maak nie nou meer saak nie, my lief. Jy het my gekry en ek is hier. Jy is nie meer alleen nie."

Riley trek haar asem sidderend in en knik. Christopher

laat sak sy kop en vee sy mond liggies oor hare. Miskien het sy hom verras toe haar hande om sy nek gly en sy hom nader trek.

Sy wil hê hy moet haar soen. Sy het dit so nodig en is maar net te dankbaar dat Christopher daarmee akkoord gaan.

In een vinnige beweging trek hy Riley op en neem besit van haar mond. Sy hand woel in haar hare en sy ander arm gly om haar middel om haar styf tot teen hom te trek. Sy proe die koffie wat hy vroeër gedrink het op sy tong. Toe Christopher uiteindelik sy mond wegtrek, druk hy sy kop in haar nek. Onder haar hand kan Riley voel hoe vinnig beweeg sy borskas met elke asemteug. Teen haar been is sy opwekking onmiskenbaar. Hoe lank gaan sy hom nog kan weerstaan?

Toe hy sy kop oplig, vra hy, "Riley?" Sy oë hou hare gevange toe hy weer praat, "Ons moet praat. Regtig praat. Jy kan nie dit wat tussen ons is ontken nie."

Toe Riley nie antwoord nie, streel sy hand oor haar wang. Riley se asem snak toe sy die uitdrukking in sy oë lees. "Verlede naweek en nou weer met hierdie soen, bewys aan my dat daar nog iets tussen ons is. Ek en jy het 'n band, en ek praat nie oor Jon nie. Ek praat oor wat tussen ons is as man en vrou. Sê asseblief vir my jy voel dit ook?"

Vars trane vloei oor Riley se wange toe sy bewerig erken, "Ek doen maar ek is bang."

"Ek is ook bang, my lief maar ons sal nie kan vorentoe beweeg as ons nie weet wat agter ons is nie. Ons sal moet praat oor wat verkeerd gegaan het in die verlede."

Christopher se hande skulp om haar gesig en met sy duime vee hy die traanspore weg. Dan laat sak hy sy kop en vang haar mond vas met syne.

Die soen is anders as die vorige een. Alhoewel sy mond

net so ferm teen hare rus, hou hy die soen lig. Hulle lippe beweeg in perfekte harmonie, net soos hulle jare terug dit ervaar het. Al die vrese, bekommernisse en pyn verdwyn terwyl hulle hulself verloor in daardie soen.

Christopher lig slegs sy mond van Riley s'n toe Jon skielik baie verontwaardig van die deur af roep, "Jig, julle soen."

Christopher glimlag vir Riley voordat hy sy kop na Jon draai en hom teregwys, "Daar sal 'n dag kom, my seun, dat jy weer met my gaan kom praat as jy regtig 'n meisie wil soen."

Jon skud sy kop laggend net toe Jenna ook die vertrek instap met 'n bos blomme in haar hand, "Hallo, ek kom kyk net hoe gaan dit met die pasiënt."

Christopher streel sy hande vir oulaas oor Riley se arms voordat hy dit wegneem en opstaan. Hy glimlag eers vir Riley voordat hy na Jenna stap en die blomme by haar neem. "Ek sal hierdie in die water sit. Soek julle iets om te drink? Ek het sap, gaskoeldrank, ystee en koffie."

"Ystee sal lekker wees, dankie," glimlag Jenna toe sy op dieselfde stoel gaan sit waar Christopher vroeër gesit het.

"Ri?" vra Christopher van die deur af.

Riley knibbel onseker aan haar lip wat nog effens geswel voel van sy soene. "Voor ek nog iets drink, moet ek badkamer toe gaan. Ek sal graag ook wil stort en ek het gehoop Jenna kan my help."

Christopher frons, "Ek kon jou mos gehelp het om te stort. Jy moes net gesê het."

Hy bly 'n oomblik stil en mompel. "Nou dat ek daaraan dink is dit dalk nie 'n goeie idee nie," en verdwyn by die deur uit, sy gesig bloedrooi.

Riley en Jenna kyk vir mekaar dan bars Jenna uit van die lag, "Ek het nooit gedink dat 'n man so kan bloos nie."

Riley se gesig is dalk net so rooi soos Christopher s'n toe

sy saam met Jenna stem, "Ja, ek ook nie." Om haar verleent-
heid weg te steek, vra sy vinnig, "Sal jy my help?"

Toe Jenna nog baie geamuseerd instem, staan Riley
huiwerig op om 'n skoon stel klere uit haar kas te haal. Sy
het nog 'n effense hoofpyn maar gelukkig voel sy nie so
duiselig as wat die dokter voorspel het nie.

'n Halfuur later voel Riley, met Jenna se hulp, heel
verfris en sluit by Christopher en Jenna in die sitkamer aan.
Christopher protesteer nog dat Riley in die bed moes bly
maar sy sien nie kans daarvoor nie.

Sy is bly dat sy die geleentheid gebruik het om te stort
want die res van die middag en aand is haar meenthuis so
besig soos Germiston stasie.

Sam daag eerste op om die seuns te kom haal, maar toe
begin hy en Christopher oor rugby praat en Sam bly. Hulle
besluit later om sommer burgers en boerewors buite te braai
aangesien Christopher weier dat Riley iets doen en sy dus
nie die ete kan maak soos sy beplan het nie.

Hulle bespreek nog alles toe daag Daniel en Mark saam
met Matthew en Richie op met Riley se motor. Natuurlik
word hulle toe genooi om saam te eet wat die vier mans
gretig aanvaar.

Net na hulle is dit Melissa, Chloe, Jaylin en Sarah se
beurt om op te daag met arms vol blomme, eetgoed en 'n
oondbak vol lasagne. Christopher en Sam trek net hul
skouers laggend op en nooi die vrouens om saam te kuier.
Daar word weer eens beraadslaag oor die spyskaart met
Chloe wat soos gewoonlik die voortou neem en 'n rukkie
later vertrek die vier spelers om inkopies te gaan doen.
Aangesien die groep so uitgebrei het, is Riley se klein tuin-
tjie en rooster gans en al te klein en hulle verskuif die kuier
na die kompleks se swembadarea waar daar 'n paar groot
braaiplekke is.

Riley wil nog opstaan om swembad toe te stap maar Christopher gee haar nie kans nie. Hy tel haar summier op en alhoewel sy protesteer, dra hy haar tot by die swembad en laat sak haar in 'n stoel met die instruksie dat sy net daar bly. Jon dink dis baie snaaks dat sy pa sy ma 'soos 'n babatjie' ronddra.

Nes Christopher glo haar vriende dat sy nog 'n invalide is en sy mag niks doen nie, al protesteer Riley hoe.

Riley se emosies wil weer die oorhand kry toe sy die groep vriende bestudeer. Na haar tannie se dood het Riley net so alleen gevoel as toe sy weg is uit haar tuisdorp. Dit was 'n moeilike besluit om haar tannie se huis te verkoop en Pretoria toe te trek maar as sy nou om haar rondkyk, was dit die beste besluit wat sy kon neem. Sy het soveel vriende gemaak maar die belangrikste voordeel is dat sy vir Christopher gekry het en Jon kon sy pa ontmoet.

Christopher staan nie te ver van Riley nie met Sam en gesels toe sy foon lui en hy verskoning maak en wegstap. Toe hy terugkom, lyk sy gesig soos donderweer, so erg dat Daniel, wat intussen by hulle aangesluit het, hom vra wat aangaan. Hy frons nog toe hy aan Daniel vertel dat Layla daardie oggend in die hof verskyn het op klagtes van bekruiping en aanranding met die doel om ernstig te beseer. Sy is vir die naweek op borgtog in die sorg van haar ouers vrygelaat. Haar ouers het belowe om haar die naweek na hul huis in Mbombela te neem en haar die Maandag terug sal bring sodat sy by Weskoppies Psigiatriese Hospitaal kan aanmeld vir 'n maand se evaluasie. Haar ouers moet seker maak dat sy nie naby Christopher, Riley en Jon, wat ook nou by die beskermingsbevel ingesluit is, kom nie.

Dit het so 'n effense demper geplaas op die geselskap maar soos Riley hom opgesom het, het Mark se ander persona na vore gekom en die spanning verbreek.

Dit was egter die aand voor 'n groot wedstryd en die spelers wou nie laat bly nie. Teen die tyd dat almal vertrek het, het Jon alreeds in Lucas se kamer aan die slaap geraak. Terwyl Christopher vir Jon gaan haal het, het Riley die geleentheid gebruik om op te ruim. Christopher neem Jon sommer reguit kamer toe terwyl Riley klaarmaak in die kombuis.

Toe sy uit die kombuis kom, vind sy Christopher waar hy op die bank sit met sy arms op sy knieë en sy kop in sy hande. Riley vermoed hy het haar nie eens hoor inkom nie en stap dus nader om haar hand op sy skouer te sit. Christopher kyk nie eens op nie. Hy sit slegs sy arms om haar middel en hou haar styf vas, met sy kop weggesteek teen haar maag.

Riley hou hom vir 'n lang ruk net vas totdat sy voel hoe Christopher diep asemhaal en sy kop oplig. Sy gesig is kalm wanneer hy in haar oë kyk. Hy leun dan terug en trek haar tot op sy skoot. Sy hande woel in haar hare en dan soen hy haar, lank, diep en innig. Riley gly haar hande om sy nek en soen hom net so hongerig terug.

Hoe langer die soen duur, hoe meer passievol word dit soos hulle lippe in perfekte harmonie saambeweeg.

Riley wil meer hê, maar dis nie nou die regte tyd nie.

RICK WAS BES MOONTLIK REG EN HY HET DINGE HEELTEMAL VERKEERD BENADER. Christopher besef dit daardie Saterdagaand. Dit het al sy wilskrag die vorige aand geverg na hulle passievolle soen om nie by Riley in haar bed aan te sluit nie. Hy het 'n redelik ongemaklike nag op haar bank deurgebring terwyl hy daardie soene herleef het.

Hy weet hy was die een wat die soen beëindig het en haar alleen kamer toe gestuur het, maar hy wil vir Riley wys dat sy op hom kan staatmaak. Sy moet hom kan vertrou en om dit te doen sal hulle moet uitvind wat in die eerste plek verkeerd gegaan het.

Christopher het homself gekasty deur gereeld deur die nag te gaan kyk of sy nog okei is.

Dis daardie tye wat hy wakker was wat hy weer oor die middag gedink het. Hy het nie gedink hulle gaan so lekker kuier nie. Dit was nou wel onbeplan maar almal het gesellig saam gekuier, al was dit maar so effens ongemaklik aan die begin tussen Riley se vriendinne en sy vriende. Hulle het mekaar maar nog wantrouig beskou.

Christopher voel dat die afstand wat die mans en vrouens tussen hulle hou belaglik is. Na wat met Riley gebeur het en hy sy gevoelens vir haar erken het, dink hy dis sommer simpel. Hy wonder tog of daar nie meer as net die eed is wat sommige van hulle uitmekaar hou nie.

Saterdagaand toe hulle by die Final Whistle kuier na die wedstryd, kom Christopher weer tot dieselfde gevolgtrekking. Dit lyk asof Jakes uiteindelik geswig het voor sy aantrekkingskrag tot die Amerikaanse kunstenares. Hy het 'n verrassingspartytjie gereël om Angie en haar tweelingbroer se vyf-en-twintigste verjaarsdag te vier.

Christopher het Vrydagaand, toe hy daar op Riley se bank gelê het, aanvaar dat hy tog die een gaan wees wat die eed gaan verbreek. Hy glo dat Riley dieselfde voel. Daardie soene is vir hom genoeg bewys.

Terwyl hy Jakes en Angie dophou, wonder Christopher of hy so lank soos Jakes sal kan wag. Hy het 'n tweede kans op geluk saam met Riley en hy gaan dit met albei hande aangryp.

Gisteraand het hy nog gedink hy moet vir Riley eers ruimte gee. Hy het gedink hulle gaan daardie gesprek hê wanneer die tyd reg is maar hy weet nou hy sal dit eerste moet ophaal. Miskien nie vanaand of môreaand nie, of selfs die aand daarna nie, maar dit moet binnekort geskied. Christopher wil voor hulle op die oorsese toer vertrek seker maak dat Riley en Jon vir altyd deel gaan wees van sy lewe.

Hoe gaan hy dit regkry? Hulle vertrek al oor twee weke Glasgow toe.

Terwyl hy sy vriende dophou en hy sien die onderlinge kyke wat party na mekaar stuur, kry hy 'n oplossing. Hy gaan Riley die hofmaak soos hy op skool gedoen het. Riley het nooit van oordrewe gebare gehou nie. Sy het dit gehaat want haar pa het altyd die opsie gebruik wanneer hy droog gemaak het, veral na een van sy vele verhoudings.

Nee, vir Riley tel die klein dingetjies baie meer. Hy sal dit in ag moet neem.

Sy blik keer terug na waar Riley en Sarah oënskynlik 'n ernstige gesprek voer. Riley lyk nou baie meer ontspanne as die eerste aand toe sy saam gekuier het. Miskien voel sy nou dat die groep haar aanvaar het.

Christopher hou nie daarvan dat selfs na daardie soene, Riley nog steeds versigtig is nie maar Rick is reg. Hulle moet uitvind wat fout gegaan het in die verlede want dit sal die sleutel tot hul toekoms wees.

Mens kry mos die gevoel wanneer iemand vir jou kyk, en toe Christopher rondkyk, vind hy Melissa se oë peinsend op hom. Miskien het hy sy gevoelens nie goed weggesteek nie want Melissa staan op en stap na hom toe. Hy is egter nie verleë om te wys hoe hy voel nie. Hy is lief vir Riley en hoe gouer sy dit besef, hoe beter.

Toe Melissa langs hom kom sit, wonder Christopher nog vlugtig of hy nie 'n vrou se perspektief nodig het nie. Riley en Melissa is net so na aan mekaar as wat Riley met Jenna is. Miskien kan sy hom raad gee. Hy leun nader aan haar en vra, "Ek dink nie ek het my gevoelens goed weggesteek nie, het ek?"

Melissa skud haar kop laggend. Christopher erken, "Goed, ek het hulp nodig. Ek het eers gedink om Riley ruimte te gee maar het daarteen besluit. Ek wil nie lank wag nie. Het jy enige raad vir my?"

"Ek dink jy ken Riley beter as enigiemand anders."

Christopher stem saam, "Ek dink ek doen. Ek weet wat om te doen want ek het dit al vantevore gedoen. Riley is egter versigtig en ek wil haar nie afskrik nie."

"Wel," Melissa sê mymerend. "Wat van ....?"

Christopher weet nie hoe lank hy en Melissa gesels het en idees uitgeruil het nie. Party mag dalk beter werk as ander, maar hy is bereid om enigiets te doen. En dit gaan sommer nou begin, besluit hy toe Riley na hom toe stap.

Toe hy die frons tussen haar wenkbroue opmerk toe sy hom en Melissa beskou, besef hy dat sy dalk suspisieus is oor wat hulle praat. Toe sy by hulle kom, neem hy haar hand en trek haar nader. "Ek en Melissa het nou net die stap by die dieretuin bespreek volgende Saterdag."

Christopher jok nie, want die georganiseerde stap by die dieretuin vir liefdadigheid, is een van Melissa se voorstelle.

"Watse stap by die dieretuin?" vra Riley toe sy langs Christopher gaan sit. Hy voel sommer vol moed omdat sy nie haar hand uit syne getrek het nie. Melissa glimlag ondeund toe sy van hom na hul hande kyk maar hy ignoreer dit en verduidelik eerder vir Riley, "Ja, dis die tweede jaar wat ons hierdie stap by die dieretuin gereël het vir liefdadigheid. Die Buffels het self 'n span of twee ingeskryf. Ek het gedink Jon sal daarvan hou. Wat dink jy?"

Voordat Riley kon antwoord, roep Melissa uit, "Ek dink dis 'n briljante idee, Christopher, Sê asseblief ja, toe Riley?

Dit sal pret wees. Ons kan weer nuus opvang aangesien ons nou nie meer kans kry deur die week nie."

"O, ek het gedink jy bedoel Jon. Ek het nie geweet ..." Riley klink verward dus verseker Christopher haar vinnig terwyl hy haar hand stywer druk, "Laat ek dit anders stel. Wil jy en Jon nie saam met ons dit kom doen nie? Dit is immers vir 'n goeie doel."

"Wat is die doel?"

"Dit is vir 'n liefdadigheidsorganisasie met die naam *Vroue Eerste*. Een van hul projekte is 'n tehuis vir vroue en kinders wat uit gewelddadige huishoudings kom. Die stap is 'n fondsinsamelingsprojek ten bate van die tehuis."

Christopher weet sommer wat deur haar gedagtes gaan toe hy haar uitdrukking sien. Riley het lank genoeg onder haar pa se dak gebly. Alhoewel haar pa haar nie fisiek mishandel het nie, beskou Christopher sy emosionele afstand van sy enigste kind ook as mishandeling. Dus, soos hy verwag het, is Riley se instemming feitlik onmiddellik, "Ja, ek sal dit doen."

Christopher gee haar hand weer 'n drukkie. Riley verras hom deur te vra, "Tot wanneer kan mens inskryf?"

Hy frons, nie heeltemal seker wat sy bedoel nie. Het hy dan nie gesê sy en Jon gaan deel van hul groep wees nie? "Mens kan tot 'n uur voor die begin nog inskryf, dit wil sê tot sesuur die Saterdagoggend. Maar jy hoef nie jou daaroor te bekommer nie. Ek sal Maandag jou en Jon inskryf."

Riley lyk skielik baie opgewonde, "Nee, dis nie hoekom ek vra nie. Ek wonder ... Is dit dalk moontlik dat ons 'n paar insetsels met van die spelers wat gaan deelneem, kan maak? Ek moet eers met my baas praat, maar ek is baie seker hy gaan nie 'n probleem daarmee hê nie. Ons kort insetsels van so twee minute elk soos die wat ons gewoonlik gebruik om 'n nuusbrokkie aan te kondig of 'n program te adverteer.

Ons het dit alreeds bespreek en ons wil sulke tipe insetsels gedurende Kankermaand en Jeugmaand en soortgelyke welwillendheidsmaande doen. Miskien kan die Buffels van hierdie insetsels gebruik om ander sportklubs uit te daag om ook spanne in te skryf."

Christopher dink nie eens daaroor nie. Hy leun nader en gee Riley summier 'n klapsoen voordat hy terugleun in sy stoel en haar met 'n glimlag bestudeer. "Dis briljant. Ek het nooit aan so 'n opsie gedink nie. Dit wys jou nou net: ons het iemand nodig om met sulke planne vorendag te kom. Nicholas het alreeds die pos goedgekeur en ek is dus op soek na 'n publisiteitsbeampte. Wil jy nie vir my kom werk nie?"

Riley skud haar kop, "Nee dankie. Ek hou te veel van my werk. En het jy vergeet hoe dit gegaan het as ek en jy moes saamwerk ..."

Riley stop wat sy wou sê en bloos bloedrooi. Christopher lag saggies, "Hm, noudat jy dit noem. Ek het baie daarvan gehou toe, en ek is seker ek sal nou net so baie daarvan hou, maar ek dink nie ons sal so maklik daarmee weg kom soos destyds nie."

Riley ignoreer sy opmerking, haar brein alreeds by die projek, "Jy kan besluit watter spelers meer geskik sal wees vir die insetsels. Ek dink maar net ... Sarah sê Richie toon goeie vordering. Daniel is ook 'n opsie. Miskien kan ons hulle gebruik maar ons kort nog so drie of vier ander."

"Wat van ...?"

Dis 'n lang ruk later wat Christopher agterkom dat Melissa al lankal nie meer by hulle sit nie. Meeste van hul vriende is ook al weg. Sonder dat hulle dit agter gekom het, het hulle nader aan mekaar beweeg, net soos hul jare gelede gedoen het. Christopher se bene is weerskante van Riley s'n en hou hare gevange. Hul vingers is in mekaar gestrengel, hul liggame na mekaar toe gerig sodat hulle die res uitsluit.

Christopher volg Riley se blik na hul verstrengelde vingers en dan kyk hulle albei op en hou mekaar se oë vas. Dis duidelik dat Riley ook onthou het van hoe dit tussen hulle was. Dit voel net so reg, asof dit so hoort.

Na 'n lang ruk staan Christopher op en trek Riley ook saam met hom op, "Kom, dis tyd dat ons huistoe gaan."

Huis toe. Dit sou wonderlik wees as dit waar kan wees. Dit is dalk te gou maar hy gaan nie lank wag nie. Melissa het hom 'n paar idees gegee en nou moet hy net sy planne uitvoer.

16

R iley loer na Christopher. 'n Glimlag speel om sy lippe as hy geduldig Jon se vrae beantwoord.

Hoe anders lyk hy nie as die man van 'n paar weke gelede nie? Die hardheid op sy gesig en in sy oë het nou heeltemal verdwyn.

By die volgende rooi verkeerslig draai hy vlugtig sy kop na haar. Miskien het hy gevoel sy kyk vir hom want toe hy haar oog vang, knipoog hy vir haar. Riley bloos soos 'n bakvissie wat daardie diep laggie ontlok wat al hoe meer sy verskyning maak.

Hulle is op pad na sy huis. Net die gedagte daaraan moes Riley bang gemaak het want dit gebeur alles so vinnig. Toe hy haar egter gisteraand gevra het of hulle kan gaan, het sy ingestem. Dit het op daardie tydstip so reg gevoel en dit doen nog steeds. Dit was die vreemdste van alles.

Toe sy Donderdagaand in die hospitaal wakker geword het, was haar eerste reaksie om alles op Christopher te blameer. Deur die nag en die volgende dag veral, het sy haar mening verander. Sy het gehoor toe hy vir Sam vertel het van sy ondervinding twee jaar gelede met Layla en ook sy daaropvolgende gesprek met Daniel. Dit het Riley oortuig dat sy Christopher nie kon blameer nie. Hy was maar net ook een van Layla se slagoffers. Moontlik het sy ervaring met Layla hom nog meer versigtig vir vrouens gemaak. Sy sou hom nie blameer nie.

Dis eintlik opvallend hoe dinge verander het sedert Layla se oproep die vorige Maandag tot nou. Christopher is 'n ander mens en Riley dink sy self het ook verander. Riley is nog nie heeltemal seker wat anders is nie, maar dit maak nie saak nie. Dit is net minder ongemaklik tussen hulle en dit kan net goed wees vir Jon. Hulle seun is die belangrikste persoon in haar lewe en sy sal enigiets doen om hom gelukkig te maak.

Christopher het omtrent by Riley gepleit toe hy haar gisteraand gevra het of hulle vandag na sy huis toe kan gaan. Hy het eers in die begin van Desember in die huis ingetrek en het skaars meubels. Hy moet die huis uitrus maar volgens hom het hy geen idee wat hy moet doen nie, veral nie met Jon se kamer nie. Net die noem van Jon se naam het Riley oortuig. Dus is hulle nou op pad na sy huis.

Sy stem dring deur haar gedagtes en sy konsentreer op te luister na wat hy Jon vertel. "Dit is 'n eko-landgoed wat so tussen die groen band tussen die snelweg en die stad geleë is."

"Hoe lank vat dit jou om by die werk te kom?" vra Riley nuuskierig.

"Selfs in spitsverkeer is dit nie meer as twintig minute nie. Ek ry gewoonlik vroeër as wat nodig is sodat ek nog die gimnasium of swembad by die stadion kan gebruik. Dit hang weer af van wat die spelers se program vir die dag is."

Aangesien dit 'n Sondagoggend is, neem dit hul heelwat minder tyd voor Christopher die motor by die landgoed indraai.

Christopher neem hulle nie direk na sy huis nie maar ry eers deur die landgoed. "Daar gaan net vyf-en-twintig huise wees in die hele landgoed. Meeste van die huise behoort aan spelers of ander werknemers van die Buffels."

Hy wys vir hulle waar Carl en Sandy Becker, die hulpafrigter en die masseuse woon. So twee huise van hulle af bly Daniel Cooper. Dié huise is hoër op teen die heuwel en het 'n pragtige uitsig oor die oostelike dele van die stad. Jakes du Plessis bly net een straat ondertoe en reg oorkant die pad van hom nader André Botha se huis voltooiing. Daar is nog 'n paar leë erwe en op ander het konstruksie reeds begin. Christopher lag, "Dit is nogal 'n voordeel dat Nicholas Carter die hoofontwikkelaar is want as jy betrokke is by die Buffels kry jy gewoonlik eerste keuse om in een van sy ontwikkelings te koop."

Riley kan skaars glo dat hulle so na aan die stad is. Terwyl hulle so rondry merk Riley talle watergate op wat natuurlik van die watervoëls in die omgewing lok. Christopher ry so effens stadiger en beduie na die grensdraad, "Dit is net tydelik tot al die bouwerk klaar is. Sodra die bouers weg is sal die tydelike draad verwyder word sodat die sebras en klein bokkies soos die duikertjies en steenbokkies vrylik kan rondbeweeg. Die grensdraad is nou net daar vir hul eie veiligheid."

Toe hulle uiteindelik in 'n cul de sac indraai, verduidelik Christopher, "Dis my straat dié. Rick Walters is my naaste buurman maar sy huis se ingang is in die volgende straat. Hierdie was een van die eerste huise, behalwe nou Daniel s'n, en ek was gelukkig om dit vir 'n goeie prys te kon koop by een van die spelers wat so 'n jaar gelede oorsee is. Hy wou eers die huis hou maar toe ontmoet hy 'n meisie in Enge-land en het besluit om hom daar te vestig. Wacko het gelukkig al gras geplant en 'n tuin aangelê dus hoef ek nie nog my daaroor te bekommer nie. Ek het egter nog nie kans gekry om veel meer te doen met die huis nie. Sal jy my help?" vra hy voor hy die motor voor die motorhuis tot stilstand bring.

Riley kry egter nie kans om hom te antwoord nie, want Jon peper hom reeds met vrae terwyl hulle nog op pad is na die voordeur. Christopher sluit die deur oop en hou Riley die hele tyd afwagtend dop terwyl hy hulle rondwys.

Riley is mal oor die kombuis. Dit is toegerus met al die moderne toebehore maar het tog 'n huislike gevoel. Dit is helder en vanaf die werkarea is daar 'n pragtige uitsig oor een van die waterpoele. Die eethoekie is heel gesellig en het genoeg plek vir ses stoele.

Op die onderste vlak is daar 'n gaste suite asook 'n gaste-toilet, eetkamer en nog twee leefareas. Beide leefareas loop uit op 'n ruim stoep met 'n groot ingeboude braaiplek. Die stoep kyk uit op die swembad, wat nou net met 'n veiligheidsnet bedek is, en 'n groot tuin met 'n lae muurtjie wat privaatheid bied, maar tog nog 'n uitsig oor die landgoed gee en ook die wilde diere uit die tuin uit hou.

Jon lag uitbundig toe hy by die trappe op hardloop en die boonste vloer begin inspekteer.

Christopher glimlag maar sy oë lyk ernstig toe hy opmerk, "Dit is wat hierdie huis nodig het: mense, die gelag van kinders en baie liefde. Wat dink jy, Riley?"

Riley sluk. Wat bedoel hy? Of eerder, wat insinueer hy? Sy kry net reg om te mompel, "Dit is 'n pragtige huis en ideaal vir 'n gesin."

Christopher blaas hoorbaar sy asem uit. Dit lyk asof hy iets wil sê maar dan keer hy homself. Hy glimlag net en hou sy hand na haar uit, "Kom, dan gaan wys ek jou die res. Jon moet 'n kamer kies en dan kan jy my help om die meubels te kies. Ek weet dis Sondag, maar daar is 'n hele paar plekke oop. Ons moet ook 'n tafel en goed koop vir die stoep. En as jy my help, sal ek jou uitneem vir ete," flikflooi hy.

Riley lag want hy het alreeds vroeër genoem dat hy hulle wil uitneem vir middagete. Sy waarsku hom, "Jy beter," want in daardie stadium is middagete die veiligste onderwerp.

Riley het sonder om te dink haar hand in syne geplaas en word eers bewus daarvan dat sy dit gedoen het toe sy vingers deur hare vleg en hy haar na die trappe lei.

Oppad boontoe vertel hy haar wat sy op die boonste vloer kan verwag. Buiten 'n kleiner leefarea, die hoofslaapkamer met sy *en suite*-badkamer en instapkas, is daar nog drie kleiner slaapkamers wat 'n badkamer deel asook 'n gerieflike studeerkamer. Toe hulle die bopunt van die trappe bereik, roep Christopher na Jon.

Jon loer om die hoek van een van die kamers. Christopher lei Riley soontoe en vra vir Jon, "Het jy al 'n kamer gesien waarvan jy hou?"

Jon kyk fronsend van Christopher na Riley en dan weer terug na Christopher, "'n Kamer? Hoekom?"

Christopher sluk en weet duidelik nie hoe om te verduidelik nie. Riley kniel sodat sy Jon in die oë kan kyk, "Liefie, Pappa wil hê jy moet partymaal by hom kom kuier en hier oorslaap, soos jy doen met Lucas-hulle. Sal jy daarvan hou?"

Jon frons, "Maar wat van Mamma?"

Voor Riley kon dink hoe om te verduidelik, voel sy Christopher se hande oor haar skouers gly en sy kyk op in sy oë. Hy antwoord Jon maar dis na Riley wat hy kyk toe hy sê, "Miskien sal Mamma ook kom oorslaap. Ons moet haar nog net oortuig." Hy breek oogkontak en vra vir Jon, "Wat dink jy?"

Jon grinnik verlig, "Ja, ek dink ook so."

Christopher glimlag terug, "Nou goed. Jy moet besluit watter kamer jy van hou."

Jon beduie na die kamer waaruit hy gekom het, "Hierdie een. Ek hou van hierdie kamer."

"Dis dan afgespreek. Kom ons gaan doen inkopies en dan kan ons gaan eet."

Jon se opgewondenheid ken geen perke wanneer hy opgewonde na die trappe afstorm en skree, "Kom aan, Mamma. Kom, Pappa."

Toe Riley Jon wou volg, gryp Christopher haar hand vas, "Riley, wag."

Riley se hartklop versnel toe hy haar nader na hom toe trek. Sy stem klink hees toe hy fluister, "Ek is ernstig oor die oorslaap. Om die waarheid te sê sal ek hou van baie meer as net een oorslaap," voeg hy by voordat hy haar mond vasvang in 'n diep, meesleurende soen.

Eers toe Jon weer na hulle roep, laat hy haar onwillig gaan. Riley kan nie 'n woord uitkry nie, want daardie soen en die half-glimlaggie waarmee Christopher haar bestudeer, het haar gedagtes op hol. Sy kan haar net indink wat daardie oorslaap gaan behels – en dit sluit beslis nie slaap in nie.

Sy swaai vinnig om en hardloop met die trappe af en sommer reg by die voordeur uit na Christopher se motor. Sy vermy sy beterwetende glimlaggie toe hy by hulle aansluit en selfs tot hulle by die landgoed uitry.

Christopher het klaarblyklik sy huiswerk gedoen want hy ry reguit na een van die sentrums 'n entjie uit die stad waar daar verskeie van die groot meubelwinkels geleë is. By die derde winkel vind hulle die perfekte stel vir Jon se kamer, wat bestaan uit 'n gekombineerde bed en studeertafel, los rakke en 'n laaikas.

Selfs die soek na 'n stel vir die stoep neem nie lank nie. Riley staar verstom na Christopher toe hy aandring op 'n stel met 'n lang genoeg tafel en ten minste tien stoele. "Jy het ons groep vriende gesien, my lief. Dit word net elke keer groter. Soos dit nou aangaan gaan daardie tien-sitplek tafel kort voor lank te klein wees."

Daar is dit weer. Die troetelnaam wat hy altyd gebruik het en wat nog elke keer haar hart week maak. Die insinuasie dat sy daar gaan wees vir die kuiers met sy vriende. Riley wil eerder nie daaraan dink of hoop nie, en draai om om kamstig saam met Jon deur die winkel te stap en alles te bewonder terwyl Christopher die transaksie en aflewering afhandel.

Toe hulle by die winkel uitstap, verklaar Jon dramaties dat hy dood honger is en Christopher beaam dit.

Riley rol haar oë, "Julle is permanent honger." Sy onthou egter hoe baie Christopher as 'n tienerseun geëet het. Sy ma het altyd gesê hy het hol bene. Sy wil nie eens dink wat haar kosrekening gaan wees as Jon daardie ouderdom bereik nie.

Terwyl haar gedagtes afgedwaal het, het pa en seun op 'n restaurant besluit. Riley is nie verbaas dat Jon dieselfde restaurant gekies het as die vorige keer toe Christopher hulle uitgevat het nie. Jon het heel ernstig verklaar dat hy mal is oor die restaurant se hamburgers. Riley het eerder 'n idee dat dit meer oor die restaurant se speelarea gaan as iets anders. Soos die vorige keer verdwyn hy kort-kort om homself te gaan vermaak saam met al die ander maatjies.

Hierdie keer sit Christopher egter nie aan die oorkant van die tafel nie maar langs haar. Volgens hom is dit makliker as albei 'n ogie op die speelarea het sodat hulle Jon kan dophou. Jon kom net terug elke keer om 'n sluk koeldrank te neem. Hy het ook skaars klaar geëet toe is hy weer vort.

Riley kyk verras op toe Christopher haar hand in syne neem en sy vingers deur hare vleg. Hy bring hul hande na sy mond en streel sy lippe liggies oor haar kneukels. "Dankie dat jy saam met my kom inkopies doen het vandag. Ek sou andersins nie geweet het wat om te kry nie. Nou moet ons egter die kamer versier. Het jy enige voorstelle?"

Riley is verlig dat hy oor iets so alledaags praat want daardie ligte streling van sy lippe oor haar kneukels doen vreemde dinge aan haar. Dit is beter dat sy haar gedagtes met ander dinge besig hou en Christopher se vraag help daarmee. Sy lag saggies, "Ek is seker jy sal dit kan antwoord. Wat is Jon se gunsteling onderwerp van bespreking."

Christopher lag ook, "Rugby."

Riley moedig hom aan, "Nou sien daar. Jy kom reg."

"En ek werk op die regte plek daarvoor, dan nie?" lag hy weer. "Dit is nog nie amptelik nie en nog nie eens in die winkels nie, dus gaan dit nog 'n groter verrassing wees."

Riley frons verward, "Wat is dit?"

"Ons het so pas hierdie week die eerste voorraad gekry. Nicholas se seun het hom blykbaar mal gemaak want hy wou alles Buffels hê. Nicholas het toe 'n hele stel décor met die Buffels se wapen ontwerp."

"Is jy ernstig? Jon sal mal wees daaroor. Hy sal dalk so baie daarvan hou dat hy 'n stel by die huis ook wil hê, of hy sal die hele tyd by jou wil bly."

Die skielike gedagte dat Jon permanent by Christopher sal wil bly of dalk net vir 'n naweek, veroorsaak skielike paniek. Riley het vermoed dat hy naweke of selfs 'n paar dae in die vakansie by hom gaan bly, maar noudat dit 'n realiteit is, maak dit Riley bang. Sy wil nie eens daaraan dink nie.

Riley kon seker nie haar reaksie goed wegsteek nie want Christopher druk haar hand stywer. Sy stem is rustig en gerusstellend toe hy pleit, "Riley, ek sal hom nooit wegneem van jou af nie. Hy is *ons* seun. Glo my asseblief."

Riley kyk op in sy oë en lees die erns daarin. Sy maak

haar oë vlugtig toe en blaas haar asem uit voordat sy eerlik kan antwoord, "Ek glo jou."

Haar oë vlieg oop toe sy skielik sy asem warm oor haar wang voel streel. Sy stem klink hees in haar oor toe hy fluister, "Ek was heel ernstig daaroor dat jy ook moet kom oorslaap."

Riley hoef nie toe te antwoord nie, want die kelner vra hard langs Christopher, "Wil julle nog iets bestel of kan ek die rekening bring?"

Dit moes makliker gewees het om 'n vrou die hof te maak as jy daardie vrou ken, dit vantevore gedoen het en dus presies weet waarvan daardie vrou hou of nie. Die probleem is om dit as 'n volwassene te doen. Daar is baie meer logistiek aan verbonde, soveel te meer as sy nog boonop 'n enkelma is. Gelukkig is hy Jon se pa, wat miskien in sy guns tel om Riley die hof te maak. Daar was ten minste nie 'n ander man ook by betrokke wat aandag van die kind verg nie.

Hy het na Melissa se voorstelle geluister Saterdagaand en dit blyk tot dusver of haar idees werk. Melissa het voorgestel dat hy Riley moes herinner aan hul gelukkiger tye saam toe hulle mekaar liefgehad het sodat die mooi herinneringe die ander van pyn, hartseer en woede kon oorskadu.

Christopher is deeglik bewus daarvan dat hy en Riley nog steeds die rede hoekom hulle opgebreek het, bespreek maar vir nou is hy eers tevrede om te doen wat Melissa voorgestel het.

Christopher het nooit baie geld gehad toe hulle nog op skool was of selfs daardie eerste jaar toe hy op universiteit was nie. Dit het egter nooit vir Riley gepla nie. Sy het daardie klein gebaartjies baie meer waardeer as daardie oordrewe gebare wat haar familie mee vorendag gekom het. Dis waarom Christopher nie veel meer geld spandeer het Sondag nie. In plaas van om geld te spandeer op onnodige dinge, het hy Riley en Jon na die park geneem naby hul meenthuiskompleks. Eers het hulle deur die tuine gestap waar hy Riley se hand vasgehou het net soos van ouds.

Christopher het toe 'n kombers onder die boom uitgesprei en Riley daar gelos met die nuutste boek van een van haar gunstelingskrywers wat hy heel "toevallig" in sy motor gehad het. Hy en Jon het 'n ruk met 'n bal gespeel tot Christopher by Riley aangesluit het en Jon gelos het om hom self moeg te speel op die klimraam. Christopher het met sy rug teen die boom gesit en Riley nader getrek sodat haar kop in sy skoot rus. Terwyl hulle gesels het oor die boek en ander alledaagse dingetjies, het hy met haar hare gespeel. Christopher ken haar mos. Dit laat haar gewoonlik ontspan en hy is dus nie verbaas toe haar oë na 'n rukkie toeval en sy insluimer nie.

Later, toe sy wakker word en Jon hom moeg gespeel het, het Christopher vir hulle elkeen 'n roomys gekoop by die roomyswaentjie wat redelik besig was op hierdie warm Sondagmiddag.

Christopher het daardie aand nie lank gebly nie. Kort nadat Jon aan die slaap geraak het, het hy ook nag gesê, al moet hy erken dat hy nie graag wou nie. Hy het egter 'n paar gunsies om te vra as hy nog van Melissa se voorstelle wil uitvoer. Een van dié is die groot geel roos met die rooi strepies wat dieselfde is as die een wat hy jare gelede op Valentynsdag uit die skooltuin vir Riley gesteel het, kort na hulle verlief geraak het.

Die volgende dag is Valentynsdag en Christopher is nie gretig om blomme by 'n bloemiste te gaan koop nie. Behalwe dat die blomme buitensporig duur gaan wees, is dit ook nie die boodskap wat Christopher wil oordra nie. Hy het een keer sulke rose op Rachel se lessenaar gesien, dus is sy eerste op sy lysie om te kontak. Toe Rachel bevestig dat haar roosplant wel vier blomme dra, is Christopher nie skaam om te bedel nie. Rachel is gelukkig baie romanties en toe Christopher verduidelik hoekom hy juis so 'n roos soek, belowe sy om die volgende oggend een vir hom te bring.

Dit blyk dat Riley vergeet het dat dit Valentynsdag is toe sy hom die volgende oggend kontak. Sy was reeds vroeg by die ateljee en het 'n kans gehad om met haar baas te praat oor die insetsels vir die liefdadigheids-stap by die dieretuin en hy het ingestem. Sy wil sommer vroeg, net na die spelers hul oefensessie vir die oggend afgehandel het, die opname doen. Sy het laggend vir Christopher genoem dat dit dalk nie so slegte idee sal wees as party van die spelers bostuk-loos gaan wees nie.

Christopher het op kort kennisgewing vir Daniel, Richie, Ryan Foster, Rick Walters en James Dube bymekaar gehark en hulle het reeds vir Riley gewag toe sy en haar kameraman opdaag. Riley was heel in haar skik met Christopher se keuse.

Daniel is 'n logiese keuse. Moontlik Richie en Rick ook. Alhoewel nie een van die twee 'n hemp dra nie, is dit waar hul ooreenkomste eindig. Richie sou maklik verwar kon word met 'n manlike model. Rick weer lyk maar lekker rof met al sy tatoeëermerke maar sy sjarmante glimlag en aantreklike bakkies weerspreek daardie eerste indruk.

Ryan Foster se lang hare en bosbaard is ook 'n bewys dat jy nie 'n boek volgens sy omslag moet beoordeel nie. Ryan se stem is gekultiveerd en hy lewer 'n kragtige boodskap.

James Dube? Wel, hy is 'n ander karakter. Hy lyk asof hy 'n ewige glimlag dra, maar sy boodskap is so kragtig, dat dit duidelik is dat die man persoonlike ondervinding het.

Christopher het hulle almal gekies omdat hulle, behalwe Richie, reeds by die liefdadigheidsorganisasie betrokke is. Christopher het nog nooit gevra hoekom hulle Vroue Eerste hul keuse gemaak het toe hul 'n instansie moes kies nie, maar hy is bly hulle het.

Riley wil sommer daardie dag reeds die insette begin uitsaai en kort na hulle klaar geskiet het, haas sy en Dave weer terug na die ateljee. Christopher het darem kans gekry om vir haar te sê om nie aandete voor te berei nie onder die voorwendsel dat hy 'n moontlikheid van 'n artikel met haar wil bespreek en sommer aandete sal saambring.

Christopher hét 'n idee vir 'n onderhoud vir Richie. Hy het nie daaroor gejok nie maar dis glad nie waaroor vanaand gaan nie. Hy wil haar verras, en om dit te kan doen het Christopher 'n tweede guns nodig.

Christopher het al reeds in die eerste paar weke van die seisoen die gerugte gehoor van Ulrich Fölscher se vaardig-heid in die kombuis. Ulrich het eers verbaas gelyk toe Chris-topher hom genader het en toe baie geamuseerd toe Christopher sy probleem verduidelik het. Hy is nie die beste kok nie en hy wou graag iets voorberei waarvan Jon ook sou hou.

Ulrich se voorstel was eintlik baie eenvoudig. Kinders hou van pasta en aangesien dit ook een van Christopher en Riley se gunsteling-disse is, is dit dus die ideale oplossing. Christopher wou egter nie spaghetti bolognaise maak nie – dit was 'n te maklike keuse vir 'n baie belangrike geleent-heid. Ulrich stel toe gnocchi en frikadelle in 'n tamatiesous voor. Hy het Christopher beduie waar om die vars gnocchi te kry asook 'n slaghuis aanbeveel wat klaar-gemaakte frika-delle aanbied. Ulrich het verder aangebied om middagete 'n bak van sy tuisgemaakte sous wat hy gewoonlik in die vrieskas hou, te gaan haal.

Ulrich bly gelukkig net oorkant die stadion in 'n woonstel wat hy met twee ander spelers deel. Toe Ulrich na middagete by Christopher se kantoor instap, het hy nie net die bak sous aan Christopher oorhandig nie, maar ook 'n houer met tuisgemaakte sjokolade-truffels waaroor Christopher baie bly was.

Hy is vroeër as gewoonlik by die stadion weg om die res van sy kopies af te handel. Dit het nie lank geneem nie en dis net na vyf toe hy by Riley se meenthuis stilhou.

Christopher is heimlik verlig dat dit Riley is wat die deur vir hom oopmaak en nie Jon nie. Hy is alreeds baie lief vir sy seun, maar hy het net so bietjie alleentyd saam met Riley nodig.

Sy is eers net baie verras toe hy oor die drumpel tree en die roos aan haar oorhandig. Sy lippe streel oor haar wang voor hy in haar oor fluister, "Gelukkige Valentynsdag."

Riley druk die roos teen haar neus en adem die aroma diep in. Dis toe dat die emosies oorneem. Toe sy opkyk na hom, is haar oë blink van die trane. Riley het onthou en sy het verstaan.

Christopher se hart klop sommer vinniger toe Riley op haar tone staan en haar mond liggies oor syne streel en dan fluister, "Baie dankie." Toe doen sy dit weer, en weer, tot haar mond ten einde laaste syne opeis in 'n lang en ongelooflike lekker soen. Die sak in sy regterhand raak swaar maar Christopher gee nie om nie. Sy linkerhand kom op haar heup tot rus en dan trek hy haar nog nader en verinnig die soen.

Toe hulle uiteindelik stop om weer suurstof in hul longe te kry, leun Christopher sy voorkop teen Riley s'n en lag, "Ek sal nie omgee om elke keer só gegroet te word nie."

Riley lag net en dan tree hulle albei terug. Christopher

besef toe eers dat hy darem 'n rukkie hier is en tot sy verba-
sing het Jon nog nie kom hello sê nie. "Waar is Jon?"

"By Jenna. Ek sal hom binnekort gaan haal."

Hy draai summier om en stap kombuis toe met die sak
en begin die inhoud uitpak. Christopher het al vir Riley
genoem dat hy nou nie juis 'n goeie kok is nie, dus neem hy
Riley nie kwalik nie dat sy wantrouend na die gnocchi en
rou frikkadelletjies staar en dan na hom voor sy skepties vra,
"Weet jy hoe om dit te maak?"

Christopher grinnik verleë, "Ek moet erken ek het dit
nog nie gemaak nie maar ek het Duitser se instruksies. Al
wat ek hoef te doen is om die frikkadelletjies, wat die
vriendelike slagter vir my voorberei het, gaarmaak en die
res is eenvoudig. Duitser het selfs vir my van sy spesiale
pasta sous gegee so al wat ek hoef te doen is om dit saam
met die gnocchi warm te maak. En dan is dit net die
ciabatta wat ook warm gemaak moet word en die slaai en
viola!"

Riley skud haar kop en draai laggend na die deur, "Nou
laat ek vir Jon gaan haal dan sal ek die slaai kom maak." Sy
frons en draai skielik terug, "Wie is Duitser?"

Christopher lag, "Ulrich Fölscher."

"Is hy Duits?"

"Nee, hy is van Kaapstad. Dis net omdat sy naam Duits
klink dat hy die bynaam gekry het. Maar hy kan blykbaar
Duits praat. Hy is gelukkig. Party het erger name."

"Soos wat?" vra Riley nuuskierig terwyl sy 'n oondpan
vir Christopher uithaal.

Christopher hoef nie eens te vra nie, want Riley haal die
olie en foelie uit en sit die oond aan. Dit is nie vreemd nie.
Hulle het altyd so saam gewerk.

"Party sal ek eerder nie noem nie," kom hy terug tot haar
vraag. "Party is ook vanselfsprekend soos *Cappie* en die

Flying Scotsman. Alhoewel ek moet byvoeg, Sarah het vir Richie 'n ander bynaam gegee."

Toe Riley haar wenkbroue lig, lag Christopher, "Die Wrecking Ball maar moenie vir my vra hoekom nie. Dit maak egter sin want dis hoe Richie speel. Hy hardloop eerder bo-oor 'n opponent as om hom."

"In elk geval, ons het ook die *Joker, Ostrich, Smiley, Romeo, Shrink, Caveman* en dan nog so 'n paar ander."

Riley dink so bietjie en dan helder haar gesiggie op, "*Ostrich* is Matthew Kemp omdat hy so goed kan skop?"

Christopher knik. "En *Smiley* kan net James Dube wees." Sy dink weer 'n bietjie dan skud sy haar kop, "Nee, ek is nie seker oor die ander nie."

Christopher sit eers die frikkadelle in die oond voor hy terugdraai na haar om haar te antwoord. "Die *Joker* is Mark Bailey, alhoewel die meeste van die ouens in die span deesdae Joe Clarke se bynaam van *Grumpy* kan gebruik. Mark is egter die terggees in die span. *Shrink* is André Botha omdat hy sielkunde studeer het. En as jy Rick Walters ken sal jy verstaan hoekom sy bynaam *Romeo* is."

Hy stop sy verduideliking en frons, "Wanneer het jy gesê gaan jy Jon haal?"

"Oor 'n paar minute, hoekom? Verlang jy na hom?"

Christopher gryp haar hand toe sy wil wegstap en trek haar terug tot teen hom. Hy skud sy kop, "Ek doen, maar ek wil eerder hierdie doen as om die span se byname vir jou te verduidelik." Hy laat sak onmiddellik sy kop en vang haar onderlip vas tussen syne sodat sy nie hoef te wonder wat hy bedoel nie. Sy tong glip uit en streel oor die soom van haar onderlip. Riley stel hom nie teleur nie. Haar mond gaan oop onder syne.

Die werklikheid vervaag om hom wanneer hy slegs fokus op die vrou in sy arms. Alle bewustheid fokus op haar mond onder syne, haar tong wat kat en muis met syne speel, en hoe sy proe. Haar hande glip oor sy skouers en speel met sy hare. Sy arms verstewig om haar heupe. Sy liggaam smeek dat hy haar nader trek maar op een of ander manier is daar nog een aktiewe breinsel wat hom waarsku om eerder te stop terwyl hy nog kan.

Hy trek sy mond met moeite weg van hare terwyl hy diep asemhaal om suurstof in sy longe te kry. Hy voel vreemd trots toe hy opmerk dat Riley dieselfde probleem het wanneer sy sukkel om haar asem terug te kry. Christopher laat val sy hande weg van haar heupe en staan terug tot teen die ander toonbank voor hy hees lag, "Ek stel voor dat jy nou eerder vir Jon gaan haal en my kans gee om aandete klaar te maak."

Toe sy uit die kombuis stap lyk sy nog heel verdwaas en dis duidelik dat haar mond so pas deeglik gesoen is.

Christopher blaas sy asem uit. Hy het nie bedoel om haar so te soen nie. In elk geval nie nou al nie.

17

Toe die voordeur agter Riley toegaan, haal Christopher sy foon uit en lees weer Ulrich se instruksies. Hy krap dan in die kaste en vind 'n slaaibak en ander items wat hy later gaan nodig kry.

Hy gooi solank die sous in die diep pan wat Ulrich aanbeveel het en sit die gnocchi eenkant. Volgens Ulrich vat die gnocchi slegs 'n paar minute om gaar te kook.

Terwyl hy vir Riley en Jon wag, haal Christopher solank die bestanddele uit vir die slaai. Hy weet darem hoe om slaai te maak en weet ook dis darem een ding wat hy nie sommer kan opmors nie. Riley en Jon is egter nog steeds nie terug toe hy klaar is met die slaai nie. Hy begin solank die kombuis opruim en haal dan die eetgerei en borde uit en dek die tafel. Laastens maak hy die bottel wyn oop en sit dit eenkant om asem te haal.

Eers toe hy terug is in die kombuis en die frikkadelletjies omgedraai het, hoor hy Jon se opgewonde stem net buite die voordeur. Christopher het skaars die pan terug in die oond gesit, en ook maar net betyds, toe Jon instorm en homself teen Christopher slinger. Riley maak sommer van die deur af verskoning, "Ek is jammer ons het so lank geneem, maar die twee het gesmeek om net hulle speletjie klaar te speel."

"Dis geen probleem nie. Dit het my kans gegee om hier klaar te maak."

Riley lyk verras, "Jy het die slaai ook gemaak."

"Ek het. Ek gaan die frikkadelletjies nog so 'n rukkie kans gee en dan sal ek die dis bymekaar sit. Volgens my instruksies moet dit dan vir nog vyf-en-twintig minute bak. Wil jy nou vir Jon bad of later?"

"Miskien moet hy nou bad terwyl jy nog besig is. Ons kan na die tyd ontspan," besluit Riley en stap summier deur toe en roep vir Jon. Christopher luister na hul stemme en die sagte dreuning van die televisie in die agtergrond terwyl hy in die kombuis besig is.

Hy maak sy oë vir 'n oomblik toe en laat die klanke oor hom spoel. Die besef dring tot hom deur. Dís wat hy hierdie laaste paar jaar in sy lewe gemis het. Huislikheid. Familie miskien die meeste en nou het hy sy eie. Hy maak 'n stille belofte: hy sal alles in sy vermoë doen om hulle vir altyd by hom te hou.

Hy blaas sy asem uit en maak sy oë oop en gaan dan voort met sy taak. Hy sit die plaat aan om die sous warm te maak en voeg dan die gnocchi by. Hy haal dan die frikkadelletjies uit die oond, dankbaar dat hy sovêr nog niks verbrand het nie. Hy voeg die frikkadelletjies by die gnocchi en sous en roer dit deur. Hy moet eers die oond se hitte verstel voordat hy die skillet net so in die oond sit en leun dan terug teen die toonbank en kyk hoe laat dit is. Hy het genoeg tyd maar hy moet onthou om die tyd dop te hou as hy nie in hierdie laat stadium die hele ete wil bederf nie.

Hy gooi vir Jon 'n glas sap in en gaan sit dit op die eetkamertafel voor hy vir hom en Riley elkeen 'n glas wyn skink. Die twee sluit hulle toe net by hom aan. Aangesien hulle nog 'n rukkie moet wag voor hulle kan eet, gaan sit hulle solank in die tuin en gesels oor hul dag. Christopher los hulle net alleen om die brood te gaan opwarm en te kyk of sy dis darem nog nie verbrand het nie.

Miskien kan hy nie al die krediet kry vir die maaltyd wat hy 'n kort rukkie later voorsit nie, maar hy weet dat Riley die gebaar waardeer. Hulle moes dit seker geniet het want albei se borde is leeg.

Christopher weet: hy skuld Duitser 'n groot guns.

Terwyl hulle eet hervat hulle weer hul gesprek van vroeër. Toe hulle egter klaar is, gaan lê Jon op die mat om televisie te kyk. Alhoewel Christopher protesteer, dring Riley daarop aan om hom te help opruim.

Hy het dit voorsien en dis waarom hy nie wou gehad het sy moet help nie. Dis nie maklik om op sy taak te fokus in daardie klein ruimte nie. Kort-kort raak een van hulle aan die ander wanneer hulle by mekaar moet verbyskuur. Hy het eers gedink dis net hy, maar toe Riley weer haar asem diep intrek toe hy oor haar moes leun om 'n glas te bêre, weet Christopher dat hy nie die enigste een is wat die hitte voel wanneer hulle aan mekaar raak nie.

Hy lag skielik, wat maak dat Riley vreemd na hom kyk. Hy gaan staan voor haar en glimlag vlugtig voor hy nader leun om 'n ligte soentjie oor haar mond te vee. Toe hy terug tree hou hy haar gesig dop toe hy vra, "Kan jy onthou hoeveel keer ek en jy aangebied het om die skottelgoed te was as jy by ons kom eet het net sodat ek 'n soentjie kon steel?"

Riley lag, "Jou ouers het reg deur ons gesien. Skottelgoed was het nooit so lank gevat as hulle dit gedoen het nie."

"Hmm," stem Christopher saam voor hy nog 'n soen steel. Hy neem dit egter nie so ver as die een van vroeër nie. Hierdie een moet Riley net herinner aan die gelukkiger tye wat hulle gedeel het. Riley se glimlag is 'n bewys dat dit gewerk het.

Terug in die sitkamer is hulle nie verbaas om te sien dat Jon vas aan die slaap is nie. Christopher buk en tel hom op, en dra hom na sy kamer. Soos hy nou al die laaste paar aande doen, druk hy 'n nagsoen op Jon se kop en los dan vir Riley alleen om ook nag te sê. Terwyl hy wag vir Riley haal Christopher die laaste twee items uit die inkopiesak. Die een was die houer truffels wat Ulrich vir hom gegee het en die ander is 'n DVD van een van Riley se gunstelingflieks, PS I Love you.

Christopher druk solank die DVD in die masjien en skink die laaste bietjie wyn. Hy het net op die bank gaan sit toe Riley by hom aansluit. Haar gesig verhelder sommer toe sy die naam van die fliek sien. "Dis een van my gunstelinge," glimlag sy en gaan sit sommer styf langs hom op die bank.

Christopher grinnik, "Ek onthou," terwyl hy haar glas aan haar oorhandig. Hy druk die speel-knoppie en los dan die afstandbeheerder op die tafel voor hy sy eie wyn optel. Toe hy terugleun teen die kussings, sit hy sy arm om Riley en trek haar stywer teen hom aan. Hulle kyk die fliek in stilte terwyl hul hul wyn klaar drink. Die enigste keer wat Christopher beweeg is toe hy hul leë glase op die tafel sit en weer ontspan.

Hy weet die presiese oomblik wat Riley gaan huil en hou solank die sneesdoekie gereed. Hy hoef nie eens na haar te kyk om te weet dit gebeur nie. Sy vat outomaties die sneesdoekie en vee haar trane af. Christopher glimlag en soen haar op haar kop, wat nou teen sy bors lê. Sy hand speel met haar hare en besef weer eens hoe lekker dit is om so saam met Riley te ontspan.

Lank nadat die krediete oor die skerm gerol het, sit hulle nog steeds so maar Christopher moet in een of ander stadium beweeg. Hy skuif regop en tel die afstandbeheerder op om die fliek te stop. Hy druk sy hand onder die bank in en haal die houer met truffels uit wat hy daar weggesteek het vir Riley. Hy haal een uit en hou dit vir Riley uit.

Christopher voel asof sy hart gaan staan toe Riley haar hand oor syne sit. Haar oë hou syne gevange wanneer sy sy hand nader aan haar mond bring en 'n happie van die sjokolade neem. Haar oë val toe en sy sug wanneer sy die soetigheid in haar mond rol. Christopher kreun hardop toe haar tong oor haar lippe gly om die laaste bietjie van die geur van haar lippe te lek. Hy kan dit nie langer hou nie en vang haar mond vas met syne. Sy tong gly tussen haar lippe. Al wat hy proe is 'n wonderlike mengsel van wyn, sjokolade en Riley.

Sy asemhaling word vlakker en hy weet dat hy nie durf die soen langer uitrek nie. Sy weerstand is laag en hy is baie na daaraan om beheer te verloor. Hy trek sy mond weg van hare en druk die ander helfte van die truffel in sy mond voordat hy iets onnosels aanvang en haar weer soen. Hy sou baie moontlik, veral toe Riley haar oë oopmaak en eers verdwaas na hom staar. Maar dan verskyn daardie ondeunde glimlaggie wanneer sy fluister, "Sjoe, maar daardie sjokolade is fantasties."

Vir 'n oomblik kan hy net na haar staar, maar dan kry sy verstand die oorhand en hy spring op. Hy druk die houer in haar hande en mompel, "Hou dit."

Hy maak egter die fout om na haar te kyk. Sy hou hom nog steeds met groot oë en 'n sagte glimlag dop. "Riley," kreun hy haar naam. "Moenie so vir my kyk nie."

Hy vee sy mond net liggies oor hare en mompel, "Ek moet gaan terwyl ek nog kan. Goeie nag."

Op pad voordeur toe gryp hy sy sleutels en was by die deur uit voordat Riley nog kon reageer. Hy kyk nie terug nie want as hy het, is hy baie seker dat hy nie ver sou gekom het nie.

RILEY IS NIE SEKER OF DIT DIE REGTE BESKRYWING IS NIE, maar sy is baie seker dat Christopher haar die hof maak. Sy het eers gedink dat sy nie geneë sou wees indien hy toenadering sou soek nie, juis omdat sy so bang is om weer seer te kry, maar soos die week vorder het sy al hoe meer na sy besoeke uitgesien. En dit was elke aand. Party aande het hulle gaan stap. Jon het so keer of wat saamgestap maar ander kere het hy verkies om by Jenna en Lucas te bly. En wanneer hulle so gaan stap het, het Christopher haar hand vasgehou. En hulle het aanmekaar gesels, net soos hulle altyd gedoen het.

Riley was half teleurgesteld toe sy na Donderdag se pers-konferensie nie saam met Melissa kon koffie drink nie. Sy sou baie graag hierdie nuwe verwikkelings met haar wou bespreek het. Miskien sal sy die volgende aand 'n kans kry na die wedstryd in die Welwillendheidsbeker, waarin die Buffels se naasbeste spelers meeding. As dit nie dan gebeur nie, moontlik Saterdagoggend tydens die stap by die dieretuin.

Christopher maak egter op vir daardie teleurstelling om nie met Melissa te kan praat nie. Hy keer haar voor voordat sy die perskonferensie kan verlaat en vra dringend, "Is jy haastig?"

Riley skud haar kop. Sy hoef nie terug te gaan ateljee toe nie en hoef die seuns eers oor twee ure by die skool op te laai. Toe sy dit vir Christopher noem, grinnik hy en vat haar hand. Hy is deesdae nie veel gepla oor wie hul sien hande vashou nie.

Riley merk eers toe op dat hy 'n rugsak by hom het. Wat het hy nou weer beplan?

Dit gaan nie eens help om hom uit te vra nie, want hy gaan net vir haar daardie speelse glimlag gee en sê dis 'n verrassing, dus laat sy maar ewe gedwee dat hy haar na 'n kantoorblok lei reg langs die ou stadion. In die hysbak druk hy die knoppie vir die dak.

Toe hulle die hysbak verlaat, kyk Riley verstom om haar rond. Sy het nooit gedink dat daar 'n daktuin sou wees nie. Toe sy uiteindelik na Christopher draai merk sy op dat hy sy baadjie uitgetrek het en oor 'n bankie gehang het. Hy haal 'n piekniekkombers uit die rugsak en sprei dit oor op 'n kol kunsmatige gras in die een hoek van die tuin.

Hy grou weer in die sak en haal dan 'n groot plastiese houer en twee bottels vrugtesap uit. Dit is dieselfde soort wat hulle tydens pouses op skool gedrink het. Hy gaan sit op die kombers, skop sy skoene uit en hou sy hand uit na Riley.

Gelukkig het sy nie 'n romp vandag gedra nie. Riley skop haar skoene uit en gaan sit kruisbeen op die kombers oorkant hom.

Met 'n klein glimlaggie maak Christopher die houer oop en haal twee toebroodjies uit. Die broodjies is toegemaak in dieselfde tipe toebroodjiepapier wat sy ma altyd gebruik het. Hy oorhandig een aan Riley en sy staar verstom na die bekende item. Riley maak dit huiwerig oop en haar oë rek wyd toe sy die broodjie se vulsel sien. Sy kyk verbaas op na Christopher, wat haar afwagtend dophou, "Is dit ...?"

Christopher se glimlag strek wyer, "Ek het my ma se resep gevolg. Ek is egter nie seker of my hoendermayonnaise broodjies so lekker soos my ma s'n gaan smaak nie. Ons sal gou uitvind."

Riley neem 'n happie en kreun van plesier, "Hm, dit proe net soos jou ma s'n."

Christopher glimlag verlig, "Dan is dit goed," en maak dan sy eie broodjie oop. Hy neem 'n happie en kou lustig. Na hy dit afgesluk het, knik hy, "Ja, al moet ek dit nou self sê. Dis nie te sleg vir 'n eerste probeerslag nie."

Hulle verslind die res van die broodjies in stilte. Riley onthou hoeveel keer sy en Christopher sy toebroodjies so met pouses gedeel het. Sy ma het later maar vir Riley ook 'n kosblik gepak.

Voordat Christopher klaar gemaak het met skool en weg is universiteit toe, het hulle amper elke pouse saam spandeer. Partymaal het hulle gepraat maar ander kere het hulle in stilte hul broodjies geniet, tevrede om net bymekaar te wees.

Toe hulle klaar is met die broodjies en hul sap gedrink het, pak Christopher eers alles weer terug in die rugsak. Hy leun dan terug op die kombers en trek Riley saam met hom. Sy arm vou om haar skouers en hy trek haar vas tot teen sy bors. "Ons het nog so tien minute om te ontspan voordat ek moet terug kantoor toe," mompel hy teen haar hare.

Riley ontspan teen hom. Sonder om eers te dink wat sy sê merk sy op, "Jy weet jy gaan nou ten minste een keer per week vir my so 'n broodjie moet maak?"

Sy lag is sag en diep toe hy antwoord, "Ek het nie 'n probleem daarmee nie."

Sy hand streel oor haar hare en Riley s'n oor sy bors, tot Christopher sy hand skielik oor hare sit, sy vingers deur hare strengel en dan hulle hande styf teen sy bors druk. Riley besef eers toe dat Christopher se asemhaling verander het en hoekom. Sy druk haar kop teen sy bors, bly dat hy nie kan sien nie want sy is baie seker dat haar gesig rooier as 'n tamatie s'n is.

Sy voel hoe sy borskas uitsit wanneer hy diep asemhaal en dan weer uitblaas. Nie een van hulle sê egter iets nie totdat Christopher se foon langs hom raas. Hy sit regop en trek Riley saam met hom op. "Tyd is ongelukkig verstreke."

Hy vee sy mond liggies oor hare dan staan hy op en hou sy hand uit na hare. Toe Riley dit neem trek hy haar op tot styf teen om. Vir 'n paar minute hou hy haar net styf vas, dan tree hy terug en glip sy skoene aan.

Terwyl Riley haar eie skoene weer aantrek, vou Christopher die kombers op en sit dit terug in sy sak. Hy neem Riley se hand in syne en los dit eers toe hulle haar motor bereik.

Toe Riley in haar motor is, maak sy die venster oop om te groet. Christopher leun dadelik in en soen haar. Hy staan nog daar toe sy verdwaas oor die emosie in daardie soen, by die hek uitry.

Christopher het nou wel genoem dat hy Vrydagoggend 'n vergadering met die bestuurshoof van Sport100 het, maar sy afspraak was dieselfde tyd dat sy besig sou wees met 'n opname in die ateljee. Riley het dus nie verwag om hom te sien nie aangesien hulle later die oggend by haar woonstel sou ontmoet.

Sy verloor amper die hele draad van haar storie toe sy opkyk en sien dat hy aan die ander kant van die glaspaneel staan. Toe hy opmerk dat sy hom raakgesien het, glimlag hy breed. Hy beduie na sy horlosie en maak dan 'n beweging met sy hand om te wys dat hy haar oor 'n rukkie sal sien.

Riley knik maar dan gee hy haar 'n ander teken wat veroorsaak dat Riley se hart in haar keel klop. Sy staar net na hom, want sy weet nie of sy dit reg gelees of onthou het nie. Die teken wat hy nou net vir haar gestuur het, oop en bloot vir almal om te sien, is die gebaretaal se teken vir "Ek het jou lief."

Riley word eers bewus van wat om haar aangaan en dat sy besig is om ateljeetyd te mors toe Dave lag, "Ek dink jy sal dalk hierdie stukkie wil uitsny. Kom ons begin voor by 'Hierdie omwenteling het tot gevolg ...'."

Riley bloos toe sy nog steeds verbaas na Dave kyk en sy grinnik sien. Sy vra half verdwaas, "Het jy dit gesien?"

Dave knik sedig, "Ek en die klankman en Kobus oorkant die gang ook."

"Wat beteken dit?"

"Riley, my kind, ek is seker jy het dit reg verstaan," lag Dave en verstel sy kamera doodluiters. "Kom, jy mors tyd."

Riley ruk haar reg. Dis nie nou tyd om daaraan te dink nie. Sy haal diep asem en blaas dit uit, kyk dan reguit na die kamera en knik. Toe die rooi liggie flits, begin sy weer daar waar sy heeltemal tred verloor het met alles.

Toe Riley Christopher later by haar meenthuis ontmoet, wonder sy nog of dit nie net haar verbeelding was nie, al het Dave en die ander haar daaroor gespot. Christopher gee geen aanduiding dat hy dit bedoel het nie aangesien hy haar net vlugtig soen. Sy enigste ander aanraking is sy hand wat op haar lae rug rus toe hy haar na sy motor lei.

Die skool hou daardie middag 'n kaskarresies en elke klas moes sy eie een bou. Jon en Lucas se klas het vroeg uitgeval, maar die seuns het soveel pret dat hulle nie juis omgee nie.

Terwyl hulle wag vir die seuns om hulle sakke en tasse bymekaar te kry, gesels Christopher en Riley met Jenna. Hulle sal die seuns later na Jenna toe neem voordat hulle by die stadion moet aanmeld. Riley moet haar glimlag onderdruk toe Jon se onderwyseres verby hulle stap en twee keer kyk toe sy Riley en Christopher saam sien staan met Christopher se arm heel intiem om Riley gevou. Riley onthou nog goed hul eerste ontmoeting. Die onderwyseres is seker nou lekker verward oor hierdie nuwe toedrag van sake.

Christopher is egter salig onbewus van die onderwyseres se vreemde kyke.

Christopher laai vir Riley sommer voor die huis af sodat sy solank kan stort voor werk. Hy kom nie eens in nie want hy en die seuns is op pad na sy huis toe sodat hy ook kan stort en aantrek. Terwyl hy besig was, sou Jon genoeg geleentheid kry om by Lucas te spog met sy nuwe kamer.

Christopher het dus nie Riley se reaksie gesien toe sy die brief onder haar deur kry nie. Riley vermoed dat as hy het, hy woedend sou wees.

Eerstens het sy nie iets onder haar deur verwag nie aangesien daar 'n posbus by die hek is. Dit is dus reeds vreemd en sy het 'n voorgevoel dat dit slegte nuus kan wees.

Haar hand bewe toe sy die koevert oopskeur en die brief uithaal. Haar voorgevoel is nie verkeerd nie. Dit is slegte nuus. Dit maak egter nie sin nie en sy lees dit twee of drie keer oor.

Nog steeds verward sit sy dit op die koffietafel en gaan maak eers klaar met werk. Terug in die sitkamer lees sy dit weer, en toe bel sy haar prokureur. Mevrou Lowe het haar vinnig verseker dat dit absoluut onsin is en nie kan gebeur nie. Daar is geen manier wat haar ouers toesig oor Jon sal kry nie.

Sy het skaars die oproep beëindig toe die deurklokkie lui. Sy frons. Dit kan nie Jenna wees nie. Het Christopher dalk sy sleutel vergeet? Riley het die vorige week vir hom 'n sleutel en 'n afstandbeheerder vir die hek gegee in geval van nood. Dit was 'n groot stap, maar Riley het gevoel dis die regte ding om te doen.

Aangesien sy nie die ander inwoners ken nie, en dit slegs iemand is wat toegang tot die kompleks het, voel sy oortuig dis Christopher. Sy stap deur toe en maak dit oop met die woorde, "Het jy jou sleutel vergeet ..."

Haar stem swerf weg en skok vloei deur haar liggaam. Sy het allermins verwag om ooit hierdie twee mense voor haar deur te sien. Dat hul besoek so kort op die brief volg, is nie toevallig nie. Riley staar eers geskok na hulle voor sy beskuldig, "Wat maak julle hier? Hoe het julle reggekry om hier in te kom?

Hulle het absoluut niks verander nie. Haar ma kyk haar op en af asof die kat haar daar ingesleep het. Haar pa snork onbeskof, "Geld kan alles koop."

"Nie liefde nie," reageer Riley blitsig.

"Liefde is 'n onbenullige emosie," brom haar pa. Hy druk haar sommer uit die pad en stap ongenooid in haar woonstel in. Riley is so geskok dat sy niks kan uitkry of doen nie. Haar ma volg haar pa ewe gedweë, so asof sy dit elke dag doen.

Riley maak nie die deur toe nie. Sy staan nog met die deurknop in haar hande terwyl sy wonder wat om te doen. Sy wens nou sy het nie haar foon op die tafel gelos nie. Sy kon vir Christopher gebel het. Sy wens nou hy was hier want sy het nou sy krag bitter nodig.

Sy loer buitentoe maar daar is nog geen teken van hom en die seuns nie.

Sy haal diep asem en draai dan om om haar ouers na die sitkamer te volg. Sy stap egter nie in nie en bly by die deuropening staan. Sy vou haar hande oor haar arms om te keer dat hulle bewe. Sy probeer haar bes om sterk te klink toe sy eis, "Wat wil julle nou hê, na al die jare? Hoe het julle my in elk geval gekry?"

Sy was dus vroeër reg. Haar pa het niks verander nie. Hy behandel haar nog steeds asof sy niks van hom is nie. Sy woorde en houding is 'n duidelike bewys daarvan aangesien hy minagtend snork, "Dit was toe nie so moeilik om jou te kry nie. Jy moet jou vriendin, Layla, bedank. Sy het my gekontak en vir my gesê jy kan nie na die kind kyk nie. Ek is nie gelukkig dat hy Brooks bloed dra nie, maar ek sal hom invat. Hy is tog ons kleinseun. As jy jouself kon beheer en met die man getrou het wat ons vir jou uitgesoek het, het ek nie nodig gehad om die kind so te vat nie. Hy is egter nou al wat ons het. Ek het 'n erfgenaam nodig. Jy is net 'n nuttelose vrou maar ten minste het jy iets reg gedoen om die kind as 'n Adams te registreer. Hy gaan saam met ons huis toe sodat ons hom kan grootmaak om my plek oor te neem."

Riley voel skielik yskoud. Mevrou Lowe het haar nou wel verseker dat haar ouers dit nie kan doen nie maar mevrou Lowe ken nie haar pa nie. Hy is baie intimiderend en Riley het dit altyd moeilik gevind om teen hom op te staan. Hierdie keer gaan sy egter sterk wees. Sy klem haar arms stywer en sy hoop sy klink ferm genoeg toe sy hom weerspreek, "Nooit. Die kind soos jy hom noem, het 'n naam maar hy is my seun en hy bly net hier by my. En, net om jou in te lig, Layla is nie my vriendin nie. Sy was nog nooit nie en sal nooit wees nie. Sy is 'n gevaarlike vrou wat my aangerand het. Ek is nie seker hoe sy dit reggekry het om met jou te praat nie maar dit maak nie saak nie. Al wat jy hoef te weet is dat sy opgeneem is in Weskoppies vir evaluering en moontlik moet teregstaan op 'n klag van poging tot moord. As dit die tipe mense is met wie jy assosieer, sal ek tot die dood toe baklei dat jy enigsins iets met Jon te doen sal hê. Ja, dis reg. Hy is nie die kind nie. Hy het 'n naam."

"Ek sien jy het die prokureur se brief gekry," antwoord haar pa doodluiters, so asof Riley niks gesê het nie en beduie na die prokureursbrief wat Riley na die gesprek met mevrou Lowe op die koffietafel neergesit het. Verbasend ignoreer hy dat Riley hom ge-jy en ge-jou het en nie formele u soos hy in die verlede geëis het nie. "Dit is tog nie 'n verrassing nie. Ek sal jou hof toe neem. Ek het genoeg geld," antwoord hy slegs terwyl hy haar aangluur.

Riley se mond val oop, "Op watter gronde?"

"Jy is 'n enkel-ma met 'n eenvoudige werk. Jy kan skaars na jouself kyk. Ons het die geld en jou ma is by die huis om na hom te kyk."

"Ek ..." Riley stop toe Christopher agter haar opklink, "Liefling, iemand anders het op my parkeerplek gestop. Ek het sommer in die bure se plek gestop want ons moet binnekort ry."

Christopher glip sy arms van agter af om haar lyf en trek haar styf teen hom vas. Hy soen haar liggies op haar wang asof hy nie die twee persone in die sitkamer eens raaksien nie en vra so ewe liefdevol, "Is jy gereed?"

Haar ma trek haar asem hoorbaar in. Toe sy opkyk, sien sy haar pa se geskokte uitdrukking. Hulle het duidelik nie vir Christopher hier verwag nie. Layla het hulle dus nie die hele storie vertel nie. Sy wonder nog vaagweg hoe Layla hulle opgespoor het, maar dan, haar CV is op Sport100 se webblad. Die skool se naam word pertinent genoem en aangesien haar pa die helfte van die dorp besit, sou dit seker nie so moeilik gewees het nie.

Sy draai haar kop na Christopher wat diep in haar oë kyk. Hy het effens beweeg en staan half met sy rug nou na haar ouers. Hy vee sy lippe saggies oor hare en voor hy wegtrek, fluister hy, "Ek weet hulle is hier en ek het alles gehoor. Volg net my voorbeeld."

Riley beweeg skaars haar kop toe sy knik, maar Christopher het wel gesien. Sy sit haar hand oor syne wat nog op haar heup rus en sê harder, "Ons het besoekers."

Christopher draai gemaak verbaas om toe hy uitroep, alhoewel Riley kan sien dat dit moeite verg om sy woede te beteuel. "Meneer en mevrou Adams. Nou wat het julle na al die jare hiernatoe gebring? Het julle nou skielik onthou julle het 'n dogter?"

Toe haar pa oor die ergste van sy skok is, sis hy deur sy tande, "Ons soek ons kleinseun."

"Watter kleinseun?" snork Christopher. "Julle het nie 'n kleinseun nie. Julle het hom en Riley sewe jaar gelede weggestoot."

"Hy is nog my kleinseun. Ek sal Riley hof toe vat. Ek kan beter vir hom sorg."

Christopher se gesig is strak en vasbeslote wanneer hy sy kop skud, "Soos jy vir jou dogter gesorg het? Jy is belaglik. Geen hof sal 'n kind vir sy grootouers gee wat duidelik oud en seniel is soos dit vir my klink terwyl hy twee jong ouers het wat in staat is om vir hom te sorg nie."

"Julle is nie getroud nie," mor Riley se ma.

"En wie se skuld is dit miskien?" antwoord Christopher blitsig. "Maar maak dit saak? Ons is wel nie getroud nie, maar," antwoord hy en kyk dan af na Riley met so 'n liefdevolle uitdrukking dat Riley hom sommer glo toe hy byvoeg, "ons gaan binnekort trou, nie waar nie, my lief? Ek kan nie wag nie," en dan soen hy haar lank en innig.

Na daardie soen sou Riley sommer ja gesê het as hy haar vra maar nog steeds effens verdwaas, hoor sy haar pa swets en dan grom hy, "Julle flous my nie. Hoekom is die kind dan nog as 'n Adams geregistreer as julle dan so gelukkig is?"

Christopher laat val sy hand van Riley se heup en haal sy selfoon rustig uit sy baadjie se sak. Eers dan kyk hy na haar pa. Sy uitdrukking is so stil maar Riley ken hom. Hy is woedend en sy sal nie nou sy pad wil kruis nie. Sy woorde klink afgemete toe hy stil sê, "Jy het sewe jaar gelede dit reggekry om my en Riley op te breek, Adams. Jy het my pa gedreig. Jy het my gedreig. Daar is geen manier wat ek weer sal terugstaan dat jy my familie leed aandoen nie. En laat ek dit vir jou duidelik maak: Riley en Jon is my familie, nie joune nie. Jy het jou dogter, agtien jaar oud en swanger, met geen geld of heenkome nie, uit die huis gejaag. Jy moet skaam kry, ou man. Watter pa doen dit aan sy enigste kind?"

Haar pa lyk nie eens ongemaklik oor die aantygings nie. Christopher gee hom egter nie 'n kans om te reageer nie want hy gaan summier voort, "Jon is ons seun en ons sal hom grootmaak na die beste van ons vermoëns. Ek kan jou ons prokureur se nommer gee wat besig is om Jon se van te verander. Soos Riley gesê het, die kind het 'n naam en sy naam is en sal altyd Christopher Jonathan Brooks wees. Dit gaan nie moeilik wees om van die Adams ontslae te raak nie. En voor jy argumenteer, daar is geen twyfel dat hy my seun is nie. Ons het reeds die toetse gedoen."

"Hierdie is nog nie verby nie," probeer haar pa nog om weer 'n voet te kry om op te staan.

Christopher skud sy kop meewarig, "Ek sal dit nie doen as ek jy is nie. In elk geval, dit is tyd dat julle gaan. Julle het geen reg om hier te wees nie. As julle nie binne twee sekondes uit eie wil hier uitstap nie, bel ek sekuriteit."

"Julle het nog nie die laaste van my gehoor nie," dreig Adams vir oulaas terwyl hy na hulle stap.

Christopher stoot Riley effens agter hom in maar hy bly staan waar hy is. Haar pa stop toe hy besef dat Christopher nie beweeg het nie. Vir Riley, wat nog haar pa kan sien van haar veilige hawe skuins agter Christopher, is die verskil tussen die twee mans baie duidelik. Christopher is groot en hy lyk sommer jonk en fiks teenoor haar pa se effens geboë postuur, die plooie en jare se weglê aan ryk kos en duur drank, duidelik te bespeur.

Haar pa kyk op en sy uitdrukking verander. Dit lyk amper soos vrees wat oor sy gesig flits. Toe Riley na Christopher loer, weet sy hoekom. Christopher het daardie selfde harde en koue uitdrukking as wat hy gehad het toe sy hom die eerste keer vroeër die jaar gesien het. Selfs sy stem klink so koud dat 'n rilling langs Riley se ruggraat afgly. "Dreig jy my, Adams? Ek sal dit sterk oorweeg om dit nie te doen as ek jy is nie. Jy wil my nie nou aanvat nie. Ek is nie die naïewe twintig-jarige van sewe jaar gelede nie. Ek het grootgeword en ek weet van beter. Ek het baie kontakte hier en jou dorp. Jy het soveel vyande oor die jare gemaak, Adams. Ek weet wie hulle is. Mense is moeg vir jou en jou magspel. As jy nie wil hê dat al jou streke geopenbaar word nie, moet jy my eerder nie aanvat nie. Jy sien, wanneer ons redes moet gee waarom jy nie 'n geskikte voog vir ons seun sal wees nie, sal ek nie huiwer om jou vuil wasgoed aan die draad te hang nie. Dit kan natuurlik ander reperkussies hê. Ek weet van 'n paar polisiemanne wat reeds jou bloed soek. Een oproep en jy verloor alles. Jy weet natuurlik wat dit beteken, né."

Haar pa se gesig word wasbleek. Sonder om eens te antwoord, wat 'n duidelike teken is dat hy Christopher ernstig opneem, vlug hy by die deur uit. Haar ma volg hom maar voor sy verby Christopher kan tree, kry hy nog een laaste steek in, "Ek is jammer dat jy nooit vir jouself en jou dogter opgestaan het nie, mevrou Adams. Dis jammer dat jy meer bekommerd is oor jou status en geld as jou eie kind. Ek voel jammer vir jou. Ek is egter bly dat Riley nie na jou aard nie. Jy verdien nie 'n dogter soos sy nie."

Dit lyk asof sy woorde haar ma tref maar dan roep haar pa na haar ma en haar ma volg haastig in sy voetspore.

Christopher is nog nie klaar nie. Hy maak sy selfoon oop en skakel sekuriteit se nommer, "Meneer en mevrou Adams is op pad. Ek weet nie wie hulle ingelaat het sonder juffrou Adams se toestemming nie, maar sorg dat dit nie weer gebeur nie. Julle moes eers haar toestemming gevra het voordat julle iemand toelaat. As dit weer gebeur, kan daardie persoon ander werk gaan soek."

Hy beëindig die oproep summier. Al was hy hoe kwaad gewees enkele sekondes gelede, toe hy na Riley omdraai is daar geen teken daarvan nie. Hy gee haar net een kyk, duidelik bekommerd en vou haar dan in sy arms toe. Riley hou hom vas en soos toe hulle tieners was, voel sy veilig.

Toe sy eindelik in beheer voel, kyk sy op. Sy besef skielik dat Jon nie saam met Christopher teruggekom het nie, "Jon?"

Christopher frons, "Ek het stemme gehoor en jou pa s'n herken. Ek het Jon toe eerder na Jenna toe geneem en so gou moontlik teruggekom. Is jy okei?"

"Ek is nou, dankie. Ek weet nie wat ek sou gedoen het as jy nie hier was nie."

"Ek is hier, my lief. Jy is nie alleen nie. Nie meer nie."

DIT WAS HEELWAT LATER DAARDIE AAND, na die wedstryd en hulle hul vriende by die Final Whistle gegroet het, wat Christopher en Riley eindelik weer alleen is.

Op pad terug van die stadion was hulle beide stil. Miskien het Christopher ook soos Riley aangevoel dat dit vanaand is wat hulle daardie gesprek wat hulle nog die hele tyd vermy, gaan hê.

Die middag se gebeure met haar ouers se besoek het weereens bewys dat hulle die verlede moet bespreek om duidelikheid te kry. Sy weet Christopher is reg en dit is nodig dat hulle dit moet doen om antwoorde te kry, is Riley nog steeds bang om uit te vind wat verkeerd gegaan het. Wat as sy nie van die antwoorde hou nie?

By haar woonstel stap hulle asof afgespreek direk na die sitkamer en gaan sit langs mekaar. Christopher neem dadelik Riley se hand en vleg sy vingers deur hare net soos hy al soveel kere in die verlede gedoen het. Hy haal diep asem en vra dan, "Riley, hoekom wou jy my nie meer gesien het sewe jaar gelede nie? Het jy my nie meer lief gehad nie?"

Riley staar verward na hom, "Ek verstaan nie wat jy bedoel nie. Jy is die een wat my gelos het, wat my nie meer liefgehad het nie."

"Nee, ek het nie. Ek het jou liefgehad. Hoekom sou ek jou los?"

"Ek weet nie," erken Riley. "Ek kon nie glo dat jy dit nogal gedoen het op die aand van ons matriekafskeid nie. Jy is net weg, sonder om eens met my te praat, sonder 'n verduideliking."

Christopher skud sy kop, duidelik net so verward as Riley. "Dis nie hoe ek dit onthou nie. Vertel my asseblief wat gebeur het."

Riley hoef nie eens daaroor te dink nie. Sy het haar in elk geval al suf gedink die laaste paar dae. Sy kan egter duidelik onthou wat gebeur het. "Die laaste keer wat ek met jou gepraat het, was toe jy my van Lydenburg af gebel het. Alles was toe nog reg. Dit was egter 'n rowwe middag omdat ek my rok moes gaan haal na my laaste vraestel. Jy weet hoe is my ma en die rit Mbombela toe was maar baie ongemaklik. Dis eers later die middag wat ek besef het dat ek nog niks weer van jou gehoor het nie. Ek het geweet jy moes deur die pas kom en dit het gereën."

"Ek het jou laat weet toe ek by die huis kom. Ek het jou dan gebel maar jy het nie geantwoord nie en toe het ek 'n boodskap gestuur." Christopher frons skielik, "Omtrent so tien minute na ek die boodskap gestuur het, het jou pa by ons huis aangekom. Hy het my vertel dat ek jou nie meer moet kontak nie. Jy wil my nie meer sien nie, want jy en Bischof is nou saam."

"Wat? Dis nie waar nie! Hoekom sou ek dit doen? Ek praat dan nie eens met my pa nie en ek haat Bischoff." Riley sidder, "Hy is grillerig."

"Nou hoekom het jy dan nie op my boodskappe gerea-geer of my oproepe beantwoord nie? Ek het jou probeer kontak na jou pa weg is. Ek wou hom nie glo nie. Ek kon hom nie glo nie, maar jy het nie geantwoord nie. Ek het uit desperaatheid na julle huis toe gery maar ek het nie inge-gaan nie. Ek het nie nodig gehad nie. Bischoff het net voor my by julle huis gestop en die manier wat jou pa hom gegroet het ... Ek het gedink ... Hulle is toe die huis in. Ek het lank daar gesit en wag dat hy uitkom maar hy het nie. Jou kamerlig was aan maar al het ek hoeveel keer gebel, jy het net nie geantwoord nie. Jy wou duidelik nie met my praat nie."

Riley sukkel om sin te maak uit alles. Sy probeer haar bewegings volg daardie middag. Vir jare het sy dit onder-druk want sy wou nie daaraan dink nie. Dit het net te seer-gemaak. Sy onthou haar ma se preek oor Christopher op pad Mbombela toe net na Riley Christopher se boodskap gekry het. Dit het 'n demper op die middag geplaas maar die opgewondenheid oor die volgende aand se matriekafskeid het dit vinnig oorskadu toe Riley haar rok kry. Die houding tussen haar en haar ma was egter stram toe hulle daarna nog gaan inkopies doen het. Sy was nie lus vir 'n preek nie en het nie weer haar foon uitgehaal om te kyk of daar boods-kappe is van Christopher nie. By die huis het daar nog steeds 'n ligte motreën geval en Riley het gespook om haar rok in die huis te kry voor dit natreën.

En toe ... Sy besef skielik wat gebeur het en roep uit, "Die vark! Hy het dit gedoen. Dit kon net hy gewees het!"

Christopher frons verward, "Wie? Wat?"

Riley kyk hom stil aan. Hoekom het sy dit nooit voorheen besef nie? Miskien is dit alles haar fout gewees. Sy moes tog geweet het. Sy ken mos haar pa en sy magspel-etjies. Sy sug saggies, "My pa, of moontlik my ma het my foon gevat."

Sy vertel hom van die argument met haar ma in die motor. "Ek het sommer die foon onder my been ingedruk want ek was nie weer lus vir 'n preek nie. Dis eers na aandete wat ek besef het dat jy my nie weer gekontak het nie, maar ek kon nie my foon kry nie. Ek het gehoop jy sal ons huis-nommer skakel wanneer jy nie van my hoor nie. Toe ek die volgende oggend nog steeds niks van jou gehoor het nie, het ek jou selfoonnommer probeer skakel maar dit het net na jou stemboodskap gegaan. Ek het hoeveel boodskappe vir jou gelos. Ek het julle huis probeer bel maar daar was ook nie antwoord nie. Jy weet ek kon net bel as my pa nie by die huis was nie. Ek moes toe haarkapper toe gaan en toe ek terugkom by die huis het ek vir Elsie gevra of jy gebel het ... My pa het seker gehoor toe ek gevra het. Hy het my na sy studeerkamer geroep en kamstig simpatiek gesê dat jy gebel het. Hy het gesê dat jy my nie meer dans toe kan neem nie. Of wil neem nie. Hy het gesê dat jy my nie meer wou sien nie. Hy het dit nie duidelik uitgespel nie nie, maar sy insinu-asie was duidelik. Jy het nie meer belanggestel nie. Jy het gedink ek is te jonk vir jou."

Riley maak haar oë toe voor sy fluister, "Ek wou hom nie glo nie. Dit was twee ure voor my matriekdans. Ek het so uitgesien om met jou aan my sy te gaan. My pa het toe nie baie simpatie gehad nie. Hy het my beveel om op te hou om so tjankbalie te wees en te gaan regmaak. Hy sal met een van sy vriende se seuns reël om my te vat. Dit was tien teen een Bischoff en hy het dit seker vooraf gereël. Ek het geweier en myself in my kamer gaan toesluit behalwe om elke nou en dan te gaan probeer om jou te bel. Jou foon het elke keer direk na jou stemboodskap toe gegaan. Ek het ook julle huis probeer maar jou ouers het die foon doodgedruk sodra hulle gehoor het dis ek. Ek het die volgende oggend by die huis uitgeglip en na julle huis toe geloop. Jou motor was nie daar nie, maar ek het tog geklop. Jou pa het die deur in my gesig toegemaak sonder om iets te sê. Ek het toe besef dat dit dan die waarheid moet wees. Jy wou niks meer met my te doen gehad het nie. Ek kon nie verstaan wat ek verkeerd gedoen het nie. Ek het gedink jy het my lief. Jy was die een persoon op wie ek kon staatmaak en toe los jy my alleen."

Riley bly so lank stil dat Christopher haar aanpor, "Wat het jy toe gedoen?"

"Ek het vir die volgende twee weke in my kamer gebly. Ek kon nie eet of slaap nie. Ek het die meeste van die tyd net gehuil. Die enigste keer wat ek die huis verlaat het, was die dag toe ek my uitslae moes gaan haal het. Dit was ook dieselfde dag dat ek uitgevind het ek is swanger."

Christopher kan dit duidelik nie meer verduur nie, want hy spring op en begin heen en weer stap, sy bewegings duidelik angstig. "Die skurk! Ek moes geweet het dat hy iets hiermee te doen gehad het. Ek moes hom nie geglo het nie. Ek is jammer, Riley maar ek gaan nie eens daarvoor om verskoning vra nie. Ek haat jou pa. Ek haat hom vir wat hy aan jou en Jon gedoen het. Ek haat hom vir wat hy aan my familie gedoen het. Ek sal hom nooit vergewe nie."

"Wat bedoel jy?"

"Ek het nooit julle huis daardie Vrydag geskakel nie, Riley. Jou pa het dan alreeds Donderdagmiddag vir my gesê jy wil my nie meer sien nie. Toe ek boonop Donderdagaand met my ouers praat ... Wat hulle my ook nog vertel het ... Jou pa se dreigemente ... Ek het net daar my tasse gepak en is die volgende oggend voor sonsopkoms vort. Ek dink iewers naby die Long Tom Pas het ek gestop. Ek het nog een keer my foon uitgehaal in die hoop dat jy my tog gekontak het maar daar was niks. Ek het gehuil, Riley. Ek het nog nooit vantevore so gehuil nie. Sonder om te dink het ek my foon van die krans afgegooi. Ek kon sien hoe dit in stukkies breek en dit was nogal gepas, want dit het gevoel of my hart in net soveel stukkies gebreek het. Ek het toe myself belowe dat geen vrou weer enige mag oor my emosies sal hê soos jy gehad het nie. Terug in Pretoria het ek 'n nuwe foon en 'n oorplasing na Kaapstad Universiteit gekry en sommer die volgende week getrek sonder om 'n nuwe adres te los."

"Wat het my pa gedoen, Christopher? Watse dreigemente?"

18

Christopher maak sy oë toe en haal diep asem voor hy antwoord. "Toe hy my kom spreek het en my vertel dat jy my nie weer wil sien nie? Jislaaik, Riley. Ek het nog nooit soveel pyn ervaar in my lewe nie. Ek weet nou dat dit nie sin maak nie, maar toe ... Ek het hom geglo. Hy het my gesê dat dit beter vir almal sal wees as ek so gou moontlik die dorp verlaat en nooit weer terugkom nie. Hy het gesê indien nie, gaan daar nagevolge wees. Toe ek hom vra watse nagevolge, het hy net gegrynslag en gesê ek moet my pa vra. Na ek na julle huis toe gery het en Bischoff gesien het, het ek terug gery huis toe. My ouers was nie by die huis nie aange-sien hulle 'n skool funksie bygewoon het. Ek het later die aand uitgevind dit was my pa se afskeidspartytjie. Toe hulle later by die huis kom het ek hulle vertel dat jy met my opge-breek het en als wat jou pa gesê het. Ek het natuurlik my pa gevra oor jou pa se opmerking dat ek hom moet vra oor wat die nagevolge sou wees as ek nie weggaan nie."

"En, wat was dit?"

"My ouers wou my niks sê terwyl ek besig was met die eksamens nie. Hulle wou wag tot ek by die huis kom ... Riley, jou pa het my pa gedreig dat as ek nie van jou af wegbly nie, hy stories gaan versprei dat my pa skoolkinders molesteer. Hy sou selfs kamstige getuies kry. Hy het vir my pa gesê dat al weet hulle beide dat dit nie waar is nie, gaan dit genoeg wees om my pa se naam swart te smeer en hy dalk moontlik nooit weer sal kan skool gee nie."

"Wat het jou pa toe gedoen?"

"My pa het vroeër daardie jaar 'n aanbod gekry om by 'n privaat skool in Dubai te gaan skool gee. Jy onthou Blackie wat wetenskap gegee het?"

Toe Riley knik, verduidelik Christopher, "Blackie was toe die hoof daar. My pa wou dit nie in daardie stadium doen nie, maar met jou pa se dreigemente het hy Blackie gekontak. Hy was gelukkig dat daar 'n pos beskikbaar was en my pa het dit toe aanvaar. Hy het vir vervroegde pensioen hier in Suid-Afrika aansoek gedoen en die huis verkoop. Hulle is die Sondag net na julle afskeid weg. Hulle het nie eens self opgepak nie. 'n Verpakkingsmaatskappy het alles verpak en dis hier in Pretoria in 'n stoorkamer."

Christopher druk sy hand in sy hare wanneer hy daardie tyd onthou. "Ek wou nie meer in Pretoria bly nie. Jy was ingeskryf by die universiteit ... Ek kon nie in dieselfde dorp as jy wees nie. Ek was gelukkig dat die administrasiepersoneel nog in die kantoor was en hulle het my gehelp met 'n oorplasing na Kaapstad. Toe ek teruggekom het ... Ek het gedink Pretoria is groot. Dis nie te sê dat ons mekaar sou raakloop nie."

Toe Christopher sien dat Riley huil, gaan kniel hy voor haar en neem haar hande in syne. "Riley, jy moet my glo. Ek sou jou nooit gelos het nie. Ek het nog nooit en sal nooit iemand so lief kan hê soos vir jou nie."

Riley knik en kyk op na hom deur die trane, "Ek glo jou. Ons is al twee mislei deur 'n manipulerende snob. Ek kan egter nie verstaan hoekom hy ons tóé moes opbreek nie. Ons was toe dan al vir vier jaar saam."

Christopher maak sy keel skoon en sê huiwerig, "Ek dink ek weet hoekom."

"Hoekom?" vra Riley toe hy nie verduidelik nie.

"Net voor ek terug is universiteit toe na die Oktober-vakansie, het ek met jou pa gaan praat. Ek het hom gevra ... Ek het hom gevra dat wanneer jy klaar is met skool of ons verloof kan raak. Ek het die hele jaar twee werke gedoen en ek het vir jou 'n ring gekoop. Ek weet ons was jonk en kon nie toe al trou nie, maar ek wou seker maak die ander ouens op universiteit moes weet dat jy my meisie is. Ek wou jou net na die dans gevra het ..."

"Wat het hy gesê?" vra Riley met groot oë.

Christopher voel die bitterheid opstoot en sluk dit af, "Hy het my uitgelag. Net voor hy my uit sy kantoor gejaag het, het hy gesê dat sy dogter nooit so laag sal daal om met 'n onderwyser se kind te trou nie. Ek het eers later uitgevind dat jou pa se wedywering met my pa reeds van hul skooldae af kom. Jou pa was nie gelukkig dat sy familie se rykdom hom nie 'n leiersposisie in die skool of universiteit kon gee nie. Hy kon ook nie kry wat hy wou gehad het nie en dit is om my ma se hart te wen."

Riley maak haar oë toe en haal diep asem. Toe sy haar oë oopmaak, kyk sy ernstig in Christopher s'n. "Ek stem saam met jou. Ek sal hom en my ma nooit vergewe nie. My ma weet wat hy gedoen het en sy het maar net by sy planne ingeval. Hulle het my eintlik 'n guns bewys om my weg te jaag. Ek wil nie hê dat Jon ooit aan sulke koue mense moet blootgestel word nie. Ek het al die jare skuldig gevoel maar nie meer nie. Hulle het soveel gesteel – nie net van my en Jon nie, maar ook van jou en jou ouers."

Christopher lig sy hand om haar hare weer agter haar

oor in te druk. Sy hand bewe toe hy sy duim oor haar wang vee. "Riley, kom ons sit die verlede agter ons. As ons hulle gaan aanhou haat, gaan dit net ons ongelukkig maak. Ek weet wat haat hierdie laaste sewe jaar aan my gedoen het."

"Jy is reg. Dis nie dit werd nie. Ek verkies om gelukkig te wees."

Christopher glimlag, "Ek ook, my lief. Ek ook."

Hy leun vooroor en laat sy mond kortliks op hare rus voordat hy weer terugsak op sy hurke. "Ek weet dit is nie lank sedert ons weer begin praat het nie en toe het ons nog boonop al die drama met Layla gehad. Is jy bereid ... Dink jy ons het 'n kans om weer ...?"

Hy haal diep asem en probeer weer, "Dink jy ons het 'n kans om oor te begin? Nie vir Jon se onthalwe nie, maar vir ons eie?"

RILEY BESTUDEER HOM STILWEG. Alhoewel hy angstig lyk, vertel sy oë die ware verhaal. Hulle mag dit dalk nog nie in woorde omsit nie, maar Riley weet presies wat Christopher wil weet. In sy oë lees sy dieselfde emosie wat hy ervaar.

Liefde.

Dis baie eenvoudig.

Sy lig haar hande en vou dit om sy gesig. "Ja. Ek glo ons het 'n kans," glimlag sy voordat sy hom soen.

Die soen bly nie so sag en teer as wat Riley beplan het nie. Christopher staan stadig op en gaan sit langs Riley op die bank sonder om die soen te onderbreek. Hy leun effens oor haar en druk haar terug teen die kussings. Sy een hand streel oor haar hare in die nou reeds bekende gebaar en die ander rus op haar heup terwyl sy mond met toenemende dringendheid teen hare beweeg.

Dit is nie 'n leer-ken-mekaar soen nie. Dit het hulle al

jare gelede gedoen. Hierdie is meer 'n soen om mekaar weer te leer ken en uit te vind of hulle nog by mekaar aanpas. Wat hulle wel uitvind is dat hulle nie net slegs aanpasbaar is nie, maar dat die hitte tussen hulle nie enigsins verminder het nie. Toe Christopher sy tong luiweg tussen Riley se lippe ingly, kreun sy teen sy mond.

Hy leun terug teen die kussings, maar trek Riley saam met hom en oor sy skoot met haar bene aan beide kante van hom. Miskien is dit nie 'n goeie idee nie, maar dit voel so reg want hierdie nuwe posisie maak hul hande vry om verder ondersoek in te stel.

Die spiere op Christopher se borskas tril wanneer Riley se hande oor hom gly, oor die hitte van sy nek en ken voordat sy haar hande om sy gesig vou. Sy baardstoppels ritsel teen haar handpalms.

SY HANDE GLY ONDER HAAR BLOES, in 'n lui sirkel oor haar rug. Hy kan dit nie langer weerstaan nie. Sy een hand beweeg oor die sagte vel wat oor haar middel strek, oor die rek van haar langbroek en dan boontoe om oor haar bors te vou. Sy duim streel oor die tepel en toe Riley daardie klein geluid-jies van genot maak wat hom destyds tot raserny gedryf het, grom Christopher teen haar mond.

Dis duidelik dat hierdie nie net by 'n vrysessie gaan bly vanaand nie. Daarvoor is albei se duidelike behoefte aan mekaar net te sterk. Christopher trek effens terug alhoewel hy nog nie sy ontdekkingstog oor haar liggaam kan stop nie. Deur hortende asemhalingteue glimlag hy skeef, "Hierdie is nie net meer 'n opmaaksessie nie, is dit?"

Riley skud haar kop, 'n klein glimlaggie om haar mond, "Nee, dit is nie."

Sy verskuif effens en skuur dan oor sy ereksie wat hy nie

meer kan wegsteek nie. Christopher trek sy asem in maar dan skuif sy terug en staan op. Sy hou haar hand na hom toe uit.

Party mense sal sê dat dit te gou is. Dis nie lank sedert hulle weer met mekaar begin praat nie, maar hulle beide weet dit is nie. Hulle het sewe jaar vir hierdie oomblik gewag.

Christopher staan op maar hy beweeg nie verder nie, maar hou net haar hand vas toe hy in haar oë kyk. "Dis nie te gou nie."

Tot sy verligting beaam Riley dit, "Nee, dit is nie."

Sonder 'n woord tel hy haar in sy arms op om haar na haar kamer te dra waar die sagte lig van die bedlampie die kamer in 'n intieme kokonnetjie omskep. Hy lê haar saggies op die bed neer maar dan kan hy nie langer wag nie. Hy skop net sy skoene uit voordat hy by haar aansluit, sy bene weerskante van hare. Hy balanseer homself op sy hande aan weerskante van haar kop en leun dan oor haar en soen haar diep.

RILEY KREUN TOE CHRISTOPHER SY MOND WEGNEEM EN WEER REGOP SIT. Hy glimlag net, sy stem hees toe hy beveel, "Sit regop."

Riley volg gewilliglik sy instruksie en is bly sy het toe sy lippe weer besit neem van hare. Sy voel die bewing van sy vingers, toe sy hande weer onder haar bloes ingly. Sy aanraking is lig wanneer hy sy hande opskuif en daarmee saam haar bloes. Hy trek sy mond slegs weg van hare toe hy die bloes oor haar kop trek en langs hom op die grond gooi.

Sy oë draal oor haar lyf. Riley voel of hy elke milli-meter met daardie donker oë beskou en sy wil sommer wegkruip van daardie intense blik. Sy is bewus daarvan dat haar maag nie so plat is as die laaste keer wat hulle liefde gemaak het nie. Dan wil sy nie eens dink aan die keisersnee wat nou nog deur haar langbroek bedek word nie.

Christopher gee Riley egter nie kans om ongemaklik te voel nie. Hy lig sy hand na haar gesig en dan streel sy vingers vlinder-sag oor haar wang, haar kakebeen, oor haar nek en sleutelbeen en die sagte kant van haar bra. Riley wens hy wil haar borste aanraak maar hy gee haar nie daardie vreugde nie. Sy vingers gly pynlik stadig oor die gleufie tussen haar borste en haar naeltjie tot by die band van haar langbroek en toe stop hy.

Sy oë beweeg terug oor haar lyf tot hul oë ontmoet maar dit was al. Hy maak geen ander beweging nie.

Riley voel gefrustreerd maar dan besef sy: Christopher gee haar 'n kans om van plan te verander.

Sy hoef nie eens daaroor te dink nie. Sy vou haar hande oor syne en beweeg hulle dan saam tot by haar broeksknoop en glimlag dan.

Sy beantwoordende glimlag steel haar asem. Sy vingers sukkel eers met die knoop en toe hy dit uiteindelik los het, sukkel hy gelukkig nie met die ritssluiter nie. Hy strek sy hande wyd oor haar maag onder die broek se band en gly dit stadig oor haar bene en laat val dit ook op die vloer.

Riley kreun van teleurstelling toe Christopher skielik opstaan. Hy lag hees, maar dan beweeg sy hande na agter sy rug en met een beweging trek hy die polohemp oor sy kop en laat val dit op die grond. Riley gly haar blik waarderend oor die ferm, gespierde bors. Hy is miskien groter as wat hy was op twintig, maar deesdae lyk sy spiere meer gevorm soos dié van 'n swemmer as 'n rugbyspeler s'n.

Hy is so mooi dat Riley behoorlik kwyl. Sy is so in vervoering oor die breë borskas en skouers dat sy amper die oomblik mis toe hy sy donker langbroek losmaak en dit dieselfde paadjie as die hemp volg.

"O my jinne," mompel Riley toe hy regop staan en sy 'n goeie vooraansig kry van die stywe bokserbroekie wat niks aan die verbeelding oorlaat nie. Sy mompel hees, "Ek het vergeet hoe mooi jy is."

Sy glimlag is lig, sy oë donker maar dan kan sy nie meer dink nie. Sy hande gly ferm oor haar enkels wat maak dat alle gedagtes behalwe hierdie man uit haar kop uitvlieg. Hy kniel op die bed en dan begin sy hande, gevolg deur sy lippe en tong, 'n stadige ondersoektog vanaf haar enkels, op, heeltyd boontoe.

Riley beweeg rusteloos in afwagting van sy volgende aanraking want sy is nie seker waar dit gaan wees en hoe lank hy daar gaan stop om verder ondersoek in te stel nie. Sy kreun uit frustrasie toe sy hande oor die deel beweeg waar sy hom die nodigste het. Sy aanraking huiwer slegs vir 'n sekonde maar dan beweeg sy hande weer op, oor haar maag. Sy mond en duiwelse tong streel baie langer oor die keisersnee as wat Riley sou wou gehad het.

Ten einde laaste hervat hy sy ondersoektog oor haar naeltjie en uiteindelik vou sy groot hande om haar borste. Haar tepels verhard teen sy palms. Riley kreun van genot toe sy mond deur die dun kantlagie van haar bra oor 'n tepel vou. Hy hou egter nie op om haar te martel nie, want die aanraking is gans en al te kort voordat hy die area tussen haar borste en nek ondersoek en sy mond hare bereik. Hy soen haar egter nie dadelik nie en fluister eers teen haar mond, "Ek het vergeet hoe sensitief jy is, my lief," en dan soen hy haar teer.

Riley weet sy moet hom dalk vertel en trek haar mond weg van syne, "Chris?"

"Wat is dit, my lief? Wil jy ophou?"

Riley protesteer vinnig, "O nee. Ek wil net hê jy moet weet ... Jy is die enigste man wat ek nog ooit gesoen het of mee liefde gemaak het."

Christopher vloek onderlangs. Hy maak sy oë vlugtig toe en wanneer hy hulle weer oopmaak, is daar duidelike berou in sy oë, "Ek is jammer, my lief. Ek wens ek kan dieselfde sê maar nadat ons opgebreek het ... Ek het vir 'n rukkie mal gegaan."

Riley skud haar kop en glimlag gerusstellend, "Dis nie hoekom ek jou vertel het nie. Ek het net gedink jy moet weet dat my enigste ervaring met jou was. Ek weet nie veel meer van liefde maak as wat ek het die eerste keer nie."

Hy glimlag verlig, "Ek voel nogal geëerd en nederig dat ek jou enigste minnaar ooit was maar ... Ondervinding maak nie saak nie. Dit het ons nie die eerste keer gestop nie, het dit?"

Christopher gee Riley egter nie kans om verder daaroor te tob nie, want hy neem haar mond gevange in 'n soen so rou en intens dat alles behalwe die man en wat hy in haar ontwaak, vervaag. Sy hande is orals. Dit lyk asof hy nie genoeg kan kry nie.

Hul asemhaling versnel, hul aanraking meer dringend. Voor Riley nog kon dink hoe dit gebeur het, is hulle albei naak. Christopher skuif oor haar. Sy stem is skor wanneer hy haar naam fluister, "Riley?"

Riley het onbewustelik haar oë toegemaak. Sy maak hulle stadig oop toe sy die dringendheid in sy stem hoor. Haar asem snak toe sy die boodskap in syne lees. Eers toe sê hy die woorde wat sy vroeër in sy oë kon lees net toe hy in haar gly, "Ek het jou lief."

Riley vou haar hande om sy gesig en fluister terug, "Ek het jou ook lief, Chris," en soen hom dan. Christopher begin om te beweeg, vinniger en vinniger. Riley se klimaks kom so vinnig dat sy haarself nog nie eens kon voorberei nie. Haar liggaam tril nog van die intensiteit toe Christopher haar volg en sy saad binne haar stort.

Riley verstil so skielik dat Christopher, wat so in harmonie met haar is, sy kop oplig van waar dit op haar skouer gerus het, "Wat is fout?"

Riley ontmoet sy oë, "Ons het nie beskerming gebruik nie."

Christopher bestudeer haar gesig intens. Hy onttrek van haar en val langs haar op die bed. Hy laat haar egter nie gaan nie. Sy arm vou om haar en hy trek haar nader na hom toe. Hulle albei lê op hul sye sodat hulle na mekaar kyk toe hy hees vra, "Is dit 'n probleem? Ek is skoon."

"Ek ook maar ek is nie op die pil nie. Dit maak my siek," verduidelik Riley.

Christopher lig sy hand en lê dit teen haar wang. "Ek het jou lief, Riley. Ek wil so gou moontlik met jou trou. Ons het alreeds sewe jaar verloor en ... Wat met Layla gebeur het, het my laat besef dat die lewe te kort is om te mors. Jy is die enigste vrou vir my. Ek wil jou liefhê en jou beskerm. Ek wil die res van my lewe saam met jou spandeer. Ek wil nog kinders saam met jou hê, of dit nou gaan gebeur of later. Ons gaan oor tien dae op 'n maand lange toer. As dit enigsins moontlik is, wil ek graag trou voor ons vertrek. Sê asseblief ja. Sê jy sal met my trou. En sommer gou ook."

Die trane brand in haar oë maar hierdie keer is dit van geluk. Sy lig haar hand en lê dit teen sy wang net soos hy gedoen het. "Ek het jou lief, Christopher. Ek het jou nog altyd liefgehad."

"Sal jy dan binnekort met my trou?" vra hy as bevestiging.

Riley knik, "Ja, so gou as ons dit kan reël."

Christopher staar 'n oomblik na haar en dan staan hy

skielik op. Steeds gemaklik in sy naaktheid verdwyn hy by
die deur uit. Riley is te verbaas om hom nog te vra waarheen
hy gaan. Sy sit regop en trek die laken oor haar. Moet sy
hom volg? Voordat sy dit egter kan doen, is Christopher
terug.

Hy gaan sit weer langs haar op die bed en trek die laken
oor hom voor hy na haar draai. Sy hand gly weer oor haar
wang en sy oë streel oor haar gesig in 'n liefdevolle blik. "Toe
ek jou by daardie eerste mediakonferensie van die jaar
gesien het, het dit gevoel asof iemand my met die vuis in die
maag slaan. Ek kon nie behoorlik dink nie. Ek was geskok,
maar ook kwaad omdat jy nog steeds hierdie effek op my
gehad het. Al wat ek later kon onthou is dat jy nog net so
mooi of selfs mooier was as op agtien. Ek het myself oor die
jare oortuig dat ek jou haat. Ek wou jou haat maar na
daardie tweede week toe net 'n glimp van jou trane my laat
skuldig voel het en 'n groot deel van my jou in my arms wou
vashou en jou trane wegvee, dan lieg ek vir myself. Na
daardie soen by die borge se dinee, het ek geweet dat ek jou
nog lief het. Ek kan net sowel erken. My gevoelens het my
bang gemaak. Nie meer nie, Riley-lief. Al wat ek nou weet is
dat ek die res van my lewe saam met jou wil spandeer."

Christopher neem 'n diep asemteug en maak stadig sy
regterhand oop. "Ek het dit al die jare gehou. Dit was
weggepak saam met al ons herinneringe in my ouers se
stoorkamer. Toe ek besef hoe ek oor jou voel en 'n toekoms
saam met jou en Jon wil hê, het ek alles gaan uithaal en die
ring gekry. Ek weet dis dalk nie veel werd nie en ek kan vir
jou 'n ander ring koop ..."

Riley probeer nie eens die trane keer wanneer sy die ring
op sy palm bestudeer nie. Sy wil nie eens dink daaraan hoe
hard hy moes gewerk het en hoeveel hy moes ontbeer het
om genoeg te spaar vir die ring nie. Hy was immers nog 'n

student en skaars twintig. Deur haar trane kan sy uitmaak dat dit moontlik sterling silwer is met 'n pragtige, gedraaide ontwerp en 'n klein diamant in die middel.

Nee, sy soek nie 'n ander ring nie. Hierdie ring beteken vir haar baie meer as wat die duurste een in die wêreld sou kon doen.

Sy stop Christopher summier, "Ek wil nie 'n ander ring hê nie. Ek wil hierdie ring hê."

Christopher protesteer nie en gly die ring oor haar vinger. Hy lig beide sy hande om eers die trane van haar wange te vee en dan haar gesig te omvou. Wanneer hy reguit na haar kyk, is sy oë daardie donker sjokoladebruin wat so duidelik sy emosies weergee, "Riley, ek belowe jou nou dat dit nie saak maak hoe moeilik ons lewe gaan wees nie, niks en niemand sal ooit weer tussen ons kom nie. Ek sal jou liefhê tot die dag dat ek my laaste asem uitblaas."

"En ek het jou lief, Chris."

EPILOOG

Christopher het nie 'n grap gemaak toe hy gesê het hy wil gou trou nie. Hulle het hul verlowing aangekondig die Saterdagaand na die stap by die dieretuin toe al hul vriende by Daniel Cooper se huis bymekaargekom het. Die vrouens het gedink die storie van die ring is baie romanties. Christopher se vriende het hul oë gerol maar Christopher het 'n idee dat daar 'n hele paar van hulle was wat hom beny het.

Omdat hulle voor die toer wou trou, het hulle besluit om sommer by die Departement van Binnelandse Sake se kantore te trou maar natuurlik wou hul vriende niks weet nie. Voor hy en Riley nog kon protesteer, het hulle die hele troue gereël – van Riley se rok, die troukoek, kos en drank en blomme. Al wat Christopher en Riley moes doen, is om op te daag. Hoe kon hulle dan nee sê? Hulle weet mos hulle sou dit nie sonder hul vriende kon doen nie, veral nie Daniel en Melissa wat instaan as strooimeisie en strooijonker nie.

Christopher moet swaar sluk toe Riley skaars 'n week later in die paadjie na hom aangestap kom op die maat van

Kenny G se *"The Wedding Song."* Wat dit nog meer spesiaal maak is dat dit sy pa is wat haar inbring.

Hy wou so graag gehad het sy ouers moet hier wees maar 'n week was baie kort kennisgewing. Hy het nog Woensdag met sy ma gepraat en sy het gesê hoe teleurgesteld hulle was en kyk nou net. Christopher loer na Daniel. Hy moes tog hiervan geweet het. Daniel grinnik en met sy mond vorm hy die naam, "Mark." Christopher knik. Hy moes dit geweet het.

Hy kyk weer terug na Riley. Sy het nog nooit vir hom so mooi gelyk nie. Hy neem skaars haar rok of die blomme in want dit is klein details en minder belangrik. Hy kan egter nie sy oë van Riley af hou nie. Selfs van hier kan hy sien hoe helderblou haar oë skyn en die breë glimlag wat haar gesig ophelder.

Sy kyk vir 'n oomblik weg van hom na hul seun en blaas vir Jon 'n soentjie voordat sy terug na Christopher kyk. Al wat hy in haar oë lees is liefde en geluk en dit is al wat hy daar wil sien vir die res van hulle lewens.

Christopher kan nie langer wag dat sy hom bereik nie. Hy skud Daniel se hand af en gaan ontmoet Riley en sy pa halfpad. Hy gee eers sy pa 'n drukkie en fluister emosioneel, "Dankie, Pa," nie net oor hulle wel opgedaag het nie, maar ook omdat sy ouers dit in hul harte gekry het om die verlede te begrawe en Riley in hul familie te aanvaar.

Hy draai na Riley en neem haar bewende hand in syne. Hy leun vorentoe en fluister in haar oor, "Ek het jou lief, Riley."

Sy glimlag vir hom en fluister terug, "Ek het jou ook lief."

Christopher los haar hand en hou sy arm vir haar uit en saam stap hulle die laaste entjie om by Jon, Melissa en Daniel aan te sluit.

Toe Damian Cooper, hul huweliksbevestiger en 'n vorige Buffels- en Springbokkaptein sy keel skoonmaak om die seremonie te begin, fluister Christopher vir Riley, "Uiteindelik." Dit was blykbaar nie sag genoeg nie, want dit blyk dat beide Melissa en Daniel gehoor het. Melissa giggel skielik en Daniel se lae laggie volg Melissa kort daarna voordat hulle almal hul aandag op Damian vestig.

Christopher en Riley het besluit om hul eie beloftes te skryf. Toe Damian hulle vra om voort te gaan, draai Christopher na Riley en neem haar linkerhand in syne om te begin, "Ek, Christopher Jonathan Brooks ..."

Voordat hy egter kon voortgaan, tjirp Jon se stemmetjie tussenin wanneer hy breed vir Christopher glimlag, "Haai, dis my name ook," wat 'n sagte gelag onder die gaste veroorsaak. Christopher laat sak sy regterhand op Jon se kop en vryf oor sy hare. Hy glimlag vir sy seun en knik.

Toe die lagbui wegraak, probeer Christopher weer met 'n glimlag vir Riley, "Ek, Christopher Jonathan Brooks belowe jou, Riley Megan Adams, dat ek jou sal kies, nou en vir altyd. Jy is my verlede, my hede en my toekoms, Ri. Ek belowe jou dat ek alles in my vermoë sal doen om jou veilig te hou, te vertroetel en te versorg. Ek belowe dat ek jou sal beskerm en verborge sal laat voel tot alles wat ek in staat is. Onthou dat ek altyd hier sal wees vir jou want jy en Jon en enige ander kinders wat ons nog sal hê, sal altyd die belangrikste deel van my lewe wees. Ek wil my liefde, lag en geluk met jou deel. Indien jy ooit hartseer en trane moet ervaar, weet net dat ek ook dit met jou sal deel. Ek wil so graag so baie beloftes maak, my lief, maar die belangrikste van alles is dat ek belowe om jou en ons kinders lief te hê tot die dood ons skei. Ek belowe om jou familie te wees en die beste eggenoot, minnaar en pa wat ek kan wees. Met hierdie ring gee ek jou my liefde en myself. Riley, aanvaar jy my ring en die beloftes wat ek hier voor almal aan jou gemaak het?"

Riley glimlag en antwoord sonder huiwering, "Ja."

Christopher gly die ring oor haar vinger en lig dan haar hand na sy lippe sonder om een keer oogkontak te verbreek.

Riley hou sy oë gevange toe sy Christopher se linkerhand in hare neem.

"Christopher Jonathan Brooks, ek, Riley Megan Adams aanvaar hiermee jou ring en al jou beloftes, jou liefde en jouself. Christopher, jy is my eerste liefde, my beste vriend, my mentor, vertroueling en my familie. Ek wil hê dat ons vennote, vriende en minnaars moet wees, vandag en vir die res van ons lewens. Laat ons saam 'n huis bou gevul met liefde, lag en lig wat ons saam met Jon en al die ander kinders wat ons moontlik mag hê, kan deel. Ek belowe om jou lief te hê wanneer ons bymekaar is en weg van mekaar. Met hierdie ring gee ek jou my hart. Aanvaar jy my ring?"

Christopher se glimlag was nog nooit so breed soos toe hy "Ja," antwoord nie.

Riley gly die ring oor sy vinger en net soos hy gedoen het, lig sy sy hand om die blinknuwe ring te soen. Hulle is so meegevoer met mekaar dat hulle amper nie eens agtergekom het toe Damian hulle man en vrou verklaar nie. Christopher mis darem nie die deel waar Damian sê dat hy sy bruid kan soen nie. Hy lig sy hande en vou dit om haar gesig. Sy soen was sag en teer maar soos dit elke keer gebeur wanneer hulle soen, verander dit binne sekondes en verloor Christopher byna tred met almal om hulle.

Jon se stemmetjie skok Christopher egter terug tot realiteit wanneer hy kla, "Ag nee, Pappa, nie weer nie. Julle soen altyd."

Christopher lag en fluister in Riley sê oor, "Ons sal ons babamaak baie mooi moet beplan, of wat dink jy?"

Riley bloos bloedrooi en Christopher lag toe hulle saam draai na die tafel waar hulle die register moet teken. Christopher gee sy ma eers 'n drukkie voor hy en Riley gaan sit om die register saam met sy ouers, Melissa en Daniel as getuies te teken.

Toe hulle later hand aan hand na buite stap om hul gaste te groet, kan hulle nie hul glimlagte inhou nie. Hulle aanvaar hul vriende en van die ander spelers en spansbestuurslede se gelukwensings. Party het natuurlik niks geweet van die troue nie aangesien Christopher en Riley dit so versoek het. Al wat hulle wou gehad het, is dat die mense wat hulle as vriende en familie beskou hier moes wees om hul beloftes met hulle te deel.

Christopher en Riley het gedink hulle sou nie al die huweliksrituele volg soos om die koek te sny nie, maar hul vriende het hulle oortuig dat hulle net een keer gaan trou en alles moes meemaak. Die een ritueel wat hulle wel wou gehad het, is die huweliksdans, aangesien hulle Riley se matriekdans gemis het.

Vanaf die oomblik toe Christopher Riley in sy arms neem toe Ronan Keating se *In your arms* begin speel tot dit eindig, het Christopher nie een keer oogkontak met Riley verbreek nie. Toe die musiek wegsterf buig Christopher Riley oor sy arm en soen haar hard en deeglik, 'n duidelike belofte vir wat op hulle wag. Onder luide applous verbreek hy die soen. Riley bloos soos gewoonlik en Christopher lag gelukkig.

Al neem sy vrou die meeste van sy aandag in beslag tydens die volgende dans, merk Christopher tog die ander paartjies op wat by hulle op die dansvloer aangesluit het. Hy is seker hy is nie vêr verkeerd nie. Hy mag dalk die eerste wees wat die eed verbreek het, maar hy is baie seker hy gaan nie die laaste wees nie. Hy wil egter nie 'n weddenskap plaas op wie van hulle die volgende gaan wees nie.

DIE EINDE

'N KANS VIR CHRISTOPHER

Het jy van 'n Kans vir Christopher gehou? Wil jy nie asseblief 'n resensie plaas nie?

a amazon.com/Francine-Beaton/e/B07BJH92HR

g goodreads.com/goodreadscomfrancinebeaton

BB bookbub.com/authors/francine-beaton

OPMERKING DEUR DIE SKRYWER

Die Wildehonde en die Buffels is twee fiktiewe rugby-spanne. Die name van internasionale spanne soos die Springbokke bestaan en is behou om geloofwaardigheid te skep. Die kompetisies is egter ook fiktief.

Name, karakters, plekke, en insidente, is slegs produkte van die skrywer se verbeelding en is nie bedoel om as die waarheid voorgehou te word nie. Enige ooreenkoms met ware gebeurtenisse of persone is heel toevallig.

Die boek het oorspronklike verskyn in Engels as *Eye on the Ball*, en is die eerste in die *Playing for Glorie*-series wat in Afrikaans verskyn as die *Pad na Glorie*-reeks.

KARAKTERS IN DIE PAD NA GLORIE-REEKS

DIE SPAN

RESERWES

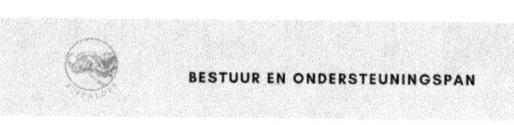

BESTUUR EN ONDERSTEUNINGSPAN

NICHOLAS CARTER
BESTURENDE DIREKTEUR

ADMIN	AFRIGTING	MEDIES	FISIOTERAPIE
EMMA COLE-CARTER	PETER MATTHEWS	DR JAMES MONTGOMERY	MICHAEL BRADY
CHRISTOPHER BROOKS	TOM BRADY	DR PETER SINCLAIR	SIMON ZELLER
LISBETH (RATHE) MEYERS	CARL BECKER	DR PETER MARSHALL	DARIUS LATEGAN
RACHEL DUNN	NATHAN SINCLAIR	CHLOE MARSHALL	MELISSA ROUX
	HANNAH BLAAS		SANDY BECKER

ANDER KARAKTERS IN DIE REEKS

Angie Summers	- Kunstenares	*Jakes se Geheim*
Cara-Mia Frescoe	- Sangeres	
Damian Cooper	- Voormalige kaptein van die Buffels	*Laaste Kans (Verspeelde Kanse, 5)*
Dan Mackay	- Sarah Mackay se broer/Kaptein: Skotland	*Keuses van Gister (Op die Kantlyn, 1)*
Elizabeth Blake, Dr	- Trauma dokter	*Die Raaisel Rondom Ryan*
Jaylin Cooper	- Taalkundige	*Gesoek: 'n Meisie vir Mark*
Jesse Summers	- Angie se tweelingbroer	*Keuses van Gister (Op die Kantlyn, 1)*
Jessica (Jess) Mackay	- Onderwyseres	*Kans op die Liefde (Op die Kantlyn, 2)*
Jon Brooks	- Christopher en Riley se seun	*'n Kans vir Christopher*
Landie Schoeman	- Ballerina	*'n Man soos Pierre*
Lia Moorcroft	- Funksiekoördineerder	*Kans op die Liefde (Op die Kantlyn, 2)*
Lynn Brown-Cooper	- Omgewingsprokureur	*aaste Kans (Verspeelde Kanse, 5)*
Riley Adams	- Joernalis	*'n Kans vir Christopher*
Samantha Brady	- Netbalspeelster	*'n Ultimatum vir Ulrich*
Sarah Mackay	- Spraakterapeut	*Richie en die Rooikop*

ERKENNING

Dit sal verkeerd van my wees om nie my familie en vriende te bedank vir hul ondersteuning.

Baie dankie aan Sarah Bullen en Kate Emmerson en die ander lede van **The Writing Room** vir hul ondersteuning en aanmoeding;

C A Els vir sy proeflees

Stephan de Wet;
    The Glendale Raptors; en
    The Scottish Rugby Union
    vir hul geduldige beantwoording van al my vrae

BookBrush vir die voorblad-ontwerp

MEER OOR DIE SKRYWER

Suid-Afrikaans-gebore romanskrywer, Francine Beaton, bly deesdae in Glasgow saam met haar Skotse man en dogter. Wanneer sy nie lees of oor liefde en gelukkige eindes skryf nie, is sy bes moontlik besig om te skilder of foto's te neem van enigiets wat haar oog vang. Dit is waarskynlik maklik om uit te werk hoekom haar debuutroman, *Eye on the Ball* sowel as die reeks *Playing to Glory* (in Afrikaans, *Jakes se Geheim* en die *Pad na Glorie-reeks*), rugby as 'n tema het. Gedurende rugbyseisoen vind jy haar gewoonlik langs die veld of voor die televisie waar sy haar gunsteling spanne volg.

https://www.francinebeatonskrywer.com/

facebook.com/FrancineBeatonAuthor

twitter.com/BeatonFrancine

instagram.com/francinebeaton

amazon.com/Francine-Beaton/e/B07BJH92HR

bookbub.com/authors/francine-beaton

goodreads.com/goodreadscomfrancinebeaton

NOG BOEKE DEUR DIE SKRYWER

PAD NA GLORIE-REEKS
Jakes se Geheim
'n Kans vir Christopher
Daniel se Dilemma
'n Man soos Pierre

BLOUBERG-REEKS
Blou Somer
Stukkie Blou Hemel
Klein Bietjie Blou

GROENBOSBAAI-REEKS
Kolwyntjies vir die Liefde
Somerson Kersfees

VERSPEELDE KANSE TRILOGIE
Net Een Kans

OP DIE KANTLYN-REEKS
Keuses van Gister